時光隧道

Old Times

朱學淵　散文集

自序

我很偶然地來到這個世界，成為它的一個有感知、有思維的分子；但又必然要回歸至零的終極，我想這也不會是很久遠的事情了。然而，從零到零的過程，之於每個人來說都是那麼的絢麗多彩，許多人把多姿的自我紀錄下來，每一部個人的經歷都是歷史骨架上的血和肉。

二十世紀是人類互相迫害乃至殘殺的一百年。出生於該世紀中期的我，幼年就開始就享受戰爭和逃亡，少年時代又不得不接受飢餓和歧視；因為我智力正常，直言無忌，因此一次一次地陷於困境，並且受到強權和無知的迫害，直到中年離開那個把個人權利視為「罪惡」的祖國，才在異國成為自由的個體，也成為一個同輩中為數不多的，執著地控訴專制，申訴正義的散文作家。

終生未能擺脫這些與生俱來的賦格的我，曾有過許多異於他人的險歷，但之於這個殘暴的，藐視人性的大時代，都是無足輕重的細微末節。本書是以「我的觀察」對他人經歷的借題發揮，是以自由至上精神對專制主義的鞭笞。

無論在什麼國度，我或許都能成為不錯的自然科學家，但在祖國因出身的「原罪」，在異國又因專業的「境遷」而失去機會。但對歷史、語言、人類學的特殊興趣，使我洞察了許多不為人知的線索和結論，而成為一個人文學者，有幾篇研究短文也納為本書的一部分。

在此我要感謝此書出版的機會。

二〇一七年十一月七日

目次

回憶中國科學院研究生院

剛經過文革浩劫和左傾路線長期折磨的中國，科學技術、文化教育處於百業凋敝的可悲境地。除「兩彈一星」可對抗強權，基礎科學則一律乏善可陳，所能表彰的也只是：童第周的金魚雜交，陳景潤的數論猜想，或楊樂、張廣厚的函數論研究等，幾件試管中或紙面上的成果而已。沒有出路的青年學子把攻讀《基本粒子理論》當作了用武之地；大作家徐遲寫了篇泣頌閉門造車精神的〈歌德巴赫猜想〉，竟誤導了億萬百姓，將陳景潤的算術當做是「富國強兵」的畫餅。自外於世界的中國，久違了科學的潮流。經過數十年的鎖國路線和弱智政策，已把中國誤得「人財兩空」了。

一九七八年，是中國走向轉折的一年。鄧小平在科學大會上，重申了「科學技術也是生產力」的基本常識；晉升為「工人階級的一部分」的知識分子們，無數為之感激涕零。胡耀邦主持平反冤假錯案，把歷次政治運動的「偉大成果」一筆勾銷，化解了消極對抗力量。專制恐怖的時代結束，理智的春風吹向人間，改革開放的苗頭正在萌發之中。在高等學校恢復招生後不久，教育部和科學院就分別部署大規模地招收研究生。不拘一格尋找「伯樂」和「千里馬」的開明風尚，取代了那個活似種姓制度的階級路線。仇視知識、崇尚愚昧的中共，也終究悟出了：「世間最大的浪費，莫過於對人才的摧殘」的不惑真理。

母校中國科學院研究生院，就在這時被催生了。也有人管它叫「中國科技大學研究生院」，其實它與遷到合肥去了的科大沒有統屬關係，西郊玉泉路的科大校舍，已經成了高能物理研究所的地盤。而研究生院還是借北郊林學院的「遺址」開張的；那個北京林學院也沒有死，它是在「四人幫」的時代，被活逼到出林木的雲南去了。一九七六年的「京津唐大地震」還叫人心有餘悸；可是那說是要「幾年搞一次」的「文化革命」終於魂歸西天了。一九七八年秋天，在那個布滿了被遺棄的地震蓬的，死寂般的林學院裡，突然湧進了一幫來自全國各地的意氣風發的「研究生」。

我們這屆入學的八百多個同學，都是由科學院下屬各研究所的科學家們自己錄取的。其中有自學成才者，亦有飽學不遇者；有池魚遭殃的幹部子弟，亦有不得翻身的地富餘孽；更有年少無辜落水，中年始得平反者。年齡、成分和經歷的落差，非但沒有助長尊卑、門戶之見，反而造就了一派平等、清新氣息。而導師中又以理論物理學家何祚庥教授最開明，他兼收並蓄、普度眾生，招了好多個非常有才幹學生，分別掛在高能物理所、理論物理所和自然科學史所的名下。那時，不少省市地方，還思想禁錮、不識時務。陝西省公安廳曾來人追查「有重大政治問題」的劉平宇同學（何祚庥先生的學生），氣勢十分蠻橫，校方孫景才先生嚴詞以對，叫他們坐了冷板凳；後來平宇同學赴美時，《科學報》還發表了一篇〈劉平宇出國了〉的專文，抨擊陝西省的惡劣做法。

院長是由科學院副院長嚴濟慈先生領銜；實際管事的副院長彭平先生，是「一二九」運動時清華學生領袖之一，他與錢偉長等十名志士騎自行車去南京請願抗日，曾震動全國；解放後他做北京市共青團委的工作，文革以前就因為路線問題倒了楣；教務長吳塘先生也是個儒士幹部，一個面目堂皇、和顏悅色的正人君子。胡耀邦在文革後期曾經一度主持過科學院的工作，很得民心；科學院裡也有一種的「團派」的開明空氣。因此，我們這個中國科學院研究生院的生動活潑，就與教育官僚蔣南翔治下的清華、北大的循規蹈矩，適成反照。

那時間，科學院裡的一切都是科學家說了算的。著名的「三元流理論」的奠基者，已故吳仲華教授在文革中曾挨過耳光，這回輪到幾十年來第一次加工資（一人幾塊錢而已），他手握大權，執意要當年的打人者向他道歉；結果，「工人階級」不得不向他賠罪了事，「資產階級知識分子」也算為自已討還公道。科學家們說話也很幽默機智，記得有一次錢偉長、談鎬生二先生，陪林家翹先生來座談，林先生不大明白中國的事情，問他們二位：為什麼「數學研究所」裡又分出了個「系統工程研究所」？錢偉長先生不假思索地答道：「解決人事矛盾嘛。」一語中肯，惹得哄堂大笑；而林家翹先生好像仍然摸不著頭腦，他大概還沒有弄清楚「矛盾」一字的意思。

林學院主樓的一、二兩層做教室，三、四、五層做宿舍，房子不夠用，還有一些就住在臨時搭建的木板房裡。各個研究所的幾百個同學聚在一起，一日三餐都在一個不大的食堂裡，圍成一圈一圈的咬鹹菜，喝玉米粥；有的切磋學問，有的針砭時弊（那時共產黨還無貪瀆之風）。林學院裡學術氣氛十分高漲，而政治氣氛則更為開放。遼寧張志新女士被殘殺的事件揭發出來後，同學們個個義憤填膺。北大郭羅基先生在《光明日報》上發表了一篇題為〈誰之罪？〉的轟動文章，在閱覽室裡的那張報紙上，批滿了罵毛澤東的文字，院方也睜眼不管，讓它掛了許多個日子。中國茫茫大地上，言論自由之風，林學院裡早吹了十年。

那時，科學院裡招聘了一批外籍英文教師，他們大多來自美國和澳大利亞，有洋人也有華裔，都住在友誼賓館裡，五百元人民幣上下一個月。這些教習中，不少很有個性，對中國的社會主義很好奇。其中有個叫白克文的美籍華裔青年，剛從哈佛大學畢業，一句中國話不會說，又喜歡穿中山裝，有時連友誼商店都混不進去，管門的說他的英文是「假冒的」；然而，他沒事就往農村鑽，有一次在頤和園那邊與農民一起打魚，被地方政府送了回來，弄得外事和保衛部門都緊張兮兮的。有同學問他美國是否很自由，他說：「美國也有挨餓的自由」。社會理念溢言於表。

在同學們的心目中，首席英文教習是Mary Van de Water小姐，她稍年長，三十五、六歲；學問和人心都很好，但脾氣卻很壞，容易與人衝撞，曾經當眾與那個脾氣也很毛躁的白克文爭執；Mary說話很有見地，有憤世忌俗之意氣；明明是個美國人，卻偏偏要說一口英國音；她後來做出了一番驚人之舉。來自澳大利亞的Lyndall女士，那時還是一個真純、羞澀和樂於助人的小姑娘，她與陸文禾同學墮入情網，兩人後來在佛羅里達共結連理。

同學們學習英語的興趣特別旺盛，年輕的同學進步更快，口語琅琅上口。那時似乎已沒有了「裡通外國」的擔心，不少同學與教習們打得火熱，有人還常去他們的公寓洗熱水澡；而他們也不嫌棄我們的苦日子，天天擠在食堂裡和大家一起啃窩頭，在談笑風生中，留心者還都揀到了一口好英文，他們也瞭解了中國的真情。

郭永懷夫人李佩女士，任研究生院外語教研組負責人。她是四十年代的進步青年，受業於康乃爾大學時，結識卓有成就的航空空氣動力學家郭永懷先生。五十年代初期，兩人胸懷激情和理念，回歸報效；郭永懷與王淦昌、彭桓武三先生，乃中國「兩彈一星」之父。一九六八年，郭永懷先生因飛機失事而不幸殉職，是國內盡人皆知的一件大事。李先生承庭家訓、學兼中西，是科學院裡很難得的一個美國通。她日日奔波於中關村和林學院間；應接國外知名學者，安撫外籍英文教師，有尊嚴而無傲氣；對同學們亦從無疾言厲色，那清癯的身影中有著一顆慈母般的心，是院裡最有威望和人緣的人物之一。

來校開課的，都是當時國內的頂尖學者，如彭桓武先生講理論物理，談鎬生先生開流體力學，黃昆先生授固體物

Lyndall和Mary Van de Water

科學院研究生院講壇上的李政道先生

理，鄒承魯先生上分子生物學。彭桓武先生是一身老農打扮，談鎬生先生會與學生遞煙噴霧，都很和氣。他們課上也只是點幾個問題說說，行雲流水，很是精彩動人。聽彭先生課的同學很多，他上台時穿著厚厚的北方老棉襖，講到後來便滿身大汗了；記得他說過，中國的學術著作最大的問題是沒有索引，用起來很不方便。黃昆先生那時才五十多歲，還很健碩。一天正講「能帶論」，講台太窄小，不小心從一頭失足跌下來，他正正色說：「Umklapp，我要是顆電子，就已經到了那頭去了」。當然，不懂固體電子論，是聽不懂這句笑話的。還記得，那時候吳方城同學的鬥爭性就很強，帶頭給鄒承魯先生貼了一張大字報，好像是因為考題太難；鄒先生也當仁不讓，用非常優美的書法回敬學生一張，勸大家多多留心功課。

國外知名學者來校講課的，也是川流不息。李政道先生假科學會堂講「統計力學」和「量子色動力學」時，全國各校都有慕名要來聽課的，因此不得不發票入座。那時他進出都是坐的「大紅旗」轎車，禮遇很高。我們這些人別說「紅旗」，就是「伏爾加」也沒坐過；後來從美國回國，才嘗到了「伏爾加」顛頗起來的味道，不知道李先生當年坐「紅旗」的感覺如何了。他每星期要請幾位同學與他一起吃午飯，這本該是個「工作午餐」而已，可是國內那時還不懂這一套，一桌子正餐大菜，叫大家都不敢下筷子。在飯席上李先生很熱情地說話，李夫人則常常在一旁提醒他：「政道，你太累了」。還記得李先生說過，下一個世紀中國人應該對世界有更大的貢獻，前輩們對我們都充滿了殷切的期望。

據說，最初外派方式是由一些老一代的學者定下來的，他們自己是在二、三十年代出國留學，因此對二戰後期到冷戰時期的西方科技進步，特別是美國大學向研究生的提供大量資助的情況，瞭解不足。自掏腰包派出「訪問學者」（Visiting Scholar）的辦法，就是周培源等先生與美國科學院約定成章的；當然，那時西方世界對竹幕後中國的人才水準也不瞭解。一九七八年政府首次外派五十人，七九年增至五百人；前五十人的內情無人知曉，但後五百人盡皆精銳。美國學府刮目相看，中國政府也發覺自己當了「冤大頭」。

也可能是因為中國政府手頭拮据，只想用不多的外匯，象當初清政府派出象詹天佑、唐紹儀等一批幼童學子，博采各國之長，回國指導改革。科學院也從我們中間選拔了一百多名較年輕的同學，在玉泉路辦了一個「出國班」。因此中國科學院研究生院第一屆同學，也就有了兩個門戶：林學院的和玉泉路的。兩撥子人雖然聯繫不多，但還是心心相通的，大家都希望有出國的機會。玉泉路的同學在耐心等待「組織安排」，那時政府大概正在美國、歐洲、日本為他們花錢買路子；而林學院裡，除了少數有海外關係，和李政道先生挑上的幾個同學外（這就是CUSPEA交換計畫之始），則都苦於無門。

一九七九年中美正式建交，十月，Mary Van de Water小姐，竟大膽向幾個同學傳授了申請美國大學研究生入學的門道，結果一試果靈。不出數月，近百名同學從各個美國大學獲得了助學金；其中，何曉民同學於二十一天內，就辦妥入匹茲堡大學的一切手續，速度之快，令人咋舌。於是一個「自謀出路」的群眾運動一轟而起；又不出一年，數百名同學飄洋過海。校方竟一律不加阻攔，美國大使館更綠燈大開，從未聽說哪個同學簽證被拒絕了的；倒是科學院外事局多事，還要找點麻煩，審查各人的「門路」，後來也知道是大勢所趨，不可阻擋，於是也就網開一面了。

待到八二年，北大、清華諸校同學亦循此道時，林學院裡已經人去室空。此風傳到上海，已是幾年以後，我們有些同學已經在做博士後了。這幾百個自謀出路的同學，不僅在人數上相當於政府一年派出之總和，出國後在學業上也大展風采，資格考試輕車熟路，都有傲人的基本功夫，美國各校倍生好感，從此對中國學生大門洞開。很可惜的是，我們這些一文不名的「自費」先行者，大多未能入得已與中國政府掛鈎的一流名校，這對未來進入門戶之見很深的美國學界，遺有若干不良之後果。

中國科學院研究生院所開啟的留學潮，就此在全中國磅礴興起。二十年多來，數十萬華夏學子走向世界，無數學成者留居各國，無懼優勝劣敗，立足科技，創業從商。如今世事逆轉，當年的「外流人才」，一舉領來了國際資本、現代技術和民主思想，鄧小平先生的「走出去，引進來」的理想，卻以一個未料的方式實現著。

事隔二十年後，一群在北京聚合的研究生院的同學，從各地趕到美國首都，追尋他們幸運的回憶，渡過了感覺極為良好的一天一夜。在他們學有所成的身影和歲月造就的霜鬢中，還依稀可辨當年百廢待舉的林學院中的風發意氣。

良師益友Mary van de Water小姐也專程從英國趕來，與我們共度良宵，她的瘦削身影和鮮明性格，和那口愈見深重的英國口音，依然傳送著具有強烈責任感的奔放熱情；她說我們這群中國人，是她畢生真正的和永恆的朋友。有個同學的回憶，一九八〇年夏天，他在廣州火車站送Mary去深圳，她隨身攜帶的竟只是一個裝滿了求學申請的小箱子。這一夜她留宿在唐一華同學家中，無意中說到，老唐家的客廳比她在英國的居所至少要大三倍。我們這些原來連郵票都買不起的窮光蛋，如今的美國專業人士們，真不能忘卻一個國際社會工作者，曾經伸給過我們的援手。

大家認為科學院研究生院所開啟的留學潮，是中國思想解放歷史上的一件不可磨滅大事，特別是Mary Van de Water小姐的貢獻，是值得為之樹碑立傳的；沒有她的努力，這個潮流的到來，可能要推遲數年之久。在熱烈的氣氛中，這次聚會的組織者陳祥昆、毛進同、楊曉青、唐一華代表全體與會同學，向Lyndall和Mary女士贈送了紀念狀和禮品。

然而，Mary Van de Water小姐卻揭出了一個祕密：當時，她注意到了中國政府在派遣留學生方面的包辦無效傾向，因此她向李佩女士提出，可否向同學們介紹美國大學招收研究生的辦法，並且鼓勵大家自行辦理申請手續，爭取美國大學研究院的獎學金；但她又擔心這些同學，可能會受到校方的不當處分。深諳國情的李佩先生，亦知其法之可行，及其罪之難當。於是由李先生出面向彭平先生建議。幾天後，思想開明的彭平先生竟同意了李佩先生和Mary小姐的建議。Mary回憶，那天彭平先生背操著雙手，踱著方步，若有所思地對她們說：「我已經老了，也沒有什麼可以怕的了，你們就這麼辦吧」。於是，在院方領導的默許下，破敗的林學院裡湧起了不可阻擋留學潮。與會同學都為這個故事深深地感動了。

經過三十年的歷次政治運動，國內各大專院校位實權、居要津者，多系外行領導或又紅又專者。尸位素餐猶可原，而紅專雙全者最為可惡，他們中僅個別人學有所長，大部分人則是搞業務的廢料；平日只會見風使舵說假話，運動中更能狠心整人當先鋒；文革中，他們中亦有不少被衝擊，這也就成了文革後重新上台的「本錢」。他們有的只是膜拜威權的奴性，唯獨沒有一點悲天憫人的良心；對於這種毫無廉恥的人來說，充當國民黨的特務，日本人的漢奸，或共產黨的積極分子，都是隨遇而安的事情，只不過無法一身三兼而已。彭平先生則不然：一個抗日救國的熱血青年，國民黨牢獄中的囚徒，屢經路線鬥爭的共產黨人，竟心無餘悸，睿智猶存；居權位而褒掖後進，利國利民不顧得失；開風氣之先，則毅然決然。正如孟子所曰：「大人者，未失赤子之心者也。」

無論是破壞傳統或重建文明的真實歷史，都不可能完全是由個別偉人作就的。振興中華的事業就凝聚了無數有良知的人，如中國科學院研究生院彭平、李佩、Mary等人的見識和心血，以及它的全體學生勇氣和實踐。科學院研究生院所啟動的這個「自費留學潮」的重大意義還在於：一個企圖包辦一切的大政府，終於發見了自己的低效和無能；而無權無勢的千萬小人物，卻從中找到了自我和自信。近百年來的中國，僅少數精英、領袖高舉民族主義大旗，而十

右：晚年李佩教授
左：郭永懷、李佩四十年代於康乃爾校園

億人眾卻不許有自強精神。意氣高昂的追趕科學院研究生院的八百弟子，竟破國門而出，創一代新風，在改革開放中推波助瀾，於自立於世界民族之林的中華民族大業，有不沒之功。

我們的祖國已經從一場噩夢中甦醒；然而，是否願意珍惜和表達對苦難和善惡的記憶，無疑是檢驗這個民族真將成為一頭醒獅，或重新沉淪於醉生夢死的一方試劑。我們留戀中國科學院研究生院貧賤而奮發的生活，緬懷那些曾經啟迪過我們的一代無異於民族英雄的學術大師，更感激那些作了無數善舉而不事聲張的光榮的先輩們。

二〇〇〇年三、四月

南疆紀行

新疆本和我沒有緣分，它是充軍的地方。一九六八年在上海搭過一班送知青的列車，機車的汽笛一響，數千家長發出號哭的爆鳴，還見一個母親暈厥在月台上，這景象永遠留在我視聽的記憶中。新疆意味著生離死別的遙遠；可是絕情的政府，卻將一列車一列車的稚男稚女送到那方去了。一九七一年在農村裡勞改，一天聽村姑們說，新疆接女娃子的車，昨夜停在成渝公路上，還說二大隊的一個狠心女子，撇下了丈夫和孩子也去了；我也萌生過逃亡的想法，可是新疆有太多的男子缺妻，它只要女人。新疆也有我的親人，七七年家裡來了從未謀面的堂姐一家，自從伯父在戰亂中「被我軍鎮壓」後，她跑去了新疆，嫁給了奎屯農機廠的廠長，總算混出了個體面。只記得姐夫對我說，那裡「不缺糧食，有白麵」。

關於新疆，腦海裡除了無際的沙漠，便是「遙遠」、「缺女人」、「有白麵」這樣一些莫名其妙的概念，這些年又聽說那裡在鬧獨立，很可怕。然而，最近我又做了些「西域歷史地名」的研究，從此就自作多情地思念她，而且還眷戀得那麼動情。今年夏天決心到那裡去走一遭。直到行前，人們還在告戒我，那裡很危險；北京的姐姐則說，那是「敏感地區」，「言論放肆者」不去為妙。可是非去不可，我要見見那裡的山水和人文。

西出了陽關，又是故地和故人

我們一家人先飛上海，然後就奔烏魯木齊。現代旅行是點點間的飛，辭別了高樓，便是浮雲；當然沒見到河西道上的左公柳。黃昏時下飛機，就由西域旅行社的小馬接著，逕直去了富麗堂皇的海德飯店。那頭戴紅盔搬行李的小夥子眼睛長得很俊，問他是不是維族？他卻說是江蘇泰興人，祖父支邊來的。進得二十七層上的房間，朝外望去，竟又是高樓四立、萬家燈火。這真叫我困惑：莫非西出了陽關，又是故地和故人？

清晨早早醒來，下樓喝咖啡，就和那位領班的姑娘聊上了，她說今年生意不好，日本和美國的團隊不多，倒是內地和台港的客人不少。問是那方人？她說是「新疆人」；五十多年前祖籍山西當兵的祖父就跟王震來了。自後又聽無數人說祖上是「跟王震來的」，對新疆漢人來說，瀏陽王震好似他們祖宗。我問她想不想回內地，清秀和氣的她回答說：「沒想過，這裡挺好的，口裡（指內地）人心太壞，我們不習慣。」

包租的豐田越野車八點準時來到，行程是吐魯番、庫爾勒、庫車，然後橫穿沙漠，至民豐、和田，終點是喀什。南疆太大，走馬觀花也要費九天時間。導遊小馬、司機小朱和我們一家三人，一路談笑風生，度過了愉快的時光。小馬是鄯善人，祖上是陝西回族；問他做不做「功課」，他說「心裡有那麼回事就行了，只是聞了大肉就想嘔吐」。他是鄉里唯一上大學的，打從新疆師大英語系畢業，就給 Marlboro 做代理，賺了錢，又受了騙，於是才來當導遊；

我們就叫他「賊回回」。小朱寡言，爺爺父親都是「跟王震當兵」的河南人。小時父親見他不成器，告訴他人分兩種，「坐轎子」的和「抬轎子」的。他回嘴說：「世上那麼多人，總要有人抬轎子。」父親氣急，抓了一張板凳朝他砸過去。初中畢業後，閒散在社會上打群架，父親只得送他去當兵，才學得了開車本事，成了個好人。

王洛賓在達阪城很淒涼

從烏魯木齊奔吐魯番，要經過著名的達阪城。高速公路的「達阪城出口」，正是戈壁灘中的一個大風口，盛夏掃興的風竟把我們吹得直抖擻；沒見著一個「達阪城的姑娘」，卻在簡陋的禮品點裡遇上了一群掌櫃的湖南妹，店裡擺了好多好多關於作曲家王洛賓的書籍和他創作的歌曲磁帶，店門外還立著一尊他的頭像，很淒涼地被北風吹著。王老師生來命苦，活著想革命，卻要被勞改；死了圖安分，偏要迎風站。伴著他的是一輛水泥粗制的馬拉大車，趕車的老漢和姑娘都像是逃荒的，卻在那裡引頸高歌。

很早就趕到吐魯番，沒進城，先去了高昌古城，那是由漢代戍邊將士始建的，後來在成吉思汗的不肖子孫們的內戰中毀了，剩下的是見不到頭的土夯的殘垣。回頭路上經過火焰山，那是一溜赤紅赤紅的大土山，就像尊燒紅了的巨碳，吸足了陽光中的卡路里，然後向周邊發散。它熱得名聲大，山卻並不美。那天，老百姓都說很涼快，卻把我們熱昏了頭，拍了照就逃之夭夭。

葡萄溝上反分裂課

中午時分就到了著名的「葡萄溝旅遊點」，那是個鄉辦企業，老闆就是鄉長。一位古麗（維語「花兒」，維族姑娘的名字都帶著它）接待我們，她才從烏魯木齊旅遊學校畢業，還說得幾句英文；因為兒子的中文有問題，我們還是讓她說漢話。於是古麗背誦了一串反對民族分裂的課文，我們倒也受益非淺。維吾爾同胞個個無憂無慮、天性快樂，跟著古麗如舞般的輕盈步履，見識了種種明珠般的葡萄，簡直愉快極了。

招待我們用飯的，是城裡的兩個漢族姑娘，初中才畢業，沒事來賺錢。新疆的女孩說話都很文氣，還帶點久違了的女性的羞澀；這令我想起在文革中愁死了的

葡萄溝的維族古麗

母親，她說話也是這般的溫柔。其中一個姑娘說是山東青州人，文革時一家抽一丁支邊，排行老大的父親義不容辭地來了。現在家裡有輛卡車，靠拉煤炭過日子；她去過山東，說那裡的日子不如新疆，最近幾個叔叔也到這裡來謀生了。問她葡萄溝有那麼多的維族姑娘，為什麼要雇她們？她說維族會漢話的很少，而漢族遊客又很多。

在新疆，維族只要會漢話，機會便大大增加，因此幹部和知識階層的子女都進漢校。記得飛機上那位美麗的「飛行古麗」，父親是自治區交通廳黨委的官員，問她爸爸的漢話說得好不好，她莞爾答曰「做黨的工作，當然很會講話囉」，幽默地表達了對世事的明白。關於政府想推行漢語教育，也真是個兩難的問題，礙於反同化的國際輿論，就不能強制施加，在維校中只能設置有限的漢語課。於是，維族同胞中也就出了「抬轎」和「坐轎」的兩種人。

吐魯番的夜市

夜宿「吐魯番賓館」。新疆天黑得很晚，於是一行五人就去逛街，原以為這是個土地方，走上一遭才識得它地級市的崢嶸面目；城中馬路寬暢、汽車如梭，城中心還有座電視和通訊兩用高塔。夜市就在電訊大樓前面的廣場上；它涇渭分明，一半漢餐，一半回飯。我們在回飯那撥上就座，叫了一份「大盤雞」，再來上幾碗「羊雜碎」，三十元錢（不到四美圓）就把五個人喂得人仰馬翻。

出了夜市，在街邊遇見個買西瓜的維族漢子，他頭戴一頂鑲著紅色Marlboro絲帶的牛仔草帽，一股子鬍子拉咋的男子氣，兒子用數碼相機給他拍了照，他看了立等可見的相，高興得不得了，又拖著我合影。他用漢話對我說：「把照片寄來給我，到我家來，我宰羊招待你。」他留下的地址和姓名是「新疆喀什地區，葉城縣，江格拉斯鄉，六大隊一小隊，吐地・托合提」。

天山路上憶往昔

從吐魯番去南疆，要經過托克遜，再翻越天山。當年左宗棠的悍將劉錦棠帶領著老湘軍和董福祥的回軍，從這條路殺進南疆，次第克服焉耆、庫爾勒、庫車、阿克蘇，然後一路打到阿古柏匪幫的巢穴喀什噶爾，新疆遂告光復。那個董福祥後來很有名，他本是個回回造反頭，被左宗棠招安去征西。戊戌至庚子拱衛京師，拳亂時殺日本領事杉山彬，護駕慈禧光緒到西安，辛丑合約點名的首惡，都是他；民國時期西北軍閥的祖宗，也是他。

我們一早辭別了吐魯番，又回到了風區，這才想起吐魯番是低於海平面的地方，出了「海面」，自然就有了風浪。大概因為有了南疆鐵路，庫爾勒又有了通北京的飛機場，這條號稱三一四國道的「劉錦棠路」就沒人賞臉了，面子很不好看。車朝南開，遠遠就望見白雲下的橫亙著的天山，山前有一線樹林，小馬說那就是托克遜綠洲，我思忖它只是條「綠線」。走近一看，果真有大片縱深的莊稼田。托克遜是個農業縣，進得城中，卻也是柏油路、電視台，四五層的樓房也不少見；但與吐魯番比，畢竟小得不可攀。不由得遐想，勞改時如能逃到這地方，通緝令也未必能追得過來；然後埋名教書，娶妻生子，天山腳下倒也挺清淨涼快。車一顫，驚了夢，身邊坐著跟我苦了三十年的妻子，和在哈佛學醫的兒子，不禁羞澀；過了六十的人，竟想哪兒去了？

孔雀河養育過美女如雲的「樓蘭國」

入得山中，是層層嶙峋的赭色石林，此生從未到過這般美境，可惜它不上照，只能勸君自己去走一遭。出山是巴音郭楞蒙古自治州，亦即古「焉耆國」地方。天山上流下的條條雪水，在那裡斂成博斯騰湖，蒙古語的「巴音郭楞」意思是「富饒的河流」。玄奘說：「出高昌故地，自近者始，曰阿耆尼國。……泉流交帶，引水為田。」正是這番景象。「阿耆尼」就是「焉耆」（亦作「烏耆」）。入湖的幹流俗名叫開都河，滿盈的出湖水雅稱孔雀河，它本要一路慷慨地流到羅布泊，養育美女如雲的「樓蘭國」，可惜它斷流了近百年，羅布泊周遭成了乾枯的「無人國」。

中午時分，到左宗棠奏摺上提到過的烏什塔拉地方，在路邊一排飯鋪門口就座，享受了一頓博斯騰湖出的鮮魚。當地各族民眾均著漢服，不少人兼通蒙、漢、維三語；旁桌是一位著西裝、有氣派的蒙古漢子，人人都向他打招呼，恭敬地站著與他說蒙古話。問得他是本地方的鄉長，就請教他蒙古族常見的人名，他用蒙文信手寫了二十幾個，再教一位不識蒙古字的蒙族女服務員轉寫成漢字。他還告訴我蒙、藏兩族人名有時相通，藏名「才增」，就是蒙古人的「車臣」。

博斯騰湖邊有「兵團」紮寨

出了烏什塔拉，離和碩縣城不遠的地方，洪水把鋪在卵石灘上的路基沖斷了，十幾米寬的缺口洶湧著山水，攔住了成百的大小車輛，看來三天兩頭沒有修復的望頭；青天白日下的我們，頓時愁雲滿面。於是大家分頭下水，摸石探路，沉著的小朱見一輛大輪的拖拉機沖了過來，他心中有了底，就叫我們統統上車；只見他驅動了四輪，幾腳油門就爬上了對岸，於是告別了這些「太富饒的河流」，匆匆地朝博斯騰湖奔去，再去與它們會合。

博斯騰湖，號稱中國最大的內陸淡水湖，我們登汽艇沿孔雀河逆行，到了它西南角上的出口「零公里」處，只見湖水清澈見底，周圍是無際的蘆葦蕩，據說每年要產蘆葦幾萬噸。駕艇的小夥子說，冬季湖面結冰可行汽車，雇四川來的民工在冰上採割，裝車運走去造紙。遠眺南山下有幾座高聳的煙囪，我問「那是什麼地方？」答曰：「二十八團副業連。」這才明白農墾兵團星羅棋佈之態勢，也頓然悟出「疆獨」絕無成功之可能。

鐵門關前懷古的幾百步

車往庫爾勒走，我卻朝夢中行。鐵門關前才被叫醒，在關門口買觀光票，說時間已到，只准看五分鐘。那是孔雀河流經的一個峽谷，湍流邊只有幾尺寬的一條行商僧侶和十萬大軍必過的小徑，整修一新的關門，還有古建築的味道，石壁上的「鐵門關」三個大字，卻是上世紀三十年代的一個團長的手筆，想必是個盛世才的部下，關東的才子。兒子覺得索然無味，我卻珍惜分秒，在張騫、班超、玄奘的足跡上，印上懷古的幾百步。

從鐵門返歸正道，就進了庫爾勒城，它本即古「渠犁國」，元代稱作「坤閭城」。旅行指南說「庫爾勒」是維語「眺望」的意思，還說孫悟空偷吃的蟠桃，就是當地盛產的香梨，讀了不禁失笑。新疆地名其實多是北方民族的族名，如渠犁即「敕勒」；庫車即「高車」；焉耆是北狄西戎族名「兀者／月氏」之別譯。

許多考古出土證明，南疆地區的上古先民屬西方人種，他們在塔里木盆地周邊的綠洲上經商務農。約從三千多年前開始，蒙古人種游牧部落就不斷地入侵，而且長期統治了這片地區；焉耆和渠犁正首當其衝。話說「維吾爾」就是九世紀從蒙古高原遷出的「回鶻」之名。因此維吾爾族民眾之面目，有的像西方人，有的像東方人。在喀什舊城我們到一戶維族人家做客，見姐姐有洋氣，妹妹有土氣，母親就像個蒙古人；這都是各種融合了的祖先血緣，在後代身上「露真容」。

石油系統成了「國中國」

自從塔里木盆地裡發現了大油田，庫爾勒就成了大都會，據說人口已過四十萬。進得城中，那車水馬龍、燈紅酒綠的景象，真要羨煞吐魯番。我們下榻的石油賓館，水準不差倫敦、巴黎的星級飯店，卻又見不著一個維族員工。天將黑，進夜市，這裡的回漢不分家，漢族賣麻辣雞，維族售烤羊肉，我們吃了羊肉，又吃螺絲，他們一併算帳，互相幫助，這兩族貧苦民眾的水乳交融，真是「無產者聯合起來」的景象。那些漢族小販都數來自四川南充、達縣地區，那裡革命年代出紅軍，改革今日生流民。

庫爾勒是巴音郭楞州首府，州長是蒙古族，百姓還是維族多，如今大慶、遼河、川中諸大油田，都到這方來搞西氣東送，蓋飯店、造醫院、興教育，儼然成了「國中國」，地方政府只能甘當小配角。後來在烏魯木齊街頭，與幾個納涼的維漢幹部聊天，方才知道現在就業難，各系統都用「子弟兵」，莫說維族進不了石油系統，兵團裡的漢族也只能世代挖泥巴；而石油系統每年只繳百分之四的錢給自治區政府。

不知這「百分之四」，究竟是產值還是利潤？看那石油系統包辦一切的派頭，真懷疑它還有幾塊銅板是剩頭。若只許它管生產，而要把百分之二十的產值繳地方，各族民眾對西部開發就不會是被掠奪的憤怒，而是參與的勁頭，而前者也正是可能動亂的一個源頭。後來在喀什參觀火車站，驚喜地見到有個維族中年女子在發號令，原以為她是本鄉人氏，問了才知她是在哈密入的「鐵路國」。說來這些世襲或斥異問題的解決，還得學習美國：立法勒令所有企業必須雇傭一定比例的當地少數民族。

疆獨頭頭受過高等教育

離開了現代化的「渠犁國」，取道輪台，去今名庫車的「龜茲國」。它在玄奘《大唐西域記》記作「屈支國」，說那裡有「伽藍百余所，僧徒五千餘人」。他受到盛情款待，卻又說屈支王「智謀寡昧，迫於強臣」。其實那是他不受小乘戒律允許僧人食用「三淨肉」，而引起的誤會。南疆原是個信佛的地方，去庫車就是為參觀克孜爾千佛洞。吐魯番—焉耆—庫車一帶，古代也稱「吐火羅」地方。二十世紀初，那裡出土了不少於七、八世紀用一種怪異語文寫成的佛經。經驗證，這種「吐火羅語」竟與歐洲語言有親緣關係。對人類學極有興趣的我，當然想見見「庫車人」的尊容。

輪台到庫車的公路，有很長一段被開膛破肚，說是個拓寬工程。這種事情本該一段一段、半邊半邊地幹，但共產黨凡事都要「全面鋪開」；於是我們就得在塵土飛揚的便道上顛簸幾十公里。為官的蠢人們或許沒想過，萬一天下有事，他誤了軍機，又何罪之有？在庫車城外，入得一個大村莊，小朱說當地疆獨與公安發生過槍戰，縣公安局長就犧牲在這裡。問疆獨是些什麼人物？小馬說，頭頭都在北京和烏魯木齊受過高等教育。當然，有了知識就會產生

「理念」；多數人成了「清官」或「污吏」，少數則成了政府的死敵。難怪有人說「知識愈多愈反動」。

龜茲國百姓真純可愛

那天正逢庫車城中趕「巴扎」（集市），滿街跑著驢車，車上坐著身穿紅色衣裙的婦女和古麗。我們在去「烏恰鄉」路口找飯吃，烤羊肉的「烏煙瘴氣」，把我們引到長長的塑料布遮頂的攤擋裡。和氣生財的掌櫃，先端上了淡如水的茶，裡面點了幾小塊冰糖提味。新疆各地物價低廉統一，直徑一尺的饢，一元錢一個；串著六、七塊寸方大的烤羊肉，兩元錢一串。那咬上去吱吱發聲的肥油，至今想起還叫我口水長流。

烏恰鄉路口的大排檔

兒子又用數碼機照相，旁座婦女驚呼「亞克西」，這又招來了一群民眾看稀奇，於是再照一張集體相，人人都在裡面找自我；這次那婦女卻沒找到她自己，很失望地說：「沒有我，可惜，可惜。」然後悻悻地離去。小馬聽懂了她的話，很動情，直說維族百姓真純可愛。我心中也祈禱，願他們豐衣足食的日子長久。行筆至此，想起美國政府最近也認可「疆獨」是恐怖組織，但願共產黨再不要搞擴大化，百姓們與他們沒干係。

克孜爾千佛洞美譽「第二敦煌」

在龜茲賓館報了到，就去拜城縣境內克孜爾千佛洞。車沿一條鋪設得很好的曲曲彎彎的柏油路，攀越紅色的雀爾達格山；山前是無際的孔穴橫生的奇丘怪石，近一看，都是非沙非岩、不松不軟的地層；它們原本是隱埋在海底的沉殿，跟著天山山脈的上升，也浮出了陸面；於是就被世俗的乾風摧殘了幾十萬年，才形成了這學名「雅丹地貌」的風蝕景觀。

克孜爾千佛洞的層層佛窟，鑿於木扎提河北岸的懸崖上，它們大部建於四至八世紀，中西學者認定它就是古籍上的龜茲「耶婆瑟雞寺」。三十年代初，德國人勒柯克從這裡掠走了大量的壁畫和塑像；可是盡皆毀於柏林兵火。中國政府於一九七二年方以少量的資金予以開發。青年學者姚士宏身體力行，帶領著維漢員工，清除了千年積土，今已登錄了二百三十六個洞窟，壁畫尚有一萬余平米劫後餘生。後有宿白教授率學生親臨指導研究，而今克孜爾千佛洞聲名鵲起，已有「第二敦煌」之美譽。

在那些飛天壁畫和佛傳故事中，記憶最深的畫面和故事，是釋迦牟尼前世為獼猴王時，舍生救群猴。猴群面臨深澗，而獵人將至；獼猴王用手腳攀住兩岸的樹幹，以身體超渡了眾生。一個西北大學歷史系畢業的女生做講解，她與丈夫一同在這裡做研究，嬌柔的身軀上斜背著一支手電筒，用清脆的聲音講述著古人修行的淡泊故事，專業地回答了一切乃至刁難的問題。在談到佛容的特徵時，她竟敢拿毛澤東的女相來比照一通。

一個民族的同胞，見見也沒有關係

回到龜茲賓館，結識了艾哈買提江・卡斯木先生。見過世面的他五十出頭，長

克孜爾千佛洞

得一米八十的高佻身材，和一副酷似德國人的相貌。他在經理位上提前退休，拿七百八十一元的月金，還在廳裡設了個櫃檯，賣點紀念品賺錢。他十三歲進烏魯木齊藝術專科學校學舞蹈，是文化革命把他的學業糟蹋了。妻子也從法院退休在家，拿錢比他還要多。新蓋的家在一條巷子裡，日子很過得去，但心裡煩著子女就業的問題。一個兒子花了許多錢讀烏魯木齊的政法學校，畢了業竟無事可做，只得在城裡開了一家賣磁帶的小店。

問他去不去清真寺？他說古爾邦節是大日子，縣長去他也去；總之身為共產黨員去多了「影響」不好，還是那七百八十一元最重要。問他想不想去麥加朝聖？他說此生總要去一次，問題不是中國政府設限制，而是沙烏地阿拉伯有配額。當務之急是要讓岳父先去，老人家在地方上有威望，他自己又在阿克蘇地區有關係，今年拿到配額是「蓋了帽」（鐵定了）的，當女婿的還得去北京為岳父辦簽證；他歎息說：「我們出門吃飯不方便，要背上一大口袋的饢。」

庫車縣長是維族，縣委書記和公安局長是漢族，這些或許都是免談的人事話題。我只問他計畫生育搞得怎麼樣？他說漢族一家只許生一個，城裡維族一家兩個，農村三個。我問農村裡還管得住？他說現在實行分田到戶，超生就沒收土地，就沒有人再敢造次了。烏魯木齊的事情他也很清楚，說新疆歌舞團到台灣演出，有人與吾爾開希見了面，回來要做檢討，但又有個大官說：「一個民族的同胞，見見也沒有關係。」於是皆大歡喜。

在艾哈買提江家裡吃了手抓飯，出門已是午夜時分，他後悔沒找文工團的演員來給我們唱歌跳舞；我倒建議他可以做做招待遊客的家庭生意，他說也想過這份事，但庫車城裡沒有先

墩闊鄉的維族漢子

例；只要有人開頭，他就會跟進。臨別時，他告訴我們明天該走的路線：出庫車南門，到「東胡鄉」，那裡有一條直通沙漠公路的石油專用線。

第二天啟程，很快就到了一個「墩闊鄉」，村口還停著幾輛計程車，維語「闊」「胡」不分，我將「墩闊」聽成了「東胡」。村裡有個小鋪子賣饢和礦泉水，老人們閒坐著喝茶聊天，幾個年輕人在宰羊，那個剝羊皮的小子，長得就像一個憨憨的歐洲人。村民們都很和氣，問我們從那邦來，小馬代答是「美國的漢族」。出村不遠，就是那條柏油鋪的石油專用線，只見兩側土地濕潤，但又不生莊稼，原來是大片的鹽鹼地。石油系統過了河沒拆橋，卻聽任鹽鹼和水氣，把它拱成了一條「搓板路」，越野車抑揚頓挫了兩個小時，終於到了一個有武警把守的大路口，左方指著「輪台」，右手指著「沙漠公路」。

三千年的胡楊木，何人堪比？

我們朝右轉進，車行不遠就到了久仰的塔里木河，它的源頭是北山上泄出的阿克蘇，即是積雪融化成的「清白的水」；沿著塔克拉瑪干大沙漠的北緣，一路匯合了無數滋潤了塊塊綠洲的涓涓細流。我們步行走過塔里木河大橋；從橋上望去，這條母親河有三百米寬的胸脯，我原以為她已經老弱乾枯，今年她的乳汁卻來勢洶湧。然而，她只是一味盲目地流去，最後默默地消失在沙漠的東方盡頭。

南行幾公里，就到了沙漠公路的拱門口。當家人捨得花錢立牌坊，卻捨不得放個活動廁所。話說回來，這地方活人都要變「乾屍」，莫非屎尿就能叫「沙漠變良田」？紀念碑前，有個南陽諸葛在賣西瓜，還有個和田維族在賣古董。我戲言河南人的瓜是假瓜，他說：「我有造假的本事，就不到這鬼地方來了。」那套要價八百的「和田古董」，是一個竹節狀的筆筒，一個酒杯和一個小碗，真像是在地下被埋沒了一千年。我還價五百；小馬小朱大聲呼冤，說這都是假貨。我念他千里迢迢到這裡，無非是要想撞著個冤大頭，就讓他高興高興算了，最後還是小馬做主以三百元成交。

剛進沙漠，路邊還有大片與沙同色、奇形怪狀的胡楊樹林，其中枯死的多，鮮活的少，看去真有末日無望的淒涼。據說，苦命的胡楊們靠著潤吸深沙中的絲絲水分，竟能存活一千年，死了還要傲立一千年，倒下再要爛上一千年。朝沙漠深處走去，它就愈見愈少了，但又始終不絕；哪里有一息水氣，它就能在那裡挺立。說來，用酒肉滋養的眾生軀體，生前還有斤斤計較的名利；然而只一百年，卻統統都要化做爛泥。唯獨永垂不朽的思想，才能與這些寂寞的胡楊相比。

塔克拉瑪干大沙漠那般壯麗

淆稱沙漠（desert）的「戈壁」或「內華達」只是礫石灘而已。世界上真正的流沙沙漠，首推非洲撒哈拉，其次就是這塔克拉瑪干。藍天下的金色流沙，比水天一

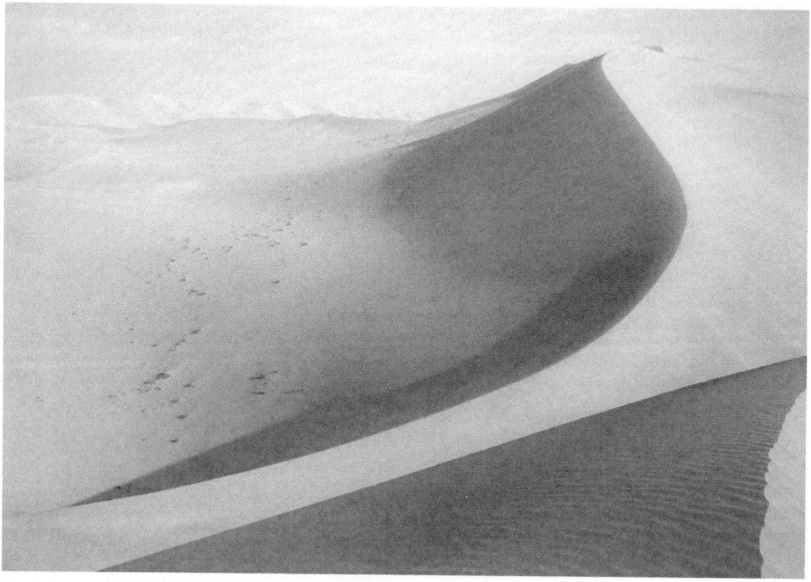

塔克拉瑪干大沙漠

色的海洋更美麗。那是潔淨實沉的細沙，被輕薄的風兒吹起，飛過了迎風的丘頂，又快快地墜落下去，那丘頂的尖角成了一彎光滑的月弧。爬上那弧頂，卻恨足跡踏破了它的完美。朝四方望去，綿延起伏的丘與弧，一直展伸到遙遠的天際；這莫非就是我們中華民族，一盤散沙，卻又那般的壯麗。

沙漠公路是從輪台起的頭，過了塔里木河，還要穿越五百幾十公里的流沙，才能到「西域南道」上的民豐城。建得成這條沙漠公路，堪稱中國有絕技，原來是用博斯騰湖出產的蘆葦桿，編織成孔方七、八寸的大網，釘紮在公路兩邊沙丘的底座上。這樣一來，就如將「丘廟」的位置固定了，再不怕跑了幾個「沙和尚」。凡事說來都很容易，當初卻不知付出了多少心血，才悟出了這個淺顯的的真諦。

過了正午，到公路的中點「塔中」，出車就像進烘爐，此刻它頭上懸著的必是世界上最紅最紅的紅太陽。塔中沒有「假日旅館」，卻有鐵皮搭成的「四川飯店」和「清真餐廳」。我們一家好川菜，達縣來的老闆讓兒子到後院去挑一隻活雞，只花二十多分鐘，就將它烹成了兩路口上的「重慶辣子雞」。招待我們的是個新疆姑娘，說家在「二師」，我略費了心思，才悟出是「農墾第二師」。還有個內蒙古來的女青年來搭訕，說爸爸是蒙族，媽媽是漢族；奇裝怪扮的她，想必是在這裡做「特種生意」。她非常和藹可親，絕不像翬俐在戲中那麼有剎氣。

霍英東應該回饋沙漠

說到「沙」，不禁想起香港人物霍英東，此人年輕時候有江湖義氣，抗美援朝時辦了許多禁運的西藥支援志願軍；共產黨知恩圖報，讓他一個人炒作了五十年的黃沙生意，如今家資已有幾十個億。我想，他對沙漠一定很有情誼，若叫他搞什麼「西沙東送」，會叫他折本；但請他拔幾根毛，造上幾個廁所，清理一下環境，引得大批海內外觀光客，也該是件飲水思源、回饋黃沙的好事情。

再行幾百里，見胡楊漸多，不久又出現大片的蘆葦，沙漠公路必定已快到盡頭。只見路邊停著六、七架驢車，車上壘著一人多高的枯柴，那是維族農民深入沙漠，揀回來的三千年的胡楊枝；還見有個小夥子在清水溏裡沐浴，要滌盡渾身塵土回家去。我們停下車來與他們攀談，攝影留念；其中有幾個漢話說得很不錯，他們都是「民豐縣熱克亞鄉勞光大隊」的淳樸村民，年長的那位叫「阿外克力・考西馬克」。

出沙漠路，朝東就是且末、若羌、樓蘭和玉門關，隨著北疆的繁榮和羅布泊的枯竭，這條回歸中原的「南道」早就被廢棄。我們是朝西走，在不遠的民豐城過夜。維族百姓叫這片地方「尼雅」，玄奘記之為「尼壤」，得名於一條源於昆侖山，北流湮滅在大漠裡的「尼雅河」。查「民豐」是「一九四五年從和闐縣析出」的縣置，必是某漢官為它取了這個脫離群眾的名字。人說民豐是新疆最小的縣，一共只有三萬人。

斯坦因盜寶和楊老師的辛酸故事

一九〇一年，英籍匈牙利猶太人斯坦因發現了「尼雅遺址」，「尼雅」之名就沸沸揚揚，從此盜賊慕名蜂至。這片乾枯了的綠洲，在民豐城北一百三十多公里的河尾處，南北二十公里長，東西最寬六、七公里。古城中有官署、民宅和佛廟。斯坦因前後來過四次，掘走了的無價文物和藝術珍品，統統在堂堂的大英博物館中銷贓。王國維對那裡出土的木簡進行過研究，確認尼雅是《漢書・西域傳》記載的「精絕國」。我問小馬為何不帶我們去看「精絕遺址」？他說它不在大路旁，天黑進去怕有差池。

宿夜的「民豐賓館」是由一位「川北妹子」承包，每年上繳十萬元利潤，只是大限將至，她不願再下血本，於是設備破敗；但早餐豐富，聊堪補償。賓館門外有家網吧。那天吧主外出，父親楊老師幫他看家。老師甘肅武威人，刮共產風的年頭，父母都餓死家鄉，他十三歲時就跟著活著的鄉親逃到新疆，在和田進了師範，畢業就到民豐的漢校來教書，現在月薪一千七百元。問老師買房沒有？答曰住公家宿舍才五元錢一月，買那幹啥。又問想不想老家？他說天下哪兒都一樣。再問網吧賺不賺錢？說是兒子中專畢業沒事幹，才來做這個破生意，都是些小孩子在玩遊戲，調皮的玩完了撒腿就跑，還有啥錢可賺？說著天昏地暗，沙塵暴起，我匆匆告辭，他送我到門外，還追問美國好不好？我說問題也不少。

快樂不在於窮富

「和闐」本是張騫說的「于闐」地方，維語讀「Khotan」，留洋回來的玄奘學問大，偏說它叫「瞿薩旦那國」。五十年代文字改革將「和闐」改作「和田」並無大礙。從民豐到和田，中間隔了于田、策勒、洛浦三縣。這個「于田」百姓叫「克里雅」，是漢代「扜彌國」，清代初設「于闐縣」，於是有古今兩個「于闐」之淆。這些小綠洲都是昆侖山的雪水沖積而成，一條叫策勒河，一條叫克里雅河。

從民豐到和田，本來的路況就不甚好，可是又有一百多公里的路基被扒掉，我們還得在便道上再折騰了。沒有石油系統撐腰，這裡的拓寬工程更加死氣沉沉，根本見不著人施工，想必是「資金不到位」，或者是「地方逼中央」。沙漠公路這個世界奇觀，每年少說可以吸引來五萬海外遊客，每人消費一千美元，新疆地方少說可有四億收入；關鍵就在這通道，但堵塞到這般荒落，遺憾，遺憾。

本以為沙漠的南緣比北緣熱，其實那裡很涼快。想來道理很簡單：沙漠中心的熱氣朝上沖，引得四周山中的冷風往裡填。我們在路邊一家兼售西瓜的小百貨店歇腳，門外有張大床讓大家坐。見兩個美麗的女子抱著孩子坐在補鞋攤邊等鞋子，卻因語言不通而無法對話；小馬說補鞋原來是溫州人的營生，現在他們升級做大生意，維族同胞就來頂班。又見一個油頭粉面的青年紳士走來，請問他什麼的幹活？說是鄉農機站的技術員。我們在樂聲吃西瓜，老闆娘聞聲就起舞；生活的感覺最重要，快樂不在於窮富。

庫爾班窮漢們怎麼辦？

說著說著，就過了策勒和洛浦，過了一座大橋就進了和田城。橋上有個農夫趕著一群聽話的綿羊，大概都是去進屠場；橋下必是那條玉龍喀什河，它和喀拉喀什河在城北合流成「和田河」，然後杯水車薪、不自量力地流進了大沙漠。城西南買力克・阿瓦提地方，是古于闐國的王城遺址；城中心立著毛澤東和庫爾班老漢握手的大雕像，據說老一代的維族民眾對毛澤東很崇拜，天下無疑有人懷念均貧的時代。

小朱帶我們去一家私人作坊，見識

作者與鞋攤邊的維族女子

了織絲毯的精巧技術，但要價不斐；又帶我們去參觀一家玉器廠，老闆娘是「兵團戰士」的精明子女，見得我們從美國來，便打聽世界經濟走勢，想必在盤算財富的處置。在一處雅靜的高尚住宅區邊，有一家潔淨的餃子店，於是一行就在那裡吃中飯；又進來一對維族夫婦，一副高雅的貴族氣派。時光流逝，和田均貧不再；富蟲們一個一個生出來，共產黨的「基本群眾」庫爾班窮漢們怎麼辦？

維母漢父的朱家女

和田賓館前台的溫和女子，長得漢維兩可。問她尊姓？卻是我們江蘇朱氏本家。故世的父親是跟部隊來的，在勞改農場當幹部，現在哥哥頂替了父親的

和田街頭

工作。維族母親和她一起住；丈夫也是維母漢父，小倆口都會說維語，卻識不得維文。問她有幾個孩子？說只有一個，長得像個維族小子。我說維族不是能生兩個嗎？她說從小報的就是漢族。又問維漢通婚多不多？她說父親那時代多，現在很少了，是因為生活習慣不相同。

說來民族的融合，實在是可以分成「強迫」和「自願」兩種。一個湘潭籍同學告訴過我，當年湘軍西征歸來，許多人帶回來了維族太太。五十年前，共產黨在新疆分田地、搞改革，一時威望很高；那些能說會道的漢族幹部，都成了時世造就的「豪傑」，美人愛慕的「英雄」。到頭來，毛澤東顛三倒四，共產黨朝令夕改；當年的英雄就統統變成了不明事理的「糊塗蟲」。我想，除生活習慣不相同外，這或許是兩族通婚減少的政治緣故。

少生孩子多種樹

從和田到喀什是朝正西北走，和田地區到皮山縣止，喀什地區從葉城縣始。從地理上看，喀什地區的東部屬於葉爾羌河流域，該河源自與喀什米爾分界的喀拉昆侖山中，它北流到澤普和莎車時，彌散成許多灌渠，到麥蓋提又歸籠朝東北轉進，但終未內能與阿克蘇合流，便於沙漠西北緣蒸發殆盡。這一路很平坦，絲毫沒有與世界屋脊極近之感；可是氣候非常很燥熱。要是居家的話，我寧肯選擇清涼的和田。

一路的樹木都長得很好，還有看不完的用維漢兩種文字寫的標語，其中反覆出現，而且最容易記住的是「少生孩子多種樹」。說來，美國商業廣告多，叫人一渴就會想到「可口可樂」；而中國政治口號多，但「四個堅持」「三個代表」令人莫知所曉。惟此「少生孩子多種樹」，最合國情，最順口。這口號如果早叫十年、二十年，國事就不會這般的麻煩，但晚叫總比不叫的好。

中午在「莎車國」著地，當地人呼之「葉爾羌」，《元史》記作「也里虔」或「鴨兒看」。莎車是新疆最大的縣，人口六十多萬，產棉全國第一。十六至十七世紀時，察哈台汗後裔在這裡建立過葉爾羌汗國。那時蒙古朵豁剌惕部控制了天山南路和河中地區三百餘年，他們改說突厥語，服膺伊斯蘭教，連名字都取得像阿拉伯人了。這些蒙古後裔，在中國境內融於維吾爾族中，境外則大部成了烏茲別克族。

馬可波羅也來過莎車

莎車是「南道」的樞紐，西行翻越帕米爾，就到阿富汗、巴基斯坦和印度，再西走就是伊朗和羅馬，當年這條絲路非常繁盛，馬可波羅就從這條路進得中國。成吉思汗的後代為了收「買路錢」，在南道上打得你死我活；這又逼得人們去開闢海路，從此也就斷送了莽夫們的生路；真乃「成也武功，敗也武功」。那個嫁給伊兒汗國的元朝公主，就是從福建泉州坐船去的伊朗，順便還捎走了西歸的馬可波羅。

雖說葉爾羌汗國只有一百多年的光景，但猶有遺風可觀。王宮的伊斯蘭式的宮門和宮牆頗有氣派，但內部已經象個大雜院。保護得很好的是第二任國王拉施德汗的妻子阿曼尼沙汗的陵墓，這是一個底座四方、望去是上下兩層的建築，每邊有高柱撐著的五個拱；紅地毯把你引上階梯，進得到高敞達頂的大廳，那裡按放著她的衣冠塚。她是個受後人敬重的才女，寫有許多傳世的詩歌，還收集和整理了不少音樂和古風。

又上路，心裡卻為新疆地名犯嘀咕。根據《漢書》把葉爾羌叫做「莎車」，固已荒謬；將尼雅作「民豐」，克里雅作「于田」，就完全不成體統。再如，且末是為「車臣」、皮山實為「姑墨」，而字典手冊根本不予注解。馬可波羅到過的一個「Charchan」地方，常人都不知道就是「且末」。歷代中央政府對新疆地名循鴕鳥政策，共產黨也只將「迪化」改做「烏魯木齊」，其他原封不動，這實在是對當地民族的不尊重。

喀什是中亞的明珠

四點鐘光景進了名城喀什，先繞城一周識個大概，只見是個現代都會，何處又是中亞之風？從喀什西行便是吉爾吉斯和烏茲別克，後者即《史記》列傳的「大宛」。然而，仙境卻在帕米爾中，從喀什南行三百公里，經美如畫的公格爾和慕士塔格山腳，半日能達塔什庫爾干。那裡的土著塔吉克族是伊朗種，女子嬌媚，男兒英俊。帕米爾山高險阻，游牧民族鞭長莫及，山中百姓至今還有不變的音容。玄奘歸國途中經過那裡，說它叫「朅盤陀國」，卻又說它的居民「容貌醜弊」，這莫非是出家人「酸葡萄」？今年雨水多，這條路上有險情；我們時間又緊，只好在喀什城中游大巴扎和香妃墓。將來務必到此再一遊。

下榻的其尼亞克賓館的經理說，過去有很多歐洲客人從巴基斯坦開旅行車來，先到塔什庫爾干觀山水，再到喀什的巴扎買貨物，因此生意火紅；今年阿富汗打仗，政府把幾個口岸封了，賓館收入因此大打折扣。這位白面富態的經理三十零頭，一口英文則無師自通。說爺爺是江蘇泰興的地主，沒有出路的父親很早就來支邊；那時喀什啥也沒有，是父輩們把它建成了中亞的明珠。我思忖：莫非是爺爺的靈氣復燃，使他既精明又成功？

英國領事的母親是太平天國的人

這賓館建在英國駐喀什領事館的原址上。有趣的是那首任領事馬繼業的身世，其父馬格里，是鎮壓太平軍的洋槍隊的少校軍醫，且與李鴻章有私誼。聯軍攻進蘇州城，少校娶了天國納王的妾為妻；軍醫又做過金陵兵工廠的主持，馬繼業就生在石頭城中。後來為幫助郭嵩燾建立公使館，馬格里去倫敦時帶走了十歲的馬繼業。馬繼業精通英、法、德、俄語，想必還操得一口兒時說的南京話，他先在英屬印度政府中任譯員。一八九〇年他二十三歲，隨榮赫鵬（Sir Francis Younghusband）到新疆考察，從此就留在喀什當了二十八年的領事。這個領事館是他一手張羅，原是喀什最豪華的建築，斯坦因對它還有美好的回憶；現在只是賓館後院中的一個餐廳，看去平凡無奇。

出門是色滿路。東轉西拐，就上了一條滿布維族商號的大馬路，兩邊有的是五、六、七層的洋樓，街面有藥房、髮廊；門洞中開的是牙科診所。藥房的廣告是一個大牛頭，髮廊的招貼來自好來塢。光鮮的男女在打手機，邊說邊笑旁若無人；有個紅衣青年，身上爬著蠍子，原來是在賣膏藥。還見一家經銷店，放著幾十輛裎亮的摩托車，賤的三千，貴的不過八千多，看上去卻都像是日本貨。從巴基斯坦到摩洛哥，大概難找一個伊斯蘭城市，這般繁榮，又這般世俗。走著走著，又失魂落魄：當真有人能叫它再回變成一個「阿富汗國」？

色滿街上的藥房

維吾爾族會走路，就會跳舞

第二天，遊了清真寺、香妃墓和大巴扎後，卻增添了人文感覺的失落，難道此行只是為古人、信仰和物欲？我們要見的是底層百姓的生活。離大巴扎不遠，是個方圓幾里的大土坡，坡上有層層疊疊的老土屋，小朱把車停在坡下的臭水溝旁，我們緩步走進這個中亞人類的聚落。這裡是土路，土牆，和只用幾根木料就築起了的土房，深巷裡還架著過街樓，大概是婆媳各住一頭。正曲曲拐拐疑無路，前頭卻冒出了個亮人眼目女子，她擺了個姿勢，送來淺淺的秋波，讓我們拍了個照。婦女們三兩聚席在地上縫帽子，有幾間院子開著門，看得出裡面有窮富。還有一處是「居民委員會」，政府還

會走路就會跳舞

有專人管束這些三姑六婆。

有人伸手拉我們進門去做客，那小合院中的堂屋頂頭，壘著一摞紅綢面的被子，四周壁毯環繞，我們在地毯上入座。三十歲上下的兩個姐妹端水招待，先推銷她們製作的小紅帽，然後妹妹抱出了個小女孩，要她跟著那錄音機的樂聲來跳舞；女孩沒睡醒，當媽的很來火，還是外婆讓她起的步。一起步，就入魔。只見她身首微扭，纖指略張，沒有一分做作，沒有一絲虛浮。那樂聲莫非就是「龜茲樂」？婆娑著的一定是「西域舞」。就是這個天才魔女，令我們此行不虛無；妻子買了兩頂帽子，付了感謝費。記得她們說：「我們會走路，就會跳舞。」

美國人在喀什開咖啡館

心滿意足地回到色滿路上，進了一家咖啡館，那是一個美國家庭開的，除了有舒適的座椅，還有潔淨的廁所。主人家來自愛達荷，夫婦兩人有三個女兒，從舉止和服飾看像是虔誠的基督徒；說是在這裡住了許多年了，已經愛上了喀什的百姓和水土。我問主人：「中國政府怎麼能容忍你？」他說他有GOODWILL（善良意願），政府知道他們不會是SPY（間諜）的；問他想不想在這裡傳教？說原來是一個HOPE（希望），做不到也就算了。天下人各有志，華爾街中有人貪得無犧，色滿街上有人寧靜致遠。

我們坐飛機回烏魯木齊，小馬、小朱要把車開回去。又是新疆航空公司嶄新的波音機，小姐中卻沒有一位維族古麗。抬眼望去，滿座的機艙裡有四個美國和平隊隊員，一個巴基斯坦賣地毯的夥計，卻只有一個維族兄弟，滑行時他還在打手機，想必是第一次坐飛機；廣播說的是怪聲怪氣的漢話和英語，根本就沒把維族同胞放在心目裡。飛機升空，一個醉鬼就開始搗亂，一路不歇氣；問是何許人？說是早就發現了形跡，只是一個公安擔保他沒問題，才讓他倆一起登了機。到烏魯木齊，見那個豬頭豬腦的公安帶著他那未醒的朋友走過我的身邊；真不知這裡有沒有法制，難道他倆也可以把我們送進深淵裡？

天池邊上有娘娘廟

第二天，旅行社的車送我們去「天池」和「南山」。天山有很多脈絡；一派柏格達山在烏魯木齊的正東，山中有白雪封頂的柏格達峰，峰下就是聞名遐邇的「天池」。從烏魯木齊要先朝東北走，過了米泉和阜康，然後沿著一條南進的路，上得山中。路邊都是些哈薩克族的蒙古包，悠悠的馬兒們還在溪邊吃草；人兒們卻都成「天池管理局」的雇員了。車兒們在一片故弄玄虛的地方止步，欲到天池邊，還須乘電車或坐纜車續路。

這池碧綠的青水，是在被群巒托起在松林密布的高山上；是那透藍的天空，牽著雪白的遠峰。恍然覺得進了離天咫尺的無欲境界，真又何必再回歸世俗紛爭的人間？我們來得早，搭上了本旅行社經營的頭班遊船，在湖中繞了個順時針的大圓圈，卻再也沒近得一些那既遠又近的天邊。中途有個小站，原來是個台商在半山上修了個「娘娘廟」，讓人們花錢去求籤；痛惜的我，心中不住地為天池祈禱：萬不可讓港商再造一個煞風景的「閻王殿」。

留連留連，又呆坐在一塊青石邊，與許這是我離天最近的一天。是個身穿保安制服的哈薩克青年，有禮貌地告訴我「你越出了邊線」；木訥的他原是個牧民，隨本地當齡的男女，統統被政府收編，日子當然要比過去好得多，每月能掙個七百元。要不是下午與博物館和考古所有約，妻兒還要去南山一覽，我們怎麼捨得離去，再來又是何年？

兒子朱浩與南山哈薩克族牧民

「民族大義」滅「階級恩仇」

祖籍南京的導遊女士，本是中學教師，父親是國民黨的軍人，想必是儒將陶峙岳的部屬，後來自然成了粗人王震的麾下。問在新疆危險不危險？她說：「沒有那會事，新疆的治安系統是全國最有效率的，大案要案花不了二十四小時，都能破案。」我就不知這些是真是假了。她還說：「父親去年回南京住了一陣，還是回來了，五個子女都在這裡，新疆就是我們的家。」最認同新疆的漢人，是國共兩黨軍人後代；既有「民族大義」在，那「階級恩仇」就化為烏有。

司機又是一個當過兵的直言漢子。說現在社會有許多進步，只是幹部腐敗得不得了；還說搞多黨制就能解決這個問題，只是共產黨還沒有想通。他跑了四年哈薩克斯坦的車，說那邊連肚子也填不飽。有回他給哈薩克邊防士兵一塊饢，兩個大個子掰開分了，兩個小個子就一齊哭了。還說那裡的工廠開不了工，就乾脆拆機器賣，一賣就賣了十年，他就是去拉廢鐵的。還說那邊的水土比這邊好，原來都是中國的土地，卻讓賣國賊給賣了。關於民族問題，他說漢族要學英語，維族連漢語都不學；難道象哈薩克那樣，不學俄語就能獨立進步了？

論英雄，看未來

說到新疆，不得不提王震。我對他有許多成見，天下更有恨他的學生；這回去了新疆，才知道漢族百姓對他敬如神。滿清、民國、共產黨三朝治平新疆的人物，以左宗棠、張治中、王震傑出，其中左、王二人是湖南人。說來，張治中是在危局中苦撐，王震才是成事的人。此人帶了一個兵團進疆，又與同鄉陶峙岳精誠合作，率領兩黨軍人戎裝犁田，頭年就墾荒一百萬畝，從此就固住了遊移的新疆的根。

行筆至此又打住，撥了個電話給住在芝加哥劉光華教授。劉伯伯早年留美習建築，五十年代初在南京工學院任上，去幫助設計石河子，與王震也有過交道；他說：「王震是個粗人，但很有作為。」據李銳回憶，廬山上唯王震還敢為彭德懷講公道話。文革中王震也挨過鬥，毛澤東在天安門上安慰他：「我瞭解你，你是個粗人。」這個眾口一詞的粗人，後來當「國家副主席」時已經很顢頇了。據說八九年他說過「拿人頭來換江山」的狠話；他說自己是保「關公」鄧小平的「周倉」。真叫我感慨；到頭來還只般蠻橫？共產黨真須有當年勇，去追趕世界先進政治水準。

近得米泉縣城，遠處一排大炮是解放軍炮兵陣地，新疆已不是五十年前的格局，民族的比重發生了巨變；境外強鄰分崩離析，獨立運動失去倚托。宗教信仰雖然真潔，但畢竟無法抵禦世俗的誘惑，然而新疆的民族問題還遠遠未了。

在新疆聽到漢族談維族的愚昧落後，就象美國南方白男人議論黑人。我們一家都同情弱勢民族，聽了很不是滋味。解決民族問題，本是天下最難的事；若是膚色和相貌不同，就更是雪上加霜。毛澤東有幾十年的失誤，今天在維族民眾中仍有很大影響，因為他實幹打富濟貧；然

柏格達峰下的天池

而當年要均產的黨，今天卻要當「三個代表」，說穿了就是「嫌貧愛富」；到頭來，窮富兩頭都落空不說，民族問題還會愈積愈重。

新疆問題的癥結是：在經濟和政治上，維漢兩族未能同步進取。我們應該客觀地看到，在市場經濟的自由競爭中，弱勢群體可能變得愈見孱弱。在處理民族問題的過程中，不能一味講究優勝劣敗，還須有扶持弱勢群體的道德勇氣；這樣的工作，政府不做誰來做？說些民族團結的空話，還不如採取立法措施和政府主導，使各民族都有「與時俱進」的參與感覺。

二〇〇二年十月十七日

無法用「違心」撇清周恩來

——也讀《晚年周恩來》

可讀性極高的《晚年周恩來》的問世，是出版界的一件大事。作者高文謙先生的父母是燕京大學的同學，憂國憂民而參加了共產黨，可是共產革命的勝利沒有給中國送來光明，高先生的父親先就因言獲罪而被遠放，母親在文革中又被囚禁在秦城監獄七年之久。因為天分和勤奮，高先生文革後就成為「中共中央文獻研究室」的成員，把握了大量中共資料，還親訪過王力、吳法憲、紀登奎這樣一些文革要人。「六四」的血腥，使他在「周恩來生平研究小組組長」位上脫離共產黨。高先生的母親是愛國名人林則徐之後，在母親的鼓勵下，他用良知和心血，十年才寫就了這部《晚年周恩來》，事實證明這是一門忠良。

《晚年周恩來》的貢獻，在於作者全息地俯瞰著中共的歷史，而又能將文革的浩繁人事融會貫通，圍繞周恩來與毛澤東自「寧都會議」以來的恩恩怨怨，夾敘夾議地揭示毛澤東的妖孽本質；而之於謹守晚節周恩來，作者卻又把感情留給讀者們，褒貶由你了。讀《晚年周恩來》，如受作者一派正氣的濡沫，是一件難得的快事。文化大革命起頭時，高文謙先生年僅十三歲，卻又能對世事的理解如此透徹，我想一則生有乃祖之遺風，二則是逆境的催動，使他早生了擔當歷史重綱的抱負。

中國各代歷史都是由後朝官修的，為維持「皇綱」和「帝統」，後朝都竭力為前朝美言，這就是中國歷史充滿謊言的傳統。而中國共產黨就更其然了，連當天的事情都敢說假話，它將來的歷史自然是沒人信的。而李銳先生以與毛澤東的私交和親歷，李志遂先生以貼身的近距觀察，分別寫就了《廬山會議實錄》和《毛澤東私人醫生回憶錄》，而《晚年周恩來》又繼往而來為愛史的中國人建立了誠實的信譽。

我也見過周恩來，一九六七年「二月逆流」時，四川搞了個「二月鎮反」，同校教書的一位體育教師被抓，我們幾個要好朋友到北京去告狀，在地質學院和西苑飯店住了兩個多月，等待中央解決四川問題。五月初的一天深夜，「中央首長」在人民大會堂接見群眾代表，排不上號的在台階上等候消息。後來說首長要多見些人，我也進去了，於是見到了全部「中央文革」的成員。

三十六年過去，惟對周恩來和康生的形象還有記憶。那天「首長們」都穿軍裝，只有康生著中山服，敞著領子，露出了雪白的襯衣。周恩來和康生還不時站起來走動，手上還端著茶杯，他們個兒不高，容顏端莊，紅光滿面；那年頭百姓們面有菜色，我頭遭見到氣色這般好的中國人，因此第一個閃進腦子的念頭是「他們大概天天吃肉」。記得有人嚷著要成都軍區司令員「韋傑站起來」，韋傑是個小老頭，老老實實地站起來，周恩來很和氣地說「還是讓他坐下吧」，他南腔北調的講話很平穩，並沒有躁動的「革命熱情」。那時，我以為文革很快就要結束，對「中央首長講話」並無很大興趣，只是把他們的表面看了個夠。

人們都說周恩來很英俊。據說抗戰期間他在重慶與一班文化人接觸很多，演《桃李劫》的陳波兒暗戀他，常常來糾纏；鄧穎超女士發現了不正常的信號，就把大家聚在一起吃飯，收了陳波兒做乾女兒，才了了這番「兒女情」。此事雖小，卻使我覺得鄧穎超不失為知情理的人。天安門事件時群情激憤，周恩來博得了太多人的愛，其中也有我的一份。可是天長日久，共產黨毛澤東的陰毒愈暴愈多，「周恩來、鄧穎超是偽君子」，又成了我對他們的後論。

初到美國，惡補了一大堆海外中文報紙，至今還記得關於周恩來的兩件事。一是西德《明星週刊》五十年代報導，他在德國期間（一九二二年初至二三年七月或十一月），與一個叫史蒂芬的十八歲的女子相愛，她為他育有一子庫諾。後來史蒂芬失卻了周恩來的音信，庫諾長大遇上了戰爭，被送到東線去作戰，戰死在俄國。二是「顧順章滅門案」，顧是中共中央政治局候補委員，中共特工負責人之一，周恩來的助手，一九三一年被捕叛變，對中共中央機關造成重大傷害，周恩來和康生率領「紅隊」將他全家殺絕，然後周恩來自己去了江西。

《晚年周恩來》記錄了他與毛澤東的一世糾纏。那是斯大林和共產國際的瞎指揮，書生們不得不盲從，奪了毛澤東兵權，反圍剿鬥爭就失敗，紅軍損失慘重，長征途中在遵義，周恩來不得不向毛澤東認錯。從此，周恩來後半生就成了一個「戴罪之人」。而毛澤東生來刻薄寡恩，不時要拿別人的過錯來敲打敲打；即便周恩來檢討認罪不完，毛澤東也不寬恕他。幾十年後，還要用「經驗主義」的緊箍咒纏他，用「伍豪事件」的叛徒嫌疑暗示他，臨死還被清算

「投降主義」。在得了不治的癌症後，毛澤東賜他早死，他就不敢不先死了。

《晚年周恩來》開卷便道出了周恩來「保持晚節」的惶恐心態：「自知將不久於人世的周恩來提筆給毛澤東寫了封親筆信（按，寫於一九七五年六月十六日），回顧反省了自己的一生，說：『從遵義會議到今天整整四十年，得主席諄諄善誘，而仍不斷犯錯，甚至犯罪，真愧悔無極。現在病中，反覆回憶反省，不僅要保持晚節，還願寫出一個像樣的意見總結出來。』」讀到這裡，我大驚：周恩來只比毛澤東小了五歲，怎若兒孫般的謙卑？

「書生」在江西奪了毛澤東的兵權

中共犯過「路線錯誤」的人物，都被打入了冷宮，陳獨秀早早貧病死在四川江津，王明去了蘇聯，張國燾去了香港，惟周恩來是「留用人員」。儘管他在黨內有資深地位，但與曾是毛派人物的劉少奇、鄧小平，或身為嫡系軍人彭德懷、林彪不同，他們還可以有點頂撞的膽量，而他周恩來卻是萬萬不敢的。這固然是因為毛的強勢而霸道性格，和周的懦弱而懂事的天性；更重要的卻是他有過反毛的「不良早節」，使本該有點革命家血性的周恩來，在毛澤東面前卻象個奴婢了。

一九四二年，周恩來從重慶回延安參加「整風運動」。仕別三年，紅太陽已經高高升起，《晚年周恩來》說到一件非常驚心的事情：「周恩來一回到延安，毛澤東就給他來了個下馬威，劈頭蓋臉地批評他與胡宗南辦交涉時破壞黨的紀律……並甩出一句很重的話：『不要人在曹營心在漢！』」毛澤東隨意辱罵高級黨人是「家常便飯」，張國燾就親眼見過毛澤東罵張聞天，就如老子罵兒子；而毛澤東對張國燾夫婦，也極盡諷刺挖苦之能事，甚至於街頭戲弄張國燾年幼的兒子，遂使張國燾萌生了去意。而「相忍為黨」的周恩來卻把這句重話咽了下去。

毛澤東在共產黨內的地位，是他的智慧和能力造就的。有人說「想像力比知識更重要」。對於打天下的時代共產黨來說，毛澤東是一個有想像力的創業領袖，周恩來只是個通情理的執行命令的守成之才。毛澤東不擇手段的謀略，投合了共產黨人追求勝利的狂熱，乃至不計後果地將他捧到至高無上的地位。他與周恩來江西一度的瑜亮情結，早因周在遵義認了「我不如人」而了結；再通過造神的延安整風，周在毛面前更喪失了人格獨立的尊嚴，從此就鑄定了兩人間的君臣關係。

遵義會議伊始，共產黨既因毛澤東得了成功的效率，亦因他的至尊使黨內生活失去公平。成敗皆因毛澤東，六十年代初中國已經餓死了幾千萬百姓。可是身為人民解放軍「總政治部主任」的蕭華，還在那流傳一時的《長征組歌》裡歌頌「毛主席料事真如神」。幾年後，毛澤東就發動「文化大革命」，把那些大大小小的蕭華們和劉、鄧一鍋煮了，他們才發現「神」與「鬼」沒有區別。中國俗語很精妙，何為「牛鬼蛇神」？非毛澤東莫屬也。

《晚年周恩來》說林彪事件後，毛澤東灰頭土臉，「精神頹唐，抑鬱終日，內火攻心，終於病倒了下來」。他天天想害人，又怕有人要害他，因此拒絕服藥。加上參加陳毅追悼會，「受了風寒，導致病情惡化，由肺炎轉成肺心病，全身浮腫，整日昏昏沉沉，出現心力衰竭的現象，曾一度昏厥過去」。「聞訊趕來的周氏心情緊張到了極點，以至當場大小便失禁，許久下不得車來」。作者引用李志遂醫生的回憶，毛澤東病中曾經作過交權的安排：「毛將頭轉向周恩來說：『我不行了，全靠你了……』周立刻插話說：『主席的身體沒有大問題，還是要靠主席。』毛搖搖頭說：『不行了，我不行了。我死了以後，事情全由你辦。』」

可是，尼克森即將訪華，毛悟出了以外交勝利掩蓋文革破產的玄機，於是開始服藥，並迅速見效。《晚年周恩來》又記載，經周恩來與尼克森、基辛格周旋，聯美反蘇局面實現，毛澤東得意之餘，病情亦見好轉，於是害人之心又起。一則後悔交權的安排，二則妒忌周的風頭，三則擔心活不過周。於是指使汪東興阻止治療周恩來初發的膀胱癌，又利用「批林整風」勒令周檢討歷史錯誤，一九七三年十一月藉故召集的政治局擴大會議，莫須有地批判鬥爭周的「投降主義」，江青竟指責他「跪在美帝面前」，周恩來經過此番刺激，精神肉體一蹶不振，而繼之而來的批孔、批水滸、批宋江的明槍暗箭，終於將他射倒於病榻不起。

共產黨倒置了「群眾—政黨—領袖」的從屬關係，周恩來不僅參與了領袖危害人民的活動，而且在共產黨的內鬥中，屢屢以毛澤東的意志為轉移，以保護自己為前提，不惜犧牲同志。因此，對於周恩來在文革中的許多行為，即便站在共產黨的立場，也無法用「違心」二字撇清，他是在毀黨，而不是在護黨。一九七五年九月，周恩來在施行第四次手術前大呼：「我是忠於黨，忠於人民的！我不是投降派！」事實上，他既沒忠於黨，也沒有忠於人民；而只是一個平時跪在「領袖」腳邊的人，臨死想伸直一下。

周恩來、鄧穎超夫婦都很重視名節，而他們想保持的晚節，今天看來都是些如「忠於毛主席」之類的污名。《晚年周恩來》說毛澤東死後，「四人幫」被打倒，就在毛澤東身與名俱裂的當刻，鄧穎超卻先就要主持平反工作的胡耀邦，把一九七三年那次「批周」的政治局擴大會議的記錄全部銷毀，她憂的竟是毛的陰魂還要糾纏先君的「清白」。這位「天字第一號」的「馬列主義老太太」，實在是太不識大體了，她對即將來臨的變革竟毫無預感，乃至今人要為周恩來淨身，都失去了一個重要依據。

《晚年周恩來》對毛澤東、江青夫婦的無恥暴戾，進行了無情揭露。在文革期間，我就聽說江青說她是「主席的一條狗」，還聽說過她常常自稱「老娘」。對這些話，我一直將信將疑：莫非如此高級的政治人物，還說得出這般粗鄙下流的言語嗎？可是高文謙先生為它們都找到了出處。讀到這些文字，不禁痛心，原來是一個妖孽豢養了一群瘋狗，把我們民族的四千年文明，咬得遍體鱗傷；這又如何叫我們去認同那個至今還以妖孽為偶像的中國共產黨？

周恩來既是一個顛覆政府的革命者，又是一個恪守君臣之節的奴僕。中國產生了這樣一個複雜而失敗人物，然而海內外還有許多人崇敬他，可見未來還將有後繼的失敗者。有人說，這是共產黨的不良黨規，造就了周恩來這樣的人物；也有人可爭議說，正是周恩來這樣的人，姑息了毛澤東，造就了共產黨。我們要跳出這種因果循環，只能將周恩來現象歸因於社會文化—心理現象，極端霸道的毛澤東和極端順從的周恩來，都是中華民族封建文化的產物。

然而，從個人人格上來看，周恩來和毛澤東畢竟是不同的。毛說過：「我是不下『罪己詔』的。」可見他是一個毫無懺悔之心的「鬼」。而周恩來卻是一個有罪惡感的「人」。他自覺對不起賀龍，有機會就設法挽回。《晚年周恩來》中楊成武的那段追憶，確實很感人。儘管周恩來做了那麼多的錯事，但他是一個想與人為善的人，一個經常念及別人的好處的人，一個願意自我譴責的人。如果不入共產黨，他未必會是「絞肉機」中的一個大齒輪。

據說周恩來死前私下多次表示，不要忘記過去幫助過共產黨的人。然而，毛澤東連郭沫若這樣的人都不放過。抗戰期間郭沫若寫了《十批判書》，批的是秦始皇，罵的是國民黨；可是到了一九七三年「評法批儒」時，以「秦皇」自命的毛澤東竟拿老朋友開刀。《晚年周恩來》說，在一九七四年「一．二五」萬人大會上，江青「有意殺雞給猴看，郭沫若被幾次點名，當眾罰站」。眾所周知，郭沫若還有幾個兒子自殺、坐牢；而有識之士如羅隆基、儲安平者，則早就家破人亡了。

周恩來一生都是很痛苦的。死神降臨前，一次一次喚醒他的，可能就是顧順章一家婦孺乞生的哀求聲。他或許自慰那是「以革命的名義」，或者自責那時「太年輕，太無知」。一九五四年，他回到闊別三十一年的柏林，一個十一、二歲的德國兒童來求見，說是他的孫子，這當然是東德共產黨當局認可後的安排，可是五十六歲的周恩來卻將他拒之門外。畢生善解人意的他，難道就不能送孩子一盒糖果，再哄他一下「你奶奶認錯人了」嗎？而非要讓這個受了傷害的幼稚去冥思苦想：莫非是祖父太冷酷，或者是祖母在撒謊？

《晚年周恩來》說他臨終前是很孤獨的，鄧穎超無言地握著他的手，等待最後的時刻。想必冤魂們一個一個地來給他送行，有的尖刻，有的寬容；周恩來向他們一一謝罪，但「我行將就木，已無力挽回」。周恩來或許是一個良心未泯的人，殺完顧順章一家後，一位目擊者就見周恩來自言自語地說；「今後歷史如何看待我們呢？」爾後，周恩來也可能立過這樣的大志：「讓我們得天下後，做盡好事來補償。」然而，權力到手的共產黨，就成了合法的「斷頭台」，繼續以「革命的名義」，屠滅了無數有形生命，還摧殺著無形的道德和靈魂。

共產主義幽靈在地球上回蕩了一百年，周恩來追隨了它在中國興起——挫折——成功——失敗，最後卻由「領袖」安排了他的死期。可慶幸的是，他死在毛澤東的前頭，中國的「後事」由別人去操辦了。否則他很可能是中國變革的一塊絆腳石，總之他的政治行為不可理喻。他去世後，台灣國民黨當局的態度是：「我們反對共產主義，不反對個人。」從《參考消息》上讀到這條報導，我流下過熱淚。又是近三十年逝去，如果人們還能從這位大暴君的卑微助手，與「殘暴」同義的「共產主義者」身上，品出一些磨滅不去的人情味的話，那也算是他個人的成功。

二〇〇三五月十六日

附錄一：周恩來在德國子孫們

周恩來與德國情人的故事，始傳於五十年代初期。一九五四年七月周訪問東德，接受胡包特大學頒發榮譽博士，有一位自稱是他兒子的東德男子要與他相會，被他拒絕。該男子的面貌有華人特性，輪廓也像周恩來。據當時西方報紙報導，他是周恩來在法國巴黎留學時，與一位德國女子所生的私生子。她「可能是」德共黨員，後離開巴黎返回德國。

「周恩來在東德有子孫」的新聞，啟發了當時西德《明星》週刊記者海德曼，他以極大的興趣和耐心，深入「鐵幕」採訪，在東德漢德海根見到了周恩來當年的情人及其兒子的遺孀，後來又在芝遠見到了周恩來的孫子。據海德曼報導，周的情人叫「史蒂芬」，是哥廷根的奧本曼旅店的女僕，一九二三年周恩來寓居該店期間與之相識，昵稱她為「格德爾」，兩人常在附近森林散步。史蒂芬頭髮深棕色，體態略胖，不久為周生下一子，取名「庫諾」。生下孩子十二天后，她被旅店老闆解雇，回鄉下父母家去了，從此與周斷絕音訊。庫諾死於第二次世界大戰，妻子改嫁，留下一個孫子「威佛利」（即古諾・韋邇來德・周），一九五四年海德曼去漢德海根採訪時，他才是個十來歲的小男孩。文化大革命前夕，《明星》週刊記者再訪東德，威佛利已長大成人，在一家國營工廠當工人，結了婚，已有兩個女兒（不是兒子）。他為自己是周恩來的後代深感榮耀，得意地告訴記者：「我的祖父舉世聞名」。還說工廠的同事都知道這件事。

（摘自金鐘編《紅朝宰相》第一八三頁）

附錄二：洪揚生談「顧順章滅門案」

一九二八年十一月，中共中央政治局常委決定成立負責中央政治保衛工作的特別委員會，由中央政治局主席和中央常務主席向忠發、中央政治局委員周恩來、政治局候補委員顧順章負責，特委是決策機構，下設中央特科是行動機構，由顧順章負責，特科下設四個科，洪揚生（一九二四年入黨）為一科的負責人，負責總務；二科搞情報，負責人陳賡；三科就是著名的「紅隊」，又叫打狗隊、紅色恐怖隊，譚余保、王竹友先後任科長；四科是後來才成立的，是電訊科，由李強負責。洪揚生親自參加了這場殺光顧順章全家的滅門案。

這場屠殺由周恩來親自帶隊，康生（趙容）也直接參與，黃埔軍校的學生斯勵那天在顧家打麻將，他的哥哥是國民黨將領，有記載斯勵在「四．一二」清黨中曾將周恩來從國民黨手裡救出，但也因為他認得周恩來，所以也一樣被殺。這一事件中當場被殺的有顧順章的十幾個家人和親友。洪揚生親自殺了顧順章的妻子，還安排把顧順章七歲的女兒送去浦東，後來下落不明。在行刑過程中，康生表現得比周更堅決、更冷酷。

任務完成後，周恩來冷漠地望瞭望趙容，像是在跟他說話，但又像是跟自己說話似的，自言自語地講：「現在是非常時期，我們萬不得已，採取這樣的極端措施，今後歷史將怎樣看待我們呢？」大概講了這句話後才可以稍微對得住自己的良心。一九三一年在甘斯東路愛棠村、新閘路、武定路等地挖掘這些屍體時，共挖出三、四十具，都是周恩來領導下的這個「鋤奸」

的戰果。當時哄動了整個上海。

在顧順章叛變後，周恩來親自召集特科的成員和他們的家屬說：「中央來不及妥善安置每一個，如果有可能離開上海，就離開上海躲避一陣子，如果實在躲避不了，顧順章來了，威逼你自首，中央也允許你們自首脫黨，但決不能出賣朋友，以後等到上海成了共產黨的天下，我會替你們作證……」

洪揚生後來轉移到中央蘇區，在「長征」途中被俘，根據周恩來的指示自首，當了一段時間的特務，大概沒有立功表現，後來長期失業，流落在上海。上海解放後，洪去找一九三一年領導中央特科的潘漢年，因為他知道周恩來作過的上述指示。但潘漢年敷衍了他幾句，就將他推出門口。一九五一年四月大逮捕時他一度被捉，不久放出，安排在工廠勞動，五八年再被捕，一直關到七四年，未正式判刑。洪為保衛革命領導人而出生入死，解放後當然怕他嘴巴不嚴，亂講話，而對他實行「專政」，但沒有把他滅口。文革結束後，由當時擔任外貿部長的李強作證明，洪被安排到文史研究館，每個月有八十元的生活費。

懸賞緝拿

顧順章懸賞緝拿殺人兇手周恩來等緊要

懇謝不周

嚴宅訃告

永安紡織公司緊要聲明

遺失聲明

天佑洋行啓事

上海市華商捲菸廠業同

顧順章懸賞周恩來（1931年《申報》）

（林保華文，原載《華夏文摘》，朱學淵刪節）

一堆糊塗蟲說林彪

八月初，香港鳳凰衛視的「魯豫有約」節目，連續兩個週末播放了中國名人吳法憲將軍夫人陳綏圻女士的採訪記。陳大姐抗日戰爭時期參加新四軍，從上海的一個中學生變成了一個革命戰士，在一次聚會上唱了一首英文歌曲，引起吳將軍的愛戀，結合成一個美滿的革命家庭。

吳法憲夫人上電視為丈夫叫屈

採訪的主題自然是林彪「九一三叛逃案」，是時吳將軍是空軍司令，事後又是「林彪、四人幫反革命集團」的重要成員，因此對事件的始末有相當詳盡的瞭解。陳大姐年過八旬、言辭謙遜，而且記憶清晰，條理分明，她把周恩來帶著吳將軍處置事件的細節，說得清清楚楚。依我的感覺，毛澤東似曾通過周恩來挽留林彪，只是林彪去意已堅，乃至「折戟沉沙」了。

對吳將軍事後所受的處罰，以至株連家屬的做法，陳大姐非常反感，她認為夫君雖是林彪提拔的部下，但只有「工作關係」；而所謂「林彪、四人幫反革命集團」，則純屬子虛烏有。到頭來，經常「反對四人幫」的吳將軍等，竟與江青等同上了一個被告席。對共產黨此等「司法」的厭惡，我們與陳大姐有相印之心相惜之感。所謂「胡風集團」，「高饒反黨」，「章羅聯盟」，「彭羅陸楊」，哪門兒不是假的？有些事情非得落到自己的頭上，才會覺得冤枉。

陳大姐提到吳將軍出事後，她把與林彪、葉群合影照片、往還書信統統燒了。說來，我們也都經歷過那個恐懼的時代，據美國之音報導，《晚年周恩來》作者高文謙先生說，毛澤東也派他的親信女子謝靜宜，把「故副統帥府」中的檔案文書「清理」了一遍，滅去了許多蛛絲馬跡；大家還都知道，林彪死後周恩來大哭一場。

體制內思維的糊塗和虛偽

最近，海內外一片為林彪翻案聲，最執著者自然是聞人林豆豆（林立衡）了，她四下活動為父平反，說的無非是她媽和兄弟害了她爹，林彪本人根本就不知道有個《五七一工程紀要》云云。林豆豆雖在「北大」受過尖端教育，其實是個非常癡愚的女子，當年她向「黨中央」密告葉群有「異動」，致使林彪倉促出走，失事身亡。今天，「大義滅親」的她，卻又期待中央還父親一個「無產階級革命家」的「光輝形象」。

這種失智人還很真不少，前國家主席楊尚昆之子楊紹明即是一個。年初蔣彥勇醫生說楊老先生生前曾經向他表示，「六四」是中共歷史上最大的錯誤；可是小楊先生非但不領蔣醫生情，還要連番表示身為黨國要人的父親，是不可能向這個普通軍醫說這些「圈內話」的。原來，被鄧小平愚弄了一盤的楊門之後，還是想要「與黨中央保持一致」的。

劉少奇之女劉愛琴是又一個糊塗人，八月間她也在「魯豫有約」上訴劉家的苦，念及了臥軌的哥哥，和病死的弟弟，可是這位「留蘇生」的結論竟是：「我爸爸從來沒有反對毛主席，他本來不該搞政治，政治太殘酷了！」最可笑的，還數劉愛琴的繼母，被毛澤東害死了丈夫的王光美，曾握著吳祖光夫人新鳳霞女士（已故）的手，誅心地說：「我們都是毛主席的好學生。」

這些的愚昧或虛偽，就是所謂「體制內思維」的一角一斑。無論是林豆豆、楊紹明、劉愛琴，乃至高了一個輩分的王光美，雖然家人被毛澤東害慘了，而且「姓資姓社」的風水都已經轉回了一圈，但他們都還是要「擁護毛主席」，死了還想「進八寶山」的。當今為林彪翻案的格局，還會朝這個忠毛的「牛角尖」裡面繼續鑽下去。

在形形色色的翻案活動中，又以美國吳金秋教授的「說不清論」，最令人困惑了。吳教授是吳法憲將軍和陳經圻大姐的女兒，八十年代後期來美留學，於某校獲歷史學碩士學位，現任Old Dominion大學教授。美國之音報導她日前在紐約說，關於林彪事件「……應該出來的真相，都已經出來了，各個地方的材料都出來了，如果現在還沒有出來的，那就是一個謎了，歷史的謎案是很多的」。她強調沒有充分的根據證明林彪企圖出逃蘇聯。

我們要說清林彪的問題，還得剖析林彪其人。

軍事天才變成山大王的佞臣

說來，黃永勝、吳法憲、李作鵬、邱會作等將軍，只是一群聰明而勇敢的造反農民而已；而林彪則是一個運籌帷幄的天才。史學家周策縱先生曾對我說，抗戰時他在重慶侍從室工作，多次參加兩黨高級將領與會的軍委會會議，有一次林彪受蔣介石命，即席分析國際戰局，是他記憶中最精闢的講話。我想，在座的委員長一定會想：我為什麼羅致不到這樣的人才？

人才大都嚮往理想；一個政黨沒有理想，只能攬聚庸才。共產黨那時有理想，於是才得了林彪，他一人將兵，打下了半壁江山；周恩來一舌如簧，又說動了天下的人心。可是，得了天下又如何？「時間開始了」，理想就化為狂妄，十年功夫，毛皇帝就把中國治得一團糟。

事情不順利，就會有分歧；而這個號稱「在鬥爭中成長」起來的中國共產黨，總要把一切黨內分歧都說成是「鬥爭」，而鬥爭又必然「殘酷」，因此就一味地「殘酷鬥爭」了。那些原本的人才，經過權力的腐蝕的和鬥爭的恐嚇，有些變成了奴才（如周恩來），有些變成了奸佞（如林彪）；而彭德懷等人則是「為民請命」的例外。

一九五九年夏天，共產黨在廬山開「神仙會」，可是彭德懷才入仙境，就激怒了毛澤東，會議就開成了湖南人的「操娘會」。毛澤東會中搬林彪上山，八月一日他有備而來，在常委會上發言：「彭德懷是野心家，陰謀家，偽君子，馮玉祥。中國只有毛主席是大英雄，誰也不要想當英雄。」一槍就把彭德懷放倒在地，而大英雄的「最親密的戰友」，也就隱然成形了。

彭德懷是個率直而缺乏含蓄的人，他還沒有從「勝利的光環」中解脫出來；而兩湖三湘出來的革命人物，說話又非常尖刻，如果他不說那句「小資產階級的狂熱性」的名言，歷史或許會改寫不少……。但是，依了毛澤東的性格，他彭德懷躲得了一回，也決躲不過二回。然而，從新式的「公共關係」或「談話藝術」的技術層面來看，依了這些農民領袖的衝頭衝腦和磕磕碰碰（也算是中國的文化特色），他們難免一天要翻臉的。

再說，共產黨這個「打江山，坐江山」的政治——武裝團體，除熟習「鬥爭」和「兵法」外，並無其他的見識和專長。因此，林彪也就只能以「出其不意」的「軍事藝術」，來執行領袖「殲滅」同志亦戰友的「戰略部署」了。這回林彪雖然打倒了彭德懷，卻成全了彭德懷的萬世名，最後又把他自己釘在「野心

彭德懷與夫人浦安修（在延安美軍飛機前攝）

家，陰謀家」的恥辱柱上。

毛澤東的罪惡超過兩千年專制總和

中國的農民造反運動一直沒有什麼出息，信奉「馬列主義」的中國共產黨，比捧著「馬可福音」的天國洪楊，並沒有什麼長進。「廬山會議」雖然沒有流血，但「文化革命」比「天京內訌」，不僅毫不遜色，而且「青勝於藺」。有了「槍桿子」在黨內鬥爭中為「山大王」護駕，毛大王也就更加隨心所欲，共產黨就從廬山上一路滑下去，先似勢如破竹，後來就車毀人亡了。

到林彪死，共產黨執政二十二年。其間毛澤東所作的惡，比秦皇以來二千二百年的「歷史總惡」還要多。而林彪「助紂為虐」的十二年（一九五九－一九七一），又是中國五千年歷史中最飢餓、最恐怖的時代。可以斷言，沒有林彪的堅定承諾，毛澤東絕不會貿然發動文化革命；而犧牲林彪記恨的革命將領賀龍、羅瑞卿等，又是毛澤東與林彪的罪惡交易。

這樣的慘劇，完全起於毛林的罪惡合作；而罪惡又加速了罪犯間的破裂。兩人迅速走向對立的起因，還在於毛澤東的反覆無常。他很想結束文革，但一次一次因「干擾」（如「二月逆流」）而延誤，在他騎虎難下時，「打擊面」又一再擴大；「九大」鴉雀無聲的場面，使他敏感黨心已去，於是想籠絡一些「老同志」（如陳毅）的舊情，因此開始疏遠得罪人的林彪，還在斯諾面前說了許多林的壞話，並借是否「設立國家主席」的議題（至今令人莫名其妙），把與林親近的陳伯達打倒，而且有起用張春橋的打算。

林彪一生為人機警，當更非弱輩女流，我們可以想像他對毛澤東不仁不義的憤怒：「我為你出生入死打天下，為你把戰友同志得罪光，到頭來你放我的壞水，叫我孤家寡人，何處落場？」的確，以當時林彪惡人做盡的處境，接不了班，就是滅亡。於是，這個中國歷史上少有的「奸佞」，又立刻拾回了他的曾經造反的「英雄」本色。

討伐暴君的檄文

時光流逝了三十多年，讓我們重溫林彪父子的造反組織「小艦隊」的綱領——《五七一工程紀要》，它說：

B-52（指毛澤東）好景不常，急不可待地要在近幾年內安排後事。對我們不放心。……他們的社會主義實質是社會法西斯主義……他們把中國的國家機器變成一種互相殘殺，互相傾軋的絞肉機……把黨和國家政治變成封建專制獨裁式的家長制生活……他濫用中國人民給其信任和地位，歷史地走向反面，實際上他已成了當代的秦始皇，……他不是一個真正的馬列主義者，而是一個行孔孟之道借馬列主義之皮、執秦始皇之法的中國歷史上最大的封建暴君。

不能不說，這是與專制決裂的誓言，這是討伐暴君的檄文。不管這是錄自於一個部下之筆，還是發自於一個奸佞之心，它的英雄氣概和對歷史的洞察，都大大地超越了一切同時代的叛逆者。而毛澤東居然公佈了這份暗殺的密謀，他以為人民將站在他這一邊；可是這些陰謀的言辭，激起了一場舉國的思想解放。

人人都應該記得，《紀要》給叛逆們帶來的幸災樂禍的激動，連愚鈍的保皇奴婢們也覺察到皇廷樑柱的斷裂，「林副主席親自指揮的」的中國人民解放軍無地自容，而囚徒們開始走出牢籠，尷尬的毛澤東招回了鄧小平，周恩來則嚎啕痛哭……。這是中國共產黨空前難堪的時刻，從此流言四起的中國，開始了新的社會躁動。

林彪「自我爆炸」的最大受益者是鄧小平，他長林彪三歲，長征路上毛澤東曾經訓斥林彪「你還是個娃娃」，鄧小平和林彪落在毛澤東、張國燾、周恩來、朱德這群核心中，當然只能算是「小字輩」；但以與毛澤東的私交和果斷幹練，他們都無人可及。毛澤東所賜予的寵辱，難說不會構結兩人的「瑜亮情結」。鄧小平說的「林彪不死，天理難容」，倒是他見到隧道盡頭亮光的喜悅；可是他一復出，又操之過急……

楚人林彪，是一個劍客。他知道自己的份量，更明白戰略實施的難度；而投奔交惡的蘇修，等於把劍頭刺入毛澤東的胸口。儘管，劍折斷在蒙古的荒漠，毛卻被他的死訊擊得精神崩潰，幾乎與他同歸於盡；事後，他一定後悔把事情搞得太過火。五年過後，毛澤東打發溫順的周恩來先行離世，天安門前燃起了精神暴亂的烈火；是年秋，在林彪領唱的「秦皇的時代，一去不復返」楚歌聲中，湘人毛澤東結束了他罪惡的生命。

善良人的思想，很難相容林彪既「英雄」又「奸佞」的兩面人格。曾有追求理想的功勳的他，本沒有必要去扮演帝王的諂媚之徒。但我們這個「不厭詐」的民族的最不誠實的領袖，把他推上了「黨性」的最高峰。然而，在反覆無常的黨內鬥爭中，即便是奸佞，也無以「從一而終」。

按理，學術是要把問題「搞清楚」；而之於局外人都能看得清楚的問題，連自己母親都已經說明白的事情，為

秦皇的時代一去不復返（1976年四月五日）

什麼對身為歷史學家的女兒，反而倒成了「謎」呢？點明了說，就是吳金秋女士還有「體制內思維」殘餘，不敢面對林彪企圖殺毛的「大逆不道」。倘若吳女士仍兼承乃父對毛澤東的敬畏之心，和對林彪的知遇之情，那末事情就永遠也說不清了。

二〇〇四年九月六日

香港《開放雜誌》十月號首選文章

附錄：《五七一工程紀要．實施》

「九．二」後，政局不穩，統治集團內部矛盾尖銳，右派勢力抬頭軍隊受壓。

十多年來，國民經濟停滯不前。群眾和基層幹部、部隊中下幹部實際生活水準下降，不滿情緒日益增長。敢怒不敢言。甚至不敢怒不敢言。

統治集團內部上層很腐敗、昏庸無能，眾叛親離。

（一）一場政治危機正在醞釀

（二）奪權正在進行

（三）對方目標在改變接班人

（四）中國正在進行一場逐漸地和平演變式的政變

（五）這種政變形式是他們慣用手法
（六）他們「故伎重演」
（七）政變正朝著有利於筆桿子，而不利於槍桿子方向發展
（八）因此，我們要以暴力革命的突變來阻止和平演變式的反革命漸變。反之，如果我們不用「五七一」工程阻止和平演變，一旦他們得逞，不知有多少人頭落地，中國革命不知要推遲多少年。
（九）一場新的奪權鬥爭勢不可免，我們不掌握革命領導權，領導權將落在別人頭上

我方力量

經過幾年準備，在思想上、組織上、軍事上的水準都有相當提高。具有一定的思想和物質基礎。

在全國，只有我們這支力量正在崛起，蒸蒸日上，朝氣勃勃。

革命的領導權落在誰的頭上，未來政權就落在誰的頭上，在中國未來這場政治革命中，我們「艦隊」採取什麼態度？

取得了革命領導權就取得了未來的政權。

革命領導權歷史地落在我們艦隊頭上。

和國外「五七一工程」相比，我們的準備和力量比他們充分得多、成功的把握性大得多。

和十月革命相比，我們比當時蘇維埃力量也不算小。

地理迴旋餘地大，空軍機動能力強。比較起來，空軍搞「五七一」比較容易得到全國政權，軍區搞地方割據。

兩種可能性：奪取全國政權，割據局面

必要性

B-52〈注：毛澤東的代稱〉好景不常，急不可待地要在近幾年內安排後事。對我們不放心。與其束手被擒，不如破釜沉舟。

在政治上後發制人，軍事行動上先發制人。

我國社會主義制度正在受到嚴重威脅，

筆桿子托派集團正在任意篡改、歪曲馬列主義，為他們私利服務。

他們用假革命的詞藻代替馬列主義，用來欺騙和蒙蔽中國人民的思想。

當前他們的繼續革命論實質是托洛茨基的不斷革命論，他們的革命對象實際是中國人民，而首當其衝的是軍隊和與他們持不同意見的人。

他們的社會主義實質是社會法西斯主義。

他們把中國的國家機器變成一種互相殘殺，互相傾軋的絞肉機。

把黨和國家政治變成封建專制獨裁式的家長制生活。

當然，我們不否定他在統一中國的歷史作用，正因為如此，我們革命者在歷史上曾給過他應有的地位和支持。

但是現在他濫用中國人民給其信任和地位，歷史地走向反面實際上他已成了當代的秦始皇，為了向中國人民負責，向中國歷史負責，我們的等待和忍耐是有限度的！

他不是一個真正的馬列主義者，而是一個行孔孟之道借馬列主義之皮、執秦始皇之法的中國歷史上最大的封建暴君。

時機

敵我雙方騎虎難下。

日前表面上的暫時平衡維持不久，矛盾的平衡是暫時的相對的不平衡是絕對的。

是一場你死我活的鬥爭！（只要他們上台，我們就要下台，進監獄。衛戍區。）或者我們把他吃掉，或者他們把我們吃掉。

戰略種時機：

一種我們準備好了，能吃掉他們的時候；

一種是發現敵人張開嘴巴要把我們吃掉時候，我們受到嚴重危險的時候；這時不管準備和沒準備好，也要破釜沉舟。

戰術上時機和手段

B-52在我手中，敵主力艦〈注：指江青等〉均在我手心之中。

屬於自投羅網式

利用上層集會一網打盡

先斬爪牙，既成事實，迫B-52就範，

逼宮形式

利用特種手段如毒氣、細菌武器、轟炸、五四三〈注：一種武器的代號〉、車禍、暗殺、綁架、城市遊擊小分隊

政治輔導員胡錦濤

胡錦濤先生總算亮過相了，他先去新、馬兩個友好小國熱身，然後再到美國試腳。美國政府與中國的老百姓一樣，對這位六十歲的「接班人」知道得太少了，因此各級僚屬都出面招待。幾年前朱鎔基的訪問，敏捷的應對叫美國民眾大開了眼界；還記得江澤民在哈佛大學的演說時，破約回答問題，有人問他對門外藏獨人士的喧囂有何感想，他說一則見識了美國的民主，二則必須把自己的聲音提得更高一些，結果竟博得了滿堂彩。胡先生既無鋒芒，又無急智，他的女性化色彩的作風，與江、朱二位的強烈的表現欲相比，實在相去太遠了。

胡錦濤先生自準備接班以來就謹言慎行，因此人們很難瞭解他的政見和方略，只有那張不見老的臉和式樣很好的一頭烏髮，經常露面；以至於有人一觸及到他這多年的隱忍，他立即很抱屈地回答「這對我來說是不公平的」，他顯然意識到這不是一種體面或榮譽。言外之意，他工作很努力，只是不透明的政治將明星的燦爛遮蔽了；然而，最委屈的還應該是中國人民，他們對即將「君臨天下」的胡錦濤先生居然一無所知。因此也就難怪《華盛頓郵報》認為，這顯示中國還要走多麼漫長的路，才能成為一個現代國家或民主國家。

美國外交協會的中國問題專家艾科米說，華府對胡錦濤的瞭解程度和其未到訪前差不多。

他感到失望的是，胡的演講不夠幽默，不瞭解如何吸引美國聽眾。「胡錦濤對聽眾的回應最好快些、簡短些，而且要能說到重點」。有分析人士認為，胡錦濤溫和的措詞可以使華府強硬派更大膽；也可能對溫和派有鼓勵作用。總之，他的弱勢形象，既可交友，也可欺侮。而他那沒有彈性的步伐，效顰的毛式揮手，四平八穩的照本宣科，來了也等於沒有來，早知如此了，還不如讓FedEx送一套預製錄像，在PBS上放放就夠了。

其實，胡先生本來就沒有圖什麼成果，只求不犯什麼錯誤。對於憋了這多年的他，天快亮了再尿炕，實在是太划不來了。然而，一個大國接班領袖的如此缺乏安全感的謹慎表演，一定讓期待他有所作為的人們，早洩了陽剛之氣；但對京城裡的公婆來說，胡先生繳了一分乖寶寶的卷。從歷練和氣度來看，癡長的他簡直比普京落差了一輩。平庸的成功，固然有運氣的成分；然而，也是有中國特色的逆向選擇中的適者生存。

算起來，胡錦濤先生還小我五個月，都該是一九四二年生的「千里馬」。據說在清華大學學水利的他，並不很出色，一定是因為循規蹈矩，早早就入了黨，還做了政治輔導員，當年還是舞蹈隊長。我想蔣部長南翔先生也未必知道他，否則也就不會被分配到偏遠的劉家峽；但在那裡他又偏偏遇到了「伯樂」宋平先生，從此平步青雲，先後在甘肅和西藏當地方官；最後又碰上了學生鬧事，小平同志啟用新人，小胡同志就在北京城裡耐心候補了。

祖籍皖南績溪的胡錦濤，生在上海，長在泰州，出於一個平常商家。如今他即將出頭，因此有人就在他和親美名人胡適之間，攀出了點風馬牛的宗族關係；其實，績溪還出過一個紅頂商人胡雪巖。要是嚴謹的宋平先生早知道徽州（治績溪）胡姓如此「複雜」，少不了會懷疑胡錦濤有「賣國」和「貪腐」的「階級根源」。說來共產黨的「組織工作」都是些「黑箱作業」；既然事事機密，別人也就只能瞎朦亂撰了。

在胡錦濤大學時代的履歷裡，只留下一條他做過政治輔導員蛛絲馬跡。那是六十年代初為「階級鬥爭要年年抓，月月抓」的恐怖路線，設立的一種監視學生思想行為的卑微工作，它是那些巴結的積極分子畢業留校的專差；而對那些自來紅的幹部子弟來說，又是不屑去一做的。那時，全國每所大專院校裡都豢養了一大批這種人，向青年學生操刀的，就是這幫學而不專且心術不正的小人。今天，他們都是些年紀過了六十，畢生為牟私利而不學無術，卻該捫心自愧的校園廢人。

一九六五年，我於華東師範大學畢業前，因諸多「反動言論」被批判鬥爭了一通，最後在一位杜姓政治輔導員督導下寫檢查，足足費了我半年的青春時光；只是畢業大限到了，才將我發落到四川一個縣城去教書。臨走前，一位羅姓的政治輔導員明知我「落水」，可是還要在大庭廣眾之下奚落我：「朱學淵，你可以去考考研究生嘛。」這些無時不刻的侮慢和訓斥，使得我對政治輔導員耿耿於心。我幸得早一年出門，在「文化大革命」中，同級留校的政治輔導員，不少是血債累累的打手，幾乎與遼寧「張志新案」齊名的上海「王申酉案」，就是他們一手製造的。

據說，普天之下惟清華大學與眾不同，蔣南翔先生提拔了許多「雙肩挑」的學生，讀書之餘兼任政治輔導員，每月還發可觀的津貼，其中有人還能省出錢來買輛奢侈的自行車。今天中國共產黨的政治核心中會形成一個勢力龐大的清華幫，或許就是源自於這令人趨鶩的物質利誘。蔣南翔先生在五十年代打得了一批學有專精的「右派分子」；六十年代卻造就了一批青年機會主義者，他的這筆「政治津貼」，竟功不可沒地為中國的共產主義埋伏了一代領袖。

關於權力的繼承，中國的問題實在太多了。遠的不說，自從西太后垂簾，滿清皇朝就出了問題，親生的同治皇帝一死，她就定了妹生的光緒繼任，而這個外甥又想做點事情，於是就被禁閉到死。共產黨的笑話就更多，共產主義本來是一種西方革命思維，可是它的領袖天天也操煩著帝王的身後事，他們無非是要「選拔」一個聽話的，而天下又聽他的「接班人」。

選拔接班人，實在是一樁很鑽牛角尖的事情，自從毛澤東栽在林彪的手裡，又立了一個「不蠢」的華國鋒；等到他自己「百年」結束，元老葉劍英就指點華國鋒和汪東興收拾了「四人幫」，而鄧小平也就從陰溝裡爬出來了，「彼可取而代之」，只年把功夫，就叫「英明領袖」捲舖蓋走路。毛澤東的「永不變色」的苦心，則是陪了夫人又折兵。

鄧小平在「接班人」的問題上，也沒少受罪。只怪他一時氣量小，又聽了小人讒言，處置胡耀邦惹出大禍，罷免趙紫陽又丟盡顏面；他本來屬意李瑞環做替補，但有其他老人喜歡江澤民，他就心灰意懶，好壞由他了。後來他對江澤民也不甚滿意，只是「胡趙之鑒」不遠，才由小女扶著去「九二南巡」，這嚇著了聰明的江澤民，從此跟緊了。

共產黨選接班人難，做接班人就更難，搞不好還有殺身之禍，少則牢獄之災。因此，江澤民早早地就採取了措施，他趁小平同志在世，就將出言不遜的陳希同關進了大獄，還將自恃與鄧小平有「通家之好」的軍委秘書長楊白冰趕出了核心，就此鄧、楊兩家翻臉絕交。然而，這種「山有虎」的事情誘惑實在太大，莫說本無鋒芒的林彪要「折戟沉沙」；一個區區政治輔導員熬上十年，一趟「虎山行」，當然是在所不惜的。

胡錦濤能成為未來領袖，可能與鄧小平沒有多大的關係；大概是謹小的宋平先生，推薦了一個慎微的錦濤同志，「老同志們」看著不錯，就「為民作主」了。說來毛澤東、鄧小平看人，都是看一個錯一個，誰又能把人一下看對了？再說宋先生長期主持組織工作，從中央到地方卻出了那多的貪官腐吏，他是否真識「千里馬」，也令人質疑。

去年，胡錦濤在巴黎遇見林希翎女士[1]，她說「我還活著哩」，胡錦濤說「為什麼要這樣

---

1 **林希翎**，真名程海果（1935-2009），浙江溫嶺人。一九四九年入溫嶺中學高中部，同年參軍，一九五三年保送入中國人民大學法律系。一九五五年作文投寄《文藝報》，受文化官僚林默涵、名人李希凡、藍翎欣賞而發表，自此以「林希翎」為筆名。不料此文遭《中國青年報》題為「靈魂深處長著的膿瘡」的署名文章批判，並配以醜化形象的漫畫。為此，林希翎發表《一個青年公民的控訴書》，受人民大學校長吳玉章和共青團中央書記胡耀邦的肯定與支持，被胡耀邦譽為「最勇敢最有才華的女青年」。《中國青年報》向林希翎賠禮道歉承認錯誤。一九五七年開始「大鳴大放」，二十二歲的林希翎從五月二十三日至六月十三日，在北大、人大演講六次，就民主、法制、胡風案等問題發表尖銳意見，驚世駭俗一鳴驚人，被《人民日報》點名為「反黨急先鋒」，由毛澤東親定為「右派」。一九七三年毛澤東向時為北京市委書記的吳德問起林「在哪里工作，好不好？」經吳德瞭解後才知道已判刑入獄。毛澤東指示：立即釋放，安排工作。一九七五年，鄧小平複出，林上訪被公安遣返。一九七九年，林希翎再度上書鄧小平，同年第四次全國文藝工作者代表大會特邀林希翎參加。隨後林希翎一度調人民文學出版社。不久又被清除出北京，回浙江金華文聯。一九八九年後流亡法國。

說，你應該活得更好」。這幾句慰籍的話竟使我覺得，要讓一個政治輔導員去背毛澤東的十字架，或許是不公正的；但是，作為接班人的胡錦濤先生，只向作惡的歷史說些事過境遷的客氣話，是很不夠的，他至少應該向飽經災難的人民宣導從善的方略。中國人民期待的已經不是一位生死由天的善人，而是一種長治久安的制度；當年胡耀邦熱情奔放是為共產黨取信於民，今天胡錦濤的謹言慎行只為自己獲得權力，他確實是個機會主義者。

問題是，胡錦濤又能有多大的權力？拿毛澤東、鄧小平、江澤民三代人比較，他們的權威約呈幾何級數遞減；強勢的鄧小平或許還有毛澤東的十分之一的威風；而拘謹的胡錦濤的魅力，可能連外向的江澤民、朱鎔基、李瑞環的十分之一都不及了。另一個問題是，胡錦濤有沒有能力運用這點權力？在這個多事的強權主導的世界裡，「韜光養晦」和「喪權辱國」僅一步之遙；機會主義者的謹慎，很可能被強人指為怯懦，並迅速導致政治核心中的強替弱汰。

與威權遞減的現象相反，民主制度國家的代代領袖都是民選的強勢人物，這就是它們國力歷久不衰的根本；英美諸國即是例證。今天人們都在嘲笑俄國的苦狀，而貌似強大的前蘇聯恰恰崩潰在「威權遞減」之中；而今天實行了民主制度的俄國，經幾代精明人物的有效操作，必將重登強國之壇，而叫那些短見的人們刮目相看。中國的政治領袖莫為一時國力提升有傲意；一個不要民主的民族，永遠是無人尊重的愚種，任憑它是個「常任理事國」。

即將傳給錦濤同志的既是一把權力，又是一泡爛污，貪腐、失業、人口、台灣都是問題中的問題。人口和失業只能讓時間去消磨；台灣卻牽動民心，失手就要覆舟；而貪腐之事，日日糟蹋著共產黨本已不良的名譽，實在再緊迫不過了。去年政府派人去加拿大引渡要犯賴昌星，結果他在外國法庭上一步一個腳印地落入了律師的陷阱，犯人沒有抓回來，還調侃自己「學到了許多的東西」。說來，中國要殺盡貪官，與美國要消滅光恐怖分子一樣的不智。這些問題的解決，還要靠除根的大略。

專制是貪腐的癥結，藥方自然是共產黨最忌諱的「多黨民主」；最近江澤民先生提出「三個代表」和「資本家入黨」的主張，雖不離一黨之原宗，但不能說沒有多容的新意。人曰「黨同伐異」，政黨本是「同志」的團體，有「異志」才會分黨派；代表「全民利益」的黨，必是「天下同志」的空想，弄不好就是「本黨分裂」和「多黨開始」。等大權傳到小胡手裡，這些統統是大難題；怯懦的他，如何辦得這般大事體？

中國的領袖在一班一班地換，改革好似在一步一步地走，但實行民主根本大計，卻象一隻皮球在場子裡傳來傳去，終不見有好手投籃得分。打球還有二十四秒不出手，就得讓球的規矩；中國的政治卻沒有比賽的對手，所以只管一代一代地把問題「倒」下去，磨盡了苦難的五十年，還有一個新世紀。據說胡錦濤在美國私下表示，他也知道須行民主制度，但目前還不是時候。這無非表明在他未來主政的時代，民主不會到來，而腐敗仍將繼續下去。

胡錦濤先生的這番預演，實在太令愛國的人們失望。他那太平紳士的落伍形象，真叫人懷疑「伯樂」的眼光，和「中南海托兒所」的教育品質。這是沒有激情的十年表演的最後一幕，而他又演得太隱忍、太偽裝。他肯定不是那個有真性情的胡耀邦；莫非他是又一個假謙恭的活王莽？如果他什麼都不是的話，謹防清道夫將他掃出黨中央。

或許，胡錦濤的局面要比這好一些，江澤民、朱鎔基、李瑞環們未必欣賞他那無喜無怒的性格；可是再把一個接班人趕下台，豈不又製造了一場笑話。可以設想，胡錦濤將在「老同志」的「指導下」，繼續他「識相」的政治生涯；今年已經六十歲的他，將在高位上很快地衰老。作為當年的一個青年機會主義者，今天他一定在祈禱：中國再有十年的穩定，好讓他安穩地把皮球再傳給下面一代。

二〇〇二年五月十九日

謹慎的胡錦濤和率性的江澤民

「第四代領袖」從何著手？

中國共產黨已經整整活了八十一個年頭，它的「十六大」也總算結束了。這個黨打天下花了二十八年，卻一屁股坐天下坐了五十三年。打天下的年頭，犧牲了許多同志的頭顱，坐天下時卻又毫不珍惜他們的鮮血。第一代領袖毛澤東把四千年的古國治得一貧如洗，餓死了幾千萬百姓不說，還謀害了無數的社會忠良。第二代領袖鄧小平也是個專制帝王，他搞了「改革開放」，讓中國社會回歸小康，但又在天安門前殺人放火。政治在鄧小平手裡毫無長進，一黨專制依然如故。

毛、鄧在共產黨裡的領袖地位都是自我奮鬥的結果，毛澤東有長於武裝鬥爭的謀略，鄧小平有敢於撥亂反正的擔當。但是他們為護身後的名不停地「培養接班人」，也都為這算不盡的機關栽了大跟斗。鄧小平更有甚者，生前就安排了兩代繼承人。這次「以江澤民同志為核心的黨中央」統統下台，換上了一批新面孔。而江澤民沒有毛鄧的魅力，定「接班人」的事也可能從此劃上了句號；在這重意義上說，中共的「十六大」可能是毛鄧時代的終結。

說來「培養接班人」就如封建帝王選太子，愈選就愈不成氣候，到頭來自我奮鬥成功的朱元璋的天下，落到了庸懦怕事的萬曆帝手中，大明朝的氣數也就斷送了。今天中共走的還是關門選皇帝的老路，不過資訊技術的時代，已容不得它花兩百年時間去悟道理，這些共產黨溫室中養就的「乖寶寶」們，很快就會經歷一次再淘汰，或者乾脆在內鬥中被架空。而賈慶林黃菊這樣一些有爭議人物的入座，猶如清湯裡點了老鼠屎，百姓們的閒話就更多了。

「十六大」也開得很不得體，就像是給江澤民的「政治生命」開了一場追悼會。中國人對逝去的一代，會說上些隱惡揚善的話；不過這次江澤民的「喪事」卻從頭到尾由他自己操辦，溢美之辭都由他自己來說了；說的還不止是「十五大」以來的事情，連他在位的十三年也統統搭了上去。那「政治報告」由他做是不錯；可是新的中央一旦選出，再由他來「閉幕講話」，就不成體統。若任了他的興致，還非唱一曲《我的太陽》不肯甘休。而胡錦濤竟象個無聲的人物，面無表情地呆坐在那裡，我真想請他吃幾顆「偉哥」，為黃袍加身而有點激動。

有人說江澤民少一點「儒格」，其實是說他有好表現自己的個性，中國知識分子很少有開放的個性，在中共領袖中就更少了，其實美國人是比較喜歡他的開朗性格的。這次他來美國訪問，小布希總統讓父親招待了他兩天多，是恰如其分的美國「退休幹部」接待中國「離休幹部」；據說江澤民提出還要多談一天，但美方沒用接受。

江澤民還要有思想準備，等到被人禮送去上海養老，北京桌上的茶也就涼了。世態炎涼的滋味遲早會嘗到，胡錦濤這樣的「忠厚人」，或許還不時有個電話，有些小人就難免「無事無人」了。若果新常委們說「沒事來坐坐」，也莫要當真，就如兒孫談戀愛，不要插在裡面當不識相的「電燈泡」。

江澤民給「第四代領袖」的政治遺產是什麼呢？當然是那個「三個代表」。其中「代表先進文化」和「代表廣大人民群眾」，都是不著邊際的空話；惟「代表先進生產力發展的要求」，還有點分寸。共產黨掌握了權力半世紀多，連人民的溫飽都解決不了，在這個世界上是沒臉去「代表先進生產力」的，於是才拖了一條「發展的要求」的遮羞尾巴，當然這也是讓「第四代領袖」可以隨機應變去走資本主義道路。

天下用人，最怕的是用了「眼裡沒活」的笨人。莫說是大學裡聘教授，家裡請保姆，也都是一般的道理。有人讀破「萬卷書」，學問卻不知道往哪裡做。毛澤東打天下會成功，就是用了一幫幹練之人，文一口武一口，就把國民黨吃得兩手空空。當年華國鋒說「照既定的方針辦」，我就知道他要垮台。胡錦濤和溫家寶們今後的玉成石敗，也就看誰能找到解決問題的切入點。

中國該做的事情太多，不怕看不到，只怕不敢做。共產黨今後最頭疼的是什麼呢？當然是所謂「敵對勢力」的問題。這些「敵對勢力」是從何而來的呢？還不是肇於「反自由化」的那場胡鬧和鄧小平沒把「六四」處理好，以至才將地富反壞右一風吹掉，又憑空樹敵豈止幾十萬。這回「十六大」上有香港記者問北大校長「六四」問題，這位「黨代表」顧左右而言他「這是一個很複雜的問題」，還說什麼學生受了「教訓」，黨得到了「鍛鍊」。當然，學生們是受了子彈的教訓，共產黨也受夠了世界輿論審判。

今天共產黨的政治形勢，遠不如毛澤東死後的八十年代好。那時鄧小平任用胡耀邦主持

「平反」工作，把歷次政治運動的「成果」一筆勾銷，社會如釋重負，飯雖然沒有吃飽，階級鬥爭卻一了百了。而今天的問題又怎麼辦呢？靠發展經濟就能叫百姓忘得了？他們吃飽喝足了還是要罵共產黨。世界上沒有一個國家，一個政黨，會把自己的弦綳得這麼緊。天下有那麼多的「敵人」，出門都沒顏面。而這些「敵人」都是鄧太宗「小平同志」自己樹的，後人與他們和解又如何向「老祖宗」交代？如果牛角尖鑽到這份上，也就當定華國鋒無疑了。

許多人以為中國的問題莫大於「貪污腐敗」，即共產黨的「監守自盜」了。其實那是因為共產黨樹了太多的「假想敵」，就不斷地強化專制、鉗制輿論，絕對權力內部的貪腐也就愈演愈烈了。那個賴昌星不就是國家安全部的人嗎？他還是黨國要人王漢斌、彭佩雲夫婦家中的座上賓。有愈多的賴昌星，共產黨就愈「安全」；愈「安全」就愈腐敗了。我們姑且不談多黨制的問題，在國內重新造就一個寬鬆的政治氣氛，至少可以少倚賴幾個賴昌星，多利於抑制絕對的權力和絕對的腐敗。

至於如何化解這些「敵對勢力」，就取決於「第四代領袖」們的政治運作了。今天連腦滿腸肥的闊佬都可以登堂入室當「黨代表」，卻不讓劉賓雁、郭羅基、蘇紹智這些老馬克思主義者回國，難道流放有異見的自己人，也是代表了「先進的文化」？連大陸的百姓，本黨的同志都容不了，何從談起隔海招手，呼喚台灣同胞？

那些不會「四兩撥千斤」（或曰「舉重若輕」）的人，就象家裡的笨保姆，你叫她炒「魚香肉絲」，她當真會去買魚炒肉絲，卻不知糖、醋、生薑也會生魚香。或許他們還會擔心；這些人回來造反怎麼辦？那我只能說：如果你們還沒有商量問題的智慧，就請多進口一點橡皮子彈了。

這叫我回憶起多年前看過的一部感人的西班牙電影，講的是美國名校伯克萊大學的一個教授，一個三十年代逃亡的革命青年，在獨裁者佛郎哥死後回到了祖國，見到了在戰場上失散的情人，此時俊男美女都已經是白髮老人，青春已經不能還原了。原來在西班牙也發生過世代的交替，佛郎哥培養的皇室嗣人卡羅斯王子，在他即位後實行了政治改革和民族和解，寬鬆的政治導致了經濟的飛速提升，而卡羅斯王子也成為了西班牙全國愛戴的人物。

鄧小平本來是很可以成為這樣一個人物的，但軍人的鐵石心腸毀了他的身後名。江澤民在位十三年，受老人們過多的制肘，使他沒有更多的機會。而「第四代領袖」應該走出了毛澤東、鄧小平的陰影；然而，誰有主導民族和解的良知？誰能在中國歷史上留下「萬世名」？我們只能拭目以待了。

二〇〇二年十一月二十二日

夢多塔記

——周策縱先生逝世周年祭

旅美中國學者兼詩人周策縱（字幼琴）教授，二〇〇七年五月七日下午六時於加州伯克利市阿巴尼鎮寓所去世，享年九十一歲。三月間我與內人曾去拜望，他已經處於彌留狀態，周夫人吳南華博士告訴我，先生的腦部功能已經不可能恢復。六月去洛杉磯參加「反右五十年討論會」的時候，聽蒙特利公園常青書店主事女士說，策縱先生已經於一個月前去世。我無幸是他的學生，但在他失憶前的最後歲月，有幸成為他的一個忘年的知心朋友，他的去世引起我極大的哀傷。

二〇〇二年六月一日，我去紐約參加司馬璐先生召集，周策縱先生主講的「胡適討論會」，那天我隨手帶了一冊《胡適雜憶》，策縱先生會間休息時下席來坐在我的身邊，見到這本《雜憶》就翻了起來，他側身對我說：「序是我寫的，這次出大陸版，唐德剛分了幾十元稿費給我，今天還是第一次見到書。」我平時讀書是翻到哪裡讀到哪裡，根本就不讀序，於是覺得非常尷尬，會間趕緊讀了這篇序文，竟是一篇絕妙的文章。就這樣，我認識了周策縱先生。

策縱先生是德剛先生的摯友，第二天我隨司馬、策縱等先生往訪唐府，唐先生四月間中風

晚年周策縱

腦部受損，起頭連老朋友也不認識了，開門時竟問策縱先生：「你找哪一位？」然而入座後就記憶恢復，妙語風生了，唐夫人吳昭文女士很高興，說交談有助病人康復。策縱先生從進門始，就謙謙地坐在一旁，面帶欣賞的微笑，不時還被德剛先生的連篇趣言逗得撲哧噴笑，兩個老朋友就象一對濡沫的兄弟。

那年二月，北京中華書局出版了拙著《中國北方諸族的源流》，我準備在台灣出一個繁體本，本想請唐先生作一篇序，但見到唐先生的狀況，就沒有啟口，回來的路上把書稿給了策縱先生，他在車上就讀了起來……這一讀，勾起了他的許多想法，耗去四個月時間把「原族——中國北方諸族的源流序」作就，發表在北京《讀書》和台灣《歷史月刊》上。我認識他以後的兩年中，他寄給我許多詩作和論文，還經常與我通電話，但不久後他的記憶開始衰退，而且病情發展得很快。因此「原族」就成了他最後一篇有影響的學術文字。

一九一六年一月七日，策縱先生出生於湖南祁陽竹山灣的一個士紳家庭，乃父周鵬翥早年留學日本，後參加辛亥革命，一九一三年「二次革命」時入幕討袁軍，失敗後逃亡日本，後來回鄉主持達孝中學（今祁東一中），詩文名重三湘。策縱先生說他的父親對甲骨文很有研究，甲骨文是十九、二十世紀相交時代的考古新發現，只有那些舊學深厚，而思想新銳的人物才對其有關注、有建樹。

陶鑄也是祁陽人，少年時在家鄉當過小學教員，策縱先生說陶鑄與他父親熟識。陶鑄為人很坦白真誠，在中共黨內地位很高，長期主持中南五省的工作，而且與毛澤東的私人關係特別好。可是他的父執輩朋友周鵬翥，卻在一九五二年被祁陽地方從廣西桂林抓回老家，由鄉間的土改積極分子拍板「就地正法」，一個辛亥老人就這樣被「無紳不劣」的意識形態草菅了；而陶鑄本人也因為開罪了江青，在不到二十年後的「文革」年間，從政治的巔峰上墜落而死。中國的精英和志士，就這樣一茬一茬地被剿滅或自噬了。

策縱先生和小他五歲的弟弟策橫，都畢業於中央政治學校，那是一所為國民政府培養黨務和行政人才的學府，課程設置與大學文科一樣，教授陣營也非常傑出，因此也叫「政大」。政大學生在校不愁衣食，畢業不愁失業，因此也為窘困而優秀的流亡學生趨騖。馬英九的父親馬鶴齡是低策縱先生一班的同學，又是湖南同鄉，因此非常要好，馬英九結婚時還給他發了請柬。要是策縱先生活到今年的話，馬英九當選台灣中華民國總統一定會令他很高興。

策縱先生一九四二年從政大行政系畢業後的幾年，現在外間的說法是：「曾先後主編《新認識月刊》、《市政月刊》、《新批評》等刊物，並一度供職於重慶市政府。一九四五年始，任國民政府主席侍從室編審（秘書），與陳布雷、陶希聖、徐復觀等聞人共事。蔣介石當時的一些重要文稿不少出自周策縱的手筆，如台灣『二二八』事變後的《告台灣同胞書》就是由周所執筆的。」（見《維基百科》）

然而，策縱先生告訴我，一次軍委會上蔣介石點名林彪分析國際形勢，他也在場，林彪的發言給他留下了深刻印象。查林彪是於一九四二年二月從莫斯科回到延安，是年十月至次年三月在重慶與周恩來合作從事統戰，並蒙蔣介石多次召見（見丁凱文主編《百年林彪》，明鏡出版社）。可見一九四五年前策縱先生名義上是在重慶市府供職，實際參與中樞工作。而《新認識》是政大校刊，《市政月刊》是重慶市府的門面，主編刊物只是他的兼職而已。

策縱先生曾經贈我一冊《周姓史話》（江西人民出版社），內中有古今中外周姓名人如周瑜、周恩來、魯迅、韓素音（原姓周），及至周策縱的小傳，在他「一九四八年初赴美……」一段文字前面，他在頁邊插敘「刪去我於一九四五至一九四八年為蔣介石工作的三年」。那就是陳果夫、陳布雷薦他任國民政府主席侍

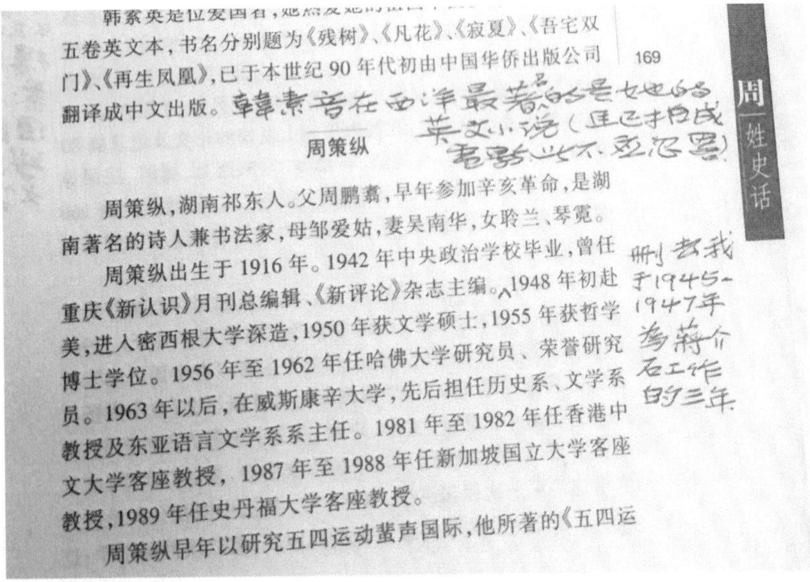
五卷英文本，书名分别题为《残树》、《凡花》、《寂夏》、《吾宅双门》、《再生凤凰》，已于本世纪90年代初由中国华侨出版公司翻译成中文出版。

169

周姓史话

周策纵

周策纵，湖南祁东人。父周鹏翥，早年参加辛亥革命，是湖南著名的诗人兼书法家，母邹爱姑，妻吴南华，女聆兰、琴霓。

周策纵出生于1916年。1942年中央政治学校毕业，曾任重庆《新认识》月刊总编辑、《新评论》杂志主编。1948年初赴美，进入密西根大学深造，1950年获文学硕士，1955年获哲学博士学位。1956年至1962年任哈佛大学研究员、荣誉研究员。1963年以后，在威斯康辛大学，先后担任历史系、文学系教授及东亚语言文学系系主任。1981年至1982年任香港中文大学客座教授，1987年至1988年任新加坡国立大学客座教授，1989年任史丹福大学客座教授。

周策纵早年以研究五四运动蜚声国际，他所著的《五四运

刪去我于1945-1947年為蔣介石工作的三年

周策縱手跡「刪去我……為蔣介石工作的三年」

從室任編審的事情。他在蔣介石身邊工作的正式名義，是從一九四五年開始的。

策縱先生告訴我，那時他還是單身，就住在總統府裡為蔣介石起草文稿，他說蔣介石生活很簡樸嚴謹，但為人比較固執，還說蔣的舊學功底也還不錯，對王陽明的那套知行學說搞得很清楚。宋美齡的作風很美國派，對下屬客氣隨和，沒有專製作風，但生活卻很奢侈，勝利前後人民生活困苦，她還用牛奶喂狗，因此他非常看不慣。

德剛先生告訴我，蔣介石宋美齡都很喜歡周策縱，但周策縱卻不喜歡他們，而且對自己在蔣介石身邊工作的經歷不以為榮。有一次，策縱先生無意中與我談到台灣的「三民書店」，他說「我原以為那是一家國民黨辦的出版社，因此什麼書都不找它出，後來才知道它是專注學術的，實在是很大的誤會」。從這個小小的「誤會」中，可以看出他後來與國民黨已經很生疏隔膜了。

南華女士說策縱先生在侍從室工作期間，曾經寫了若干關於實行土地改革的建言，而腐敗和內戰形勢爭相愈下，蔣介石也不可能對他的建議有積極反應，於是他對國民黨的前途非常失望，乃至決心辭職到美國來留學，鵬翥先生在家鄉變賣了田產，分予縱橫兄弟各黃金四條，自是希望他們統統遠走，策橫先生將自己的一份讓給了手足。臨行前策縱先生去陳布雷處道別，陳對他說了一些很悲觀的話，希望他能留下來做一些挽救工作，而陳布雷自己也於同年十一月以死了斷了對黨國和領袖的忠誠。

一九四五至一九四八年是中國命運決戰的時期，也是策縱先生最接近中國權力中心的時候，他對人說：「我跟蔣先生做秘書工作，有兩年多的時間。那段時期，我有機會接觸黨、政、軍、文化、學術各界的名人，還有各黨各派的領導人物和外國人，如胡適、章士釗、毛澤東、周恩來、李宗仁、馬歇爾等等。周恩來同蔣介石談判，我就在場。有機會接觸這些人物，能估量他們的本色、想法和能力，不能說對我日後的研究有直接幫助，但起碼可以擴充我的觀念。」

他還說：「從抗戰勝利起，到第一次政治協商會議，到召開國民大會，通過憲法，改組政府，每次重要會議我都在場。於是，我逐漸認識到政治多麼黑暗，派系如何紛爭，黨派何等癱瘓（我指的不只一個時代、一個政黨），我如果繼續工作下去，對國事決不會有太大的補救，自己的個性，也與官場不合。尤其重要的是，我認定當時中國的現代化和改革，只能從黨和政府之外去推動，作為人類一分子和一個中國人，我必須爭取獨立思考，充實自我和完善自我。因此，『知迷途之未遠』，我於民國三十六年（一九四七）考取自費留學，就決意辭職出國。一年起初辭職不准，後來我再三堅持，並推薦初中、高中、大學都是同學的唐振楚學長接替，後始成行。」（劉作忠「浮海著禁書——周策縱和《五四運動史》」）

蔣介石身邊聚集了一批德才兼備的君子，陳布雷等是一代，周策縱們又是一代，然而代代都於國事無補救，可見中國的問題不是人格和學識的欠缺。而國民黨裡發生過的事情，後來又在共產黨裡重演。周策縱的地位或許很像毛澤東身邊的青年田家英，然而周策縱可以一走了事，田家英卻被嚇得「畏罪自殺」，專制主義能在中國愈演愈慘烈，那就一定是制度或傳統的問題了。

傳統社會「士」是有獨立人格的知識分子，「學而優則仕」則是讀書人貼附權力的道路，毛澤東說知識分子是一個「皮之不存，毛將焉附」的群體，即以為中國沒有獨立於權力之外的讀書人。但策縱先生不然，得到了別人求之不得的地位，又無所顧惜地放棄它；而且出了一個營壘，不進另一個營壘，他是「不仕的士」的範例。

策縱先生在美國進安娜堡的密茨根大學。德剛先生進的是哥倫比亞大學，在重慶讀的是中央大學，然而德剛先生的老叔唐生高是策縱先生政大的同班，因此兩人在重慶時就認識了。德剛先生說「湖南騾子」與「安徽老母雞」言音不甚通，所以相聞聲而不多相往來，但在紐約的一次亞洲學會上重遇後，策縱先生每到紐約，兩人「時常在紐

唐德剛與張學良討論其口述歷史

約十八層高樓高談闊論，一談就不知東方既白」，成了莫逆知交。（《胡適雜憶》序）

德剛先生在重慶就有文名，來美國後與林語堂之女林太乙在哥大同學，於是就為林家父女辦的《天風月刊》寫文章，後來林語堂舉家去了南洋，《天風》息影，一群「文渣詩孽」組織了一個「白馬文藝社」。白馬社出了許多名人，當年卻有許多趣事，德剛先生說他曾經主張社內不能談戀愛，但是清規戒律約束不了少年爭情，青春烈火終於焚毀了這座象牙紙塔。

要說白馬社是泛文藝團體，還不如說是一個青年詩社，導師兼招牌則是主張白話新詩的胡適之，他當時也流寓在紐約。胡適之雖然反對舊詩，對舊詩的品味卻很高，他對這群文學青年的舊詩評語至多只是Acceptable（可接受）而已，內容則大多貶如「無病呻吟」或「陳言未去」，惟策縱先生是他心目中的夠格詩才。

唐著《雜憶》說：「密茨根大學裡的一批男女詩人，他（她）們多半以詩代信，尤其是多產作家，新舊一腳踢的大詩翁周策縱……筆者也偶爾附庸風雅『狗尾續貂』一番。江郎才盡之時……就只好相應不理，但是策縱窮寇必追，又說我們：『覆信每如蝸步緩；論交略勝古人狂……』我們把這些詩拿給胡先生看，胡公莞爾，說周策縱可以做，你們可以多做做新詩。」

策縱先生生於一個湖南詩家，得益於詩韻和典故的庭訓，在長沙高中讀書時就有許多詩作在上海雜誌上發表，誦有如「易地吳歌成楚諺，入江湘水過秦淮」這樣的少年絕句。去國之前他已聞名南京上海詩壇，一九四八年三月「春鳥」詩友雲集上海瘦西湖酒家為他送行，席間他賦有「春鳥」一詩，云：

春鳥危巢與共鳴，買琴一喻為彈箏。
言詩海上風騷激，羈旅江南草木驚。
偶挾疏狂尋飲者，蹇從憂患拾餘生。
瓊樓亦有傷懷事，況待鸞飄去國行。

詩人對國事敗壞的無望和與友人離別的懷傷，於「危巢共鳴，憂患餘生」間表露一盡。

那一代青年是在流亡中度過青春，周策縱從重慶輾轉來到了美國，田家英則繞延安進了北京。然而，時局的變化和西方的艱辛統統甚於他們的估計。策縱先生來到美國的第二年，國民黨就從大陸出走了，他暑假要去芝加哥的一家「好世界餐館」當Bus Boy（無小費收入之搬盤碗工），這位忠厚的黨國「文膽」竟受盡欺凌，一九四九年六月二十三日他寫下一首打油的「留學歌」：

我來拜金國，金盡學無涯。
既拾老人履，又過屠夫胯。
苦工都做盡，靈藥尚餘「渣」。
天將降大任，我豈真傻瓜！

這之於田家英未來的苦境，拾拾「老人履」，過過「屠夫胯」實在是太大的幸運。然而左右兩翼有識之士都無法在祖國生存，才是中華民族苦難的宿命。

朝鮮戰爭後，美國接受處置錢學森等人失誤教訓，開始挽留中國科技人才，但是文法科學者的處境依然艱難。此中固然有語言的障礙，種族的歧見，或文人的相輕，但「供過於求」也是實際的問題，胡適之和自命「腳踏中西文化」的林語堂都沒有謀職的機會。蔣介石的親信，周恩來的南開友人，普林斯頓的政治博士吳國楨，只能在一所南方地方學院裡教教書。德剛先生有「胡適將哥大當北大，哥大不把胡適當胡適」的不平之言，吳國楨或許還有「天堂不把人才當人才」的鬱結。客觀地說，西方是把他們當作中國文化的代表，但這種文化本身落後了。

一九五四年，策縱先生在密西根獲得博士學位後，費正清（John King Fairbank）聘他到哈佛東亞問題研究中心從事研究，共事的還有洪煨蓮、楊聯陞等，年輕的余英時那時也在哈佛攻讀博士，這些中西學者的「內識」和「外識」，將哈佛的漢學研究推上了顛峰。一九六〇年，也就是策縱先生在美國耕耘十二年後，哈佛大學出版了他的巨著*The May Fourth Movement: Intellectual Revolution in Modern China*（《五四運動史》），奠定了他的學術成就。

英文《五四運動史》前後發行了七版，羅素第二任夫人，西方著名的女權運動者Dora Black女士寫給策縱先生的親筆信，最能說明該書在西方世界的影響，信中說：「當我讀你的書《五四運動史》時，我就立刻覺得必須寫封信，並且設法寄達你，因為我要為你這書而感謝你。如你所知，我於一九二〇年和羅素一同訪問中國，事後就和他結了婚。作為一個外國人，

羅素和夫人Dora Black

我當時未能知道中國正在進行的活動的詳情，這些詳情你在你書裡是那麼美妙地敘說了。但我自己也確感覺到那個時代和當時中國青年的精神與氣氛。這種精神和氣氛似乎穿透了我的皮膚，而且從那時起我就說過，我已從中國的那一年裡吸收到了我的生命哲學。現在讀到這全部歷史故事，和那些參與者的一生、時代與活動，而一部分參與者，如胡適、梁啟超和周恩來等，我又曾親身會見過，這樣讀了真使我感覺非常痛快……我只希望目前英國能像當年中國青年的年輕一代，希望能有像蔡元培校長等人一樣的大學首長，願意支持他們的學生。最後，我必須恭維你在你的書中所表現的學問和研究。」

策縱先生在哈佛一共工作了九年，其間結識了在波士頓接受麻醉科專業訓練的吳南華女士，南華女士生於一九一九年，原籍江西九江，畢業於成都華西大學醫學院。南華女士與策縱先生結婚後繼續行醫，並育有兩女聆蘭和琴霓。一九六三年，策縱先生受聘擔任威斯康辛大學東方語言系和歷史系教授，是年四十七歲。次年遷家至Madison市，他將1101 Minton Road的寓所命名作「陌地生市民遁路之棄園」，事實上那是他和南華女士不離不棄的美滿家園。

物極而返，閉國終有開門時，中美竟也有復好日。一九七二年南華女士就曾經先期取道加拿大返國探望年邁的父親，還在北京見到了華西同學「毛澤東私人醫生」李志綏。而等到一九七八年策縱才與南華女士帶著聆蘭和琴霓返國，見到的是一片學術的空白和委屈經年的故舊。他們先到南寧探望弟弟策橫先生一家，又去了長沙九江，上了廬山，在北京還見到當年手書《世說新語》一

周策縱先生故居「棄園」

則為他送行的顧頡剛先生，頡剛先生附言：「策縱先生將渡重洋，譬如鶴之翔乎寥廓，廣大之天地皆其軒翥之所及也。」三十一年遠鶴終於歸來，頡剛先生的欣喜可以想見，一九八〇年策縱先生再去北京，是年底頡剛先生就仙逝了。

策縱先生還結識了有同好的北大教授周汝昌先生，兩人合譽「紅學二周」，汝昌先生說：「策縱先生久居美國，為中外咸知的名教授，博學而多才，思深而文密，我曾稱他是一位綜合性學者，因為學兼中西，又通古今，比如他的代表論著是英文本的《五四運動》，而又覃研甲骨金文學，對中華古文化有獨創的見解……他作七律詩極有精思新句，不落窠臼，然而也善於寫白話新體詩，都有雅人深致而無時俗庸陋氣。蓋根柢厚，天賦高，又非常用功，精力充沛——我沒見他在百端忙碌中有過一回露出倦容。所以學有成就，總非偶然之事。」

汝昌先生說策縱先生有巧思，一九八〇年夏國際《紅樓夢》研討會議在 Madison 市的 Mondota 湖邊召開，策縱先生「向大家介紹，說會議為何單單在此召開——湖名已經顯示了：它叫「夢多榻」！可知在此必善夢，亦善《夢》也！這方面，似乎頗有古人所贊的『錦心繡口』了」。策縱先生的「夢多榻」竟在異國「陌地生」，這巧思中有沒有鄉思，有沒有惆悵？

策縱先生的才具遠甚於巧思，對平庸人士美國常用 clueless（無線索）一字相貶，策縱先生卻有捕捉線索的過人天賦。「原族」一文以甲骨文「族」字是「旗下集箭」開篇，他以為突厥部落的「十箭」組織和女真民族以「牛錄」（滿語「箭」字）聚合「八旗」的社會結構，是與中原古文字結構一致的，他從而為「北方民族出自中原」找到了文字學的線索。

他提示我辨識甲骨族名的讀音，他說郭沫若識別出甲骨「帚」字就是「婦」，是一個很了不起的發現，但許多甲骨氏族名中都有「帚」字，丁山對此很有研究，叫我也不妨想一想這個問題。當時他已經八十七歲了，後來我以u／hu／phu之音識別出一群含「帚」字的甲骨族名（帚好、帚妻、帚妹、帚妊、帚白、帚姝）時，可惜他已經開始失憶了。

一九九三年，山東鄒平出土了四千年前刻有十一字的一塊陶片，《明報月刊》先請甲骨大師饒宗頤先生作釋，而策縱先生對饒先生的辯字、順序都有不同見解，他讀出的是「齊子以夏長河左（南）悤（聰）龜易（賜）望」，《明報月刊》連月刊出他的「四千年前中國的文史紀實」，宗頤先生有點不耐煩，忠厚的策縱先生竟然也以趣文調侃：「我竟違背時代潮流，以為『文化中國』的同胞，知識分子，怎好不普遍關心祖國發現了可能是最早的文字？……現在我真自覺大錯了，連我的老朋友古文字學大家都讀得厭煩，阻塞了他再做考證文字的興致……。」

兩位大師之異說，孰磚孰玉？我不必武斷。但策縱先生做學問的熱情，卻與德剛先生形容他索詩如追窮寇一樣的逼真。而我也有一次類似的經歷，一日近午夜的時分，我已上床，他來電話對我說：「羅馬公主向阿梯拉求婚一事的注解，有一句話不通……」過了幾天，他就將對《中國北方諸族的源流》注解編列和若干修改意見寄來給我。是年我六十歲，已經有了一些得過且過的想法，然而八十六歲的他，依然求知不惰怠，汝昌先生說他「所以學有成就，總非偶然之事」，實在不是虛妄恭維之言。

我常寄一些網上文章給他，其中一篇是陳獨秀去世前在四川江津境況，他讀後非常感觸：「那時我還很年輕，只知道陳獨秀也在四川，但不知道他是如此淒涼，這樣一個大人物，竟要在鄉下受這般的欺負，實在太可憐了！對有骨氣的人，政府實在是可以再客氣一點的。」我也把自己寫的一些時評和散文寄給他，他讀後還把那篇〈南疆紀行〉送去給了威大圖書館收存。我對他說寫這些文字很浪費時間，他說：「不必這樣想，不浪費在這裡，也會浪費在別處，要完全離開政治是不可能的。」

策縱先生是個忠厚正直的正人君子，他的詩詞好、文章好，學問更好，少年時籃球也打得很好。才高者難免氣盛，但他敏事訥言，謙虛謹慎。有這樣的人品和學問，他一生受到過很多高人器重，然而他不僅知遇感恩，還樂於施惠後進，知其人者皆譽之「真君子」。

一九八二年秋，策縱先生作《拾哀詩》吊念師友，有小序云：「平生所識近代學人作家，或為前修，或為同輩，遇我特厚，期勉尤殷。二十年間，紛紛凋謝。按年屈指可計者，張君勱（1887-1969）、胡適之（1891-1962）、洪煨蓮（1893-1980）、顧頡剛（1893-1980）、袁同禮（1897-1981）、蔣彝（1903-1977）、徐復觀（1903-1982）、羅香林（1906-1978），凡得十人。爰作此篇，以志哀悼。」詩云：

問世人何少？秋花拾更哀。

移風銘翠柏，瘞筆潤蒼苔。
道喪薰蕕雜，憂離庠序摧，
大招徒一絕，天地滿寒灰。

二十世紀懷繼往開來大志的優秀人物，當遠不止上述「凡十人」。然而這人才濟濟的一百年，中國社會始於「移風」，卻止於「道喪」，五十年沉渣泛起後的「薰蕕」（香臭）不辯，和「庠序」（教育）敗壞，則是策縱先生去世前二十五年預覺的局面。策縱先生的離世，標誌著出自傳統而走出傳統的拼搏一代行將凋零一盡。中國歷史上從來沒有過這樣不平庸的一代，他們在祖國無以施展，離鄉背井後卻大放異彩，這是他們的才具和苦難，也是中華民族的悲哀。

二〇〇八年六月二十三日夜

東北大學的人物蹤跡

——也紀念臧啟芳先生

教育家和經濟學家臧啟芳先生是中國早期的留美學者，他從一九三七年到一九四七年擔任了東北大學校長，其中八年在四川三台渡過。這離亂的八年中國高等教育卻很有成績，那是因為中國有一批學貫中西的人才，專心於將中國教育與西方接軌。抗戰期間西南聯大總共畢業了二千名學生，東北大學在校學生也達八百名，因此東北大學是有規模而且有地位的學校，當時的教育部長陳立夫還說它是辦得最好的大學。

西方語言裡「大學」——University與Universal兩字同根，內中就有「包容」的意思，先行者蔡元培靠「兼收並蓄」把「京師大學堂」改造成一所接近西方形態的學府。其實，西方社會形態的核心就是「寬容」，惟寬容能達至穩定，惟寬容能創意無窮。中國要變成穩定而有創造力的國家，就必須建立有制度保證的寬容。胡適之、梅貽琦、臧啟芳、吳有訓等人是中國西化的繼行者，他們沒有機會在中國主政，但是他們把持了幾所大學，推行以寬容為核心的西化事業，

東北大學是張作霖、張學良父子初創的，他們是軍閥，但是辦學很有誠意，是放手讓知識

分子當家做主的。臧啟芳是東北地方不多的留美學生之一，他比張學良只大六、七歲，兩人很早就認識，而且輔導過張學良讀書，但是關係並不好，因此臧啟芳就進關在蘇北鹽城當專員。而張學良好走極端，反共的時候殺了李大釗，親共的時候又鬧出了西安事變。西安事變後東北大學需要整頓，教育部派東北人臧啟芳去當校長，當時教育部部長先是王世傑，後來是陳立夫。有人說臧啟芳是CC，大概就是這層上下級關係。

臧啟芳不認同共產黨。六十年代我在四川一間縣城中學教書，學校裡有幾位很有學養的川籍老教師，他們都是抗戰期間在內遷大學裡受的教育。東北大學畢業的屈義生老師還有一段「叛徒」歷史，他是臧啟芳親自授業的學生，讀書時參加了共產黨，臧校長聞訊找他談話說：「屈君，你很有才幹，參

臧啓芳（中穿黑衣者）與同僚

加這些過激活動非常可惜……」屈義生說他很崇拜臧啟芳，因此接受了校長的勸告，畢業後臧啟芳為他介紹了工作，還想把他帶到東北去，但是屈義生拖家帶眷沒走成，留在家鄉教書。

三台校園裡的共產黨活動很活躍，後來國民黨的東北政要高惜冰2的兒子高而公就是一個非常左傾的學生，臧啟芳是張作霖時代東北大學法學院院長，高惜冰是工學院院長，兩人的關係極好，所以共產黨組織的許多活動是由高而公出面領頭，臧啟芳對子侄輩的執迷不悟當然是很無奈的。後來高而公還去了解放區，成為共產黨的新聞廣播事業的一個積極而傑出的工作者，寫有許多著名的報導，但是因為家庭成份而不得重用，一九六〇年又向黨交心，批評三面

2 **高惜冰**，一八九四年生，遼寧省岫岩縣人，曾入北京大學，一九二〇年畢業於清華大學，公派留美羅維爾理工學院，一九二三年獲碩士學位，一九二六年起任東北大學教授，次年任工學院院長。曾聘黃侃、章士釗等幾十位學界名人到東大任教或講學。一九三〇年任察哈爾省教育廳廳長，「九一八」後在北平籌建東北青年教育救濟處，一九三三年五月轉任新疆省建設廳廳長；一九三六年任國民黨南京政府銓敘部育才司司長，後任中棉公司常務董事；一九三七年出任國民政府大本營第四部輕工業組組長，負責供給軍需物資，此後連續四屆當選為國民政府參政員，為駐會（常任）委員。一九四六年十月，出任安東省政府主席。一九四七年改任東北政務委員會主任委員。一九四九年去台灣，被聘為台灣中國紡織建設公司董事。一九七三年遷居美國，一九八四年病逝紐約，終年九十歲。

一九八二年夏，我等遊美東歸程經芝加哥，吳方城兄帶大家去高惜冰之女高迺迪家留宿，先生和夫人住在那裡，我因此見到了這位東北名人，方城的父親原是東北大學的教授，也是惜冰先生的好友。近三十年前的那天，惜冰先生談興很足，說了很多有趣的事情，可惜我大都遺忘了，記得他說在重慶當國民政府參政員時，見到過共產黨方面的王明，其人口才非常好，很有魅力。他還說到他在北京大學讀書的時候，毛澤東正在北京大學圖書館服務，常常見到毛澤東坐在閱覽室門口的籐椅上讀書看報，桌上有寫著「毛澤東」的三角名條，有一次他請教毛澤東說：「毛先生，某某書在什麼地方？」毛澤東揚揚手說：「自己找，自己找。」連眼皮也不抬一下。

紅旗和反修鬥爭，結果在文革中受慘烈鬥爭而英年早逝。

那時東北大學教授不到五十人，名人卻很不少，一代宗師蒙文通、金毓黻，五四健將陸侃如、馮沅君，史學新銳丁山、陳述、楊向奎，作家姚雪垠，戲劇家董每戡都很令人注目；而思想前衛的哲學家趙紀彬、楊榮國還是真名實姓的共產黨，共產黨及其外圍組織也很活躍，馮沅君、趙紀彬、姚雪垠、董每戡都是所謂「中華全國文藝界抗敵會三台分會」的積極分子。

趙紀彬，一九〇五年生，一九二六年加入共產黨，組織農民運動，參加武裝鬥爭，在河北大名監獄裡服刑三年間自學成才，精通中國古代哲學、邏輯學、倫理學，大學者顧頡剛非常器重他，長期任用他，一九四三年把他介紹給臧啟芳，在東北大學教授哲學。一九四六年後趙紀彬轉去東吳大學，山東大學，一九四九年後任山東大學校委會副主任兼文學院院長，平原大學校長，開封師範學院院長，中共中央高級黨校哲學教授兼顧問。

楊榮國，一九〇九年生，畢業於上海群治大學，一九三八年加入共產黨，在武漢、長沙、桂林參加左翼抗日救亡運動，一九四一年流亡到四川，與左派學者翦伯贊、侯外廬、吳澤等過從甚密，發表過不少反傳統的文章，一九四四年去東北大學教書之前生活非常拮据。一九四九年以後長期擔任廣州中山大學歷史、哲學兩系的領導，畢生以馬克思主義的立場觀點方法批判儒家學說。

抗戰勝利，民族鬥爭一告段落，階級鬥爭就又重新開張。馬克思列寧主義在中國盛行，是因為中國有仇富的傳統。「打富濟貧」是公義，「殺富濟貧」是美德，有這樣的文化依託，中國的共產革命就變本加厲。臧啟芳的東北大學就成了它的犧牲品。

流亡西南的學校大都是在一九四六年復員的，西南聯大也是在那年解散的，那時國共兩黨在校園裡的鬥爭非常激烈，一件典型的歷史事件是昆明左傾教授李公朴被殺，聞一多在一九四六年七月十五日的《最後一次演講》中說：

一九四六年四月，西南聯大宣布解散。走了，學生放暑假了，（特務們）便以為我們沒有力量了嗎？特務們！你們錯了！你們看見今天到會的一千多青年，又握起手來了，我們昆明的青年決不會讓你們這樣蠻橫下去的！

當天下午聞一多也被殺了，國民黨做了非常愚蠢的事情，中國歷史發生了悲哀的轉折，中華民族沒有區別利害的原則，更沒有「兩害權其輕」的智慧，亢奮的學生們不知道，十年二十年以後中國會是什麼樣？事實上，連共產黨人劉少奇、彭德懷、林彪也不知道：「勝利」對於他們自己最後意味著什麼？

東北大學最出名的校友大概是柏楊，柏楊幼年失母，環境惡劣，初中時因不敬師長而曾被開除，一九四四年冒名「郭衣洞」插入東北大學政治系，在三台圓了他的「大學夢」，他回憶一九四六年夏天的畢業典禮：

> 地點在大禮堂。我和那一屆的畢業同學坐在前排，由校長臧啟芳先生致辭，臧校長神采飛揚的在台上宣布說：「我們終於勝利了，八年抗戰是國民黨打的，全世界人都知道，共產黨再也無話可說，再沒有辦法號召人民反抗政府。」這段話引起雷動的歡聲，師生們都深具這樣的信心，因為這是事實。
>
> ——《柏楊回憶錄》，源流出版公司，台北，頁一五三—一五四

如果梅貽琦在西南聯大大禮堂講這樣的話，台下可能是一片倒彩，三台的政治情緒顯然比昆明溫和多了。在國民黨領導抗戰勝利的興奮情緒鼓勵下，郭衣洞也到東北瀋陽去求發展了，他很自豪地回憶他見到的東北大學：

> 和三台的東北大學相比，瀋陽的東北大學雄偉壯麗得象一個獨立王國，僅工學院，就擁有一個修理火車頭的龐大工廠，如果要繞東北大學一圈，步行的話，恐怕要六、七個小時。
>
> ——《柏楊回憶錄》，頁一五九

青年柏楊是何其熱愛東北和東北大學啊！

臧啟芳帶了東北大學的隊伍回到瀋陽，陸侃如、馮沅君夫婦跟臧校長去了東北，陸侃如

在那裡當教務長。金毓黻到北京圖書館去當館長，姚雪垠到上海大夏大學去當文學教授，趙紀彬去了東吳大學教了一年哲學，因為支持學生鬧事而被解聘。楊榮國到桂林師範學院去教書，到了廣西就被抓進了監獄，坐了十個月的大牢，乃至今天的廣西師範大學對這位名氣非常大的「馬克思主義哲學家」竟沒有任何的記憶。若是他去了東北，或許是可以免了這場牢獄之災的。但是，當了十年校長的臧啟芳自己卻倦怠了，回到瀋陽就請辭，國民政府改任他為「東北九省教育特派員」，那時東北是被分成九個省的。

歷史沒有論功行賞，抗戰功臣國民黨在東北戰局最初很佔優勢，但是一年就翻了盤。一九四七年上半年，在松花江以北站住了腳的林彪部隊開始南下出擊。六月，共軍攻打四平，軍事形勢開始逆轉，鄉間清算更動搖了城裡的人心，瀋陽的人口開始向北平流失。七月，學年結束後，陸侃如、馮沅君就去了青島，東北大學的骨幹鳥散了。十月，臧啟芳去南京轉任財政部顧問兼中央大學教授。一九四八年，共產黨的農村包圍了國民黨最後的兩個城市——瀋陽和錦州，東北大學無疾而終。

那時，中國彌漫著改朝換代的氣氛，連兼守傳統和自由主義的陳寅恪和馮友蘭（馮沅君的長兄），也都留了下來等待共產黨的改造。那年，馮友蘭五十五歲，才從美國講學回來，在清華大學當文理學院院長兼哲學系主任，以後二十幾年中毛澤東一直注意著他的思想動向，文革時他的立場已經馴順到與楊榮國完全一致了；五十九歲的陳寅恪從北平南下廣州，傅斯年邀他去台灣加入「史語所」（中央研究院歷史語言研究所），但是他留在廣州不願再走了，那至少

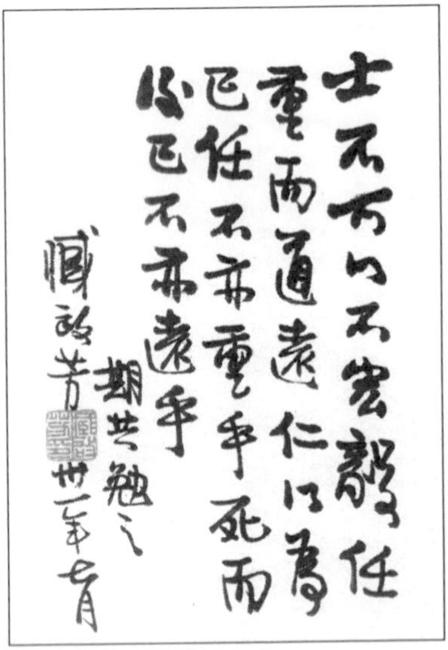

臧啓芳手跡（1942年）

是認為國民黨死定了，沒有再多搬一次家的必要了。

問題是：對當初蘇俄發生過的一切，這些高明學者都一無所知嗎？無知的確是事實。蘇俄的暴行在西方早已傳知，但並不為中國知識分子所普遍關注。我的岳父張錫嘏先生畢業於燕京大學，兩次到美國留學，二十年代那次在衣阿華大學學農業經濟，他的猶太室友的桌上放著一張照片，岳父認為那是室友的家長。二十年後，共產黨讓岳父認識了馬恩列斯，他才恍悟當年在衣阿華似曾相識的是列寧。那個時代的中國人是到美國來見識西方財富，學習西方技能，很少的有人注重西方價值和準則。而中國人把美國大學當作職業教育的格局，至今未變。

困難也是事實。有人說陳寅恪先生「學貫中西」，實在是過獎之辭。中國的傳統學問的目的、方法和結論，於西方看來一無是處，因此中國文科學者在西方很難立足，陳寅恪和馮友蘭當然也是慮及了「聘書何來？」才留在大陸聽天由命的。若以我們今天的覺悟問：為什麼不逃到美國去？則無異於問：何不食肉？再說，中國共產黨反人類惡行會嚴重到後來的程度，也很難有人預料，前輩的無知和疏失也就應該原諒了。

胡適之、梅貽琦、臧啟芳離去了，傅斯年帶了「史語所」的李濟、凌鴻勳等人去了台灣，一年後他自己累死在台大校長的位上。胡適之、梅貽琦、臧啟芳、傅斯年、陳寅恪、馮友蘭都很有名望，但是都沒有錢財，要他們到美國當小兵去打鬥，也不是現實的事情。胡適之與國民黨的關係並不好，他不要蔣介石的美金，連台灣的邊也不沾就直接去了美國，結果在美國很潦倒。

東北大學同人丁山、趙紀彬、楊向奎、陸侃如、馮沅君等異途同歸，都成了共產黨文科名校「山東大學」的班底，那時他們都才四十多歲，楊向奎後來還主編了一本很有分量的雜誌——《文史哲》，它上面發表的李希凡、藍翎二人聯名批判俞平伯「紅樓夢研究」的文章，被毛澤東讚賞而發展成一場批判「胡適唯心主義思想」的政治運動，那位被毛澤東捧為「小人物」的李希凡正是趙紀彬的內弟。

陸侃如在山東大學曾任副校長，還與夫人馮沅君同為一級教授，那在中國大陸是非常稀有的名譽和地位，馮沅君是為女性第一人。然而，共產黨一進門就是要他們「脫褲子割尾巴」的，這種湖南粗話教溫良的馮沅君女士如何上得了口？毛澤東生性刻薄，一九五七年玩真的，陸侃如就當了「右派」，而那只是中國知識分子受屈辱的一個里程碑，後面還有「史無前例的無產階級文化大革命」的苦境等待著他們。

一九四八年，楊榮國回到長沙老家的湖南大學教書，一九五三年院系調整到廣州中山大學，開始了三十年大起大落。以他三八年入黨的資格，至少該是個十三級幹部，而在舊社會混久了，難免沒有這樣那樣的三朋二友和歷史問題。文革紅衛兵沒有「歷史唯物主義」的見識，把「反孔」的「走資派」的妻子逼得精神分裂，溺水身亡。後來他總算被「四人幫」捧上了天，當然又被鄧小平打下地。共產黨的事情冤來枉去，常如「大水沖了龍王廟」。

趙紀彬是一個稟悟極高的學者，毛澤東在延安就注意到他的一些立論，後來對他的《論語新探》又備加讚賞，但是他在國民黨反省院裡寫過一篇關於三民主義的心得，黨中央就一直懷疑他有「叛徒」的嫌疑，他與侯外廬楊榮國等人合著的《中國思想通史》很久不能再版。而他的批孔立場久已有之，並非是為「批林批孔」專用，不巧江青曾向他不恥下問……。既然他可為「四人幫」所用，鄧小平一上台就把他清除出黨，還是靠善人胡耀邦幫忙恢復了黨籍。

比起大悲大喜的餘生，東大校長的寬容，三台草廬的淡泊，或許是馬克思主義者趙紀彬和楊榮國悲劇人生中最美好的片斷。

除了長子長女，臧啟芳攜家去了台灣，那時島上名人如雲，經濟又沒有起飛，他為官一生卻潔身自好，在台中東海大學執教經濟學時，清貧到讓次子英年棄台大機械系，而進了免費的海軍機校；三子凱年先生回憶，高惜冰在美國學的是紡織，去台灣後參與創辦中國紡織建設公司成功，因此常常幫助他們一家。

但是，貧困無礙剛直，國民黨政府號召名人獻言，啟芳先生就實話實說「學生勞軍」是形式主義，執掌軍隊政治工作的蔣經國聞之大怒。一九六〇年，雷震發動全台五十五位名士連署反對蔣介石違憲第三連任總統，東海大學臧啟芳、徐復觀、藍文徵三人榜上有名，後來雷震因組黨而被判了十年徒刑，這就是舉世震驚的「雷震事件」，臧啟芳當然也與國民黨反目了。是年啟芳先生心肌梗塞故於台中東海校園，當局竟拒發公務員死亡撫恤金，藉口竟是「來台後未行登記」。

「抗日青年」郭衣洞的人生就豐富多彩了，他從不委屈自己，說盡一切自己想說的話。一九四八年尾到一九四九年初，柏楊在遼沈和平津兩次被「解放」，他追隨蔣委員長，卻也不仇視共產黨，有時還表揚幾句解放軍；但是在「大是大非」的價值觀問題上，他要的是自由和人性，這位東北大學小兵的頭腦醒過了許多大教授。在後來回憶北平「和平解放」時的社會情緒時，他說：

政府所轄的江山，一半已淪入共產黨之手，全國知識分子的左傾程度，接近宗教狂熱，一個人是不是向共產黨靠近，成為檢查他是不是進步人士的唯一標準。可是，共產黨沒有個人自由，唾棄溫情，標榜黨性，全都使我毛骨悚然，我性格上不喜歡拘束，覺得人性尊嚴和溫情扶持，是人類共有的美德，黨性只是英明領袖鞏固自己權力所加到群眾身上的私刑……

於是他決然從北平出走，經過青島、上海，到了台灣。在服務於蔣經國的「反共救國團」的時候，他竟用最尖刻的文字攻擊黨國的專制，因此被囚禁了九年，其中六年多在綠島度過。

四十幾年後，他才回到過曾為頑童的故鄉，見到了心存虧欠的兩個有不同母親的女兒，但是價值勝於親情，他還是確認「我家在台灣」，那裡他曾有牢獄之災，但是他在那裡得到了遲到了自由。

共產黨在東北大學地盤上組建了「東北工學院」，那是一所採礦和冶金的專門學校，那時共產黨以為有了重工業中國就強大了，東北是重工業基地，離蘇聯「老大哥」又近，所以東北工學院最初辦得還不能算不認真。但是，後來幾十年「階級路線」、「政治掛帥」，它打了許多右派，也封了更多的左派，所以今天這所學校有不少高樓，卻沒有什麼高人。近年來它又恢復了「東北大學」的校名，但是它與臧啟芳離去時的東北大學的文理（Liberal Arts）傳統，已經毫無干係。

東北大學，如果說它今天還有一個軀殼的話，我們紀念的臧啟芳先生主持的東北大學的人文精神，已經被革命和戰亂剿滅了。

二〇一一年六月二日改成

《烈日之下》序

南京早已褪去了政治都會的光環，但它仍是中國高等教育的一個中心。二十世紀上半葉，幾代學兼中西的人物薈聚在那裡，劉光華先生是他們中間最年輕的成員。風雲變幻的時候他才三十一歲，六十年光華榭去，他卻以超常的健康和記憶一枝獨秀，回憶錄《烈日之下》記載了他經歷的世道的「興悖衰忽」。

劉光華先生任教的南京工學院，是國民黨時的「中央大學」，軍閥年代叫「南京高師」或「東南大學」，是繼北京大學之後的中國第二所國立大學，許多著名的中國知識分子都與它有關係，那時陳獨秀是北京大學的文科學長，他的父親劉伯明先生是南高和東南大學的文理科主任，也是有名的文化人。每當政治有變故，不少中國的大學要改名，改革開放後南京工學院就須正名，「中大」「南高」都不再合適，所以它才回到「東南大學」，因此現在年輕人大凡不知道它的來頭了。

劉先生所在的建築系，是中央大學建築系的後續，也是中國高校的名牌。舊中國建築界有四大名人：楊廷寶、劉敦楨、梁思成、童寯，除去梁思成在清華教書，其餘三位都在中大或南工；劉敦楨早年留學日本，楊、梁、童三人則都出自清華預備學堂，學成於美國賓州大學建築

在美國留學期間的青年劉光華

系。解放後，梁、劉、楊還是中國科學院學部委員，可見南工建築系在中國建築界的「四分之三」或「三分之二」的份量了。

傳統的中國建築是秦磚漢瓦，雕龍畫棟，就是這一代人把西方的建築科學和建築藝術引進中國，而且形成了一個兼有中國特色的建築學派，這個學派最典型的成果就是莊嚴肅穆、氣勢磅礴的中山陵。不過中山陵是另一位曾經留美的建築家呂彥直設計的，可惜呂先生在他三十五歲的一九二九年就患肝癌去世了，但是還有人把呂、楊、劉、梁、童稱為中國的「建築五宗師」。

一九四七年，劉光華在美國哥倫比亞大學得了建築學碩士回來的時候，時任中央大學建築系系主任的劉敦楨先生把這位中大弟子聘回去教書，他就成了這座建築學殿堂中的一員，於是劉家兩代人與中央大學結了緣。那時中大的校長物理學家吳有訓，一九二〇年畢業於南京高師，是劉伯明先生的學生輩。

劉光華先生在校園裡迎來了共產黨，此後的六十年中，「建設社會主義」和「復辟資本主義」都搞得轟轟烈烈。按說不論「姓社姓資」都要打樣造屋，建築師們總不該閒著。但是「社會主義階段」的共產黨，凡事要查「家庭出身」、「歷史背景」、「思想深處」……歸根結蒂「忠誠程度」，於是劉先生造屋沒份，是「美國特務」則有口難辯了。

那時，毛澤東還說「卑賤者最聰明，高貴者最愚蠢」。但如「分田分地」不能增加社會的財富，「分封聰明」也不能提升大眾的智慧。愚蠢的革命只有導致絕對的貧困，貧困則又引發了黨內的紛爭，「無毒不丈夫」的毛澤東就策動「紅衛兵」來來鬥爭他的共產黨僚屬，卻又不幸殃及了池魚劉光華先生，這就是所謂的「無產階級文化大革命」。

劉光華先生很倒楣，共產黨和紅衛兵都沒有放過他，文革的第一天，他就被南工黨委當作「三家村」拋了出來；等到黨委被打倒了，紅衛兵又把他這個「美國特務」接過手來打，有一回還打斷過兩根真扁擔。他說整整二十七年，他就象《悲慘世界》的主人公讓，被路易十六時代的警官盯住了，讓曾經偷過一塊麵包；他可什麼壞事也沒有做過，只是在美國留過學，有過不少的美國朋友。

一九七九年，共產黨說要改弦更張，劉光華先生才趕快離開了兇險的祖國，於今九十高齡的他發表了自己的回憶錄《烈日之下》，不僅訴說了他自己的苦難，而且用文字攝下了許多中國歷史的鏡頭。最生動的一幅是一九六六年盛夏南京鼓樓廣場遊街的場面，那是：

> 路旁站了不少看熱鬧的人群，走近一看是一批男女「資本家」在遊街。那是什麼資本家？從衣著形象看，頂多不過是一些過去做小本生意的雜貨店、小飯館，甚至燒餅油

條攤的業主而已。

這些「資本家」頭上都戴著紙糊的高帽子，穿著襤褸的衣服，有的只穿著破舊的汗衫短褲，有的還赤著膊，一些女的也只穿著汗衫短褲，汗濕透了的衣服貼在她們的肉上，就好像沒有穿衣服一樣。大半的人都光著腳，口裡卻銜著一隻鞋，低頭蹣跚，舉步艱難地走著，炙熱的路上防柏油融化的小石子戳得他們滿腳是血。

這個不長的隊伍的前面有幾個人敲鑼打鼓，後面有幾個人在高呼「打倒吸血鬼」和「叫他們永世不得翻身」之類的口號，路旁還有人在譏笑，在狂吼。但有些一些年齡較大的人站在一旁默默無語。我想：「文化大革命」的對象就是這些人嗎？他們有什麼力量去推翻共產黨，去復辟資本主義？

事實上，中國根本就沒有幾個像樣的「富人」和「資本」，共產黨卻不僅能消滅沒有資本的「資本主義」，還能在每個角落裡尋找出相對的富人，樹立鬥爭的對象，製造你死我活的格局。鼓樓廣場上的這一幕，見證了中國共產黨製造的「階級鬥爭」的無端和殘忍。

一九五七年反右以後，高等學校裡就大力推行階級路線，愈是好的大學、好的系科，就有愈多的「工農子弟」「幹部子弟」。六十年代黨內發生路線分歧，毛澤東就實行階級鬥爭，農村搞「四清運動」，大學搞「九評學習」。文革未到，階級和階級鬥爭就已經佈局佈好；文革一到，一些來自農村的目光短淺的學生就最敢下狠手了。

一九六八年南工建築系的紅衛兵克扣了教師的工資，年底又奉命恢復，排隊領工資的時候，每一個「資產階級教授講師」都挨了一名叫王才中的紅衛兵的一記耳光，童寯先生排在第一個，王才中在這位建築家的光頭上重重地拍了一個巴掌，然後問：「你配不配拿這麼多錢？」童先生說：「不配。」才把錢領走了。

美國電影《鋼琴家》中有類似的場景：一位波蘭猶太老人在華沙街上，被一個德國納粹軍人的一記耳光打倒在地上，只因為他在人行道上走路。納粹主義是「民族社會主義」，它把德國的工人階級組織成「黨衛軍」去鬥爭猶太民族；毛澤東把中國工農子弟組織成「紅衛兵」去打殺他們的教授。無論是在德國還是中國，只有為「弱勢群體」的口號才能動員「百分之九十五的人民大眾」。

也就在這次「恢復工資」的時候，被非法隔離的劉光華先生被監守吳某勒索去三百五十元錢，建築家楊廷寶拒絕勒索則受到報復，那是：

一天上午，我們對著毛澤東的畫像「早請示」的時時，值日班長吳某突然把楊廷寶叫出了來，要他背毛澤東的「最新指示」，楊的記憶力本來就不太好，當然背不出來，吳就罰他站在院子中央。……過了兩年，我想起這件事去問楊廷寶。果然是吳曾向楊借錢，楊沒有借給他。

吳某是從海軍專業下來的「依靠力量」；而楊廷寶是高薪的一級教授，是「鬥爭對象」。吳某妻子治病缺錢，而「成分好」只是階級鬥爭的本錢，要將這種政治優勢變成金錢，就必須進行鬥爭……而楊某接受勒索是「腐蝕無產階級」，不接受勒索又是……。

那時，中國已經窮到了「無產可共」的境地，南京城裡除了前朝留下的幾座像樣建築，還就是夫子廟、秦淮河，未經清算的「富人」大概就是楊廷寶、童寯等不多的幾位「資產階級知識分子」了，找不到資產階級，就拿知識分子來頂替。吳、王二人能與楊、童二公近距離攻守，也算他們有鬥爭的運氣，他們當然是想不到天是要變的，毛澤東是要死的。

不是所有的人能承受鬥爭，不過有的彎了，有的折了。《烈日之下》有一位投莫愁湖的那婉蘅女士，她是建築系裡的美術教師，不幸她的丈夫是「四大家族」陳果夫、陳立夫兄弟的侄子，小陳先生和婉蘅女士同學美術而相愛，卻都沒有去台灣搞政治的興趣，她也只與二陳見過一兩面而已。然而，那個時代只要有這麼一點兒與「蔣宋孔陳」的關係，弱女子不如一死了之。

「四大家族」出自文人陳伯達之筆，他說「蔣宋孔陳」四家控制了中國的經濟命脈，聚斂了二百億美元的資產，這些說法連「思想一貫反動」的我都信以為真，直到來了美國以後才知道CC兄弟非常清廉，哥哥果夫體弱多病，到台灣後不兩年就死了，身後毫無積蓄，連殯葬費都湊不齊；弟弟立夫出走美國，靠養雞揀蛋謀生，陳太太包粽子補貼家用，窮到連保險也買不起，結果一場大火燒得一乾二淨。

共產黨裡陳伯達還算是一個比較老實的人，但是為了打倒國民黨，他什麼謠都敢造。然而，不考慮後果就是愚昧。就在「四大家族」之說害死了一個沒有名氣的美術教師的前後，妖言惑眾的謀略也用到陳伯達的頭上來了，毛澤東為他羅織了一個「炸平廬山」的罪名，將他關進了秦城監獄。

那時，人間友情已經被整肅得非常稀薄，很少有人願意犧牲自己的安全，來向弱者表示同情。然而，有一天俠義的童寯先生故意走近劉光華先生的身邊，輕輕地說「千萬不要自殺」，說完就快步離去……。烈日之下，人們需要的是清涼的心泉之水，睿智的童寯先生看出「生活美麗」之類的甜蜜甘露，之於劉光華已經沒有什麼意義，「請勿自殺」才切合他的實際。

去年，一位在四川的老同事華千里先生在電話裡告訴我，四十二年前我們共事的那所中學的教導主任周同德先生被打成「三家村」，有一天我曾經安慰他說「不要怕，你是沒有問題的……」這事我早已遠忘，但同德先生卻把這份孤獨中難得的人情記到了二十一世紀，難怪劉先生也說他得了童寯先生的安慰，流出了心淚。

當時，與劉光華同輩的貝聿銘在美國已經被譽為「卓越」；而中國共產黨「求才」無心，「求敵」卻非常執著，劉先生還只能在紅衛兵的棍棒下求證自己的「清白」（did nothing）。這種子虛烏有的事情，共產黨一搞就搞了三十年，到頭來「求零得零」，它領導的中國又怎能不「一窮二白」（poor but nothing）？聊堪以慰的可能是「愈窮愈革命」。

那時，共產黨要給每一個「有問題」的人做一份「審查結論」，很像是牛馬身上的品級烙印，劉光華先生見到自己的那張結論的時候，毛澤東已經入了地獄，劉先生發了這樣一段感慨：

我是一個弱者，沒有力量與共產黨的政治結論去抗爭。可笑的是，身為一個執政黨，把老百姓的辮子都梳理清楚了，又有什麼用？天下的大謬大誤都是共產黨自己製造的。

紅衛兵們打人流了汗，劉光華們挨打吃了苦，等到老百姓的歷史結論全部考定，共產黨卻說要「搞市場經濟」，於是又演了一出「摸著石頭過河」的新劇本。虧得共產黨翻過船，否則鄧小平還不會有「摸石頭」的虛心。

共產黨是歷史的輸家是遲早的定局，但是寫輸家也必須公正。中共要人王震就與劉光華先生就有過交往，王震還曾經想把他留在新疆參加他的農墾事業，留在新疆雖然不如留在美國，劉先生也未必捨得他在南京的教席，但王震至少不會讓他吃紅衛兵的苦頭。

王震不僅參加過中共武裝鬥爭的全過程，而且還走進了改革開放的新時代，但晚年卻很保守，他與胡耀邦是瀏陽的「南鄉北鄉」，胡耀邦說他們在政治上是「南轅北轍」。據說在一九八九年他說過這樣的狠話：「你們有一百萬學生，我們有四百萬軍隊，看誰的厲害！」因此有不少人說王震魯莽未泯。

也有人說王震這個人很義氣，一九五七年他敢把落難的丁玲、艾青收容到農墾系統去避難。一九五九年別人噤若寒蟬，他卻在廬山上幫彭德懷講話；共產黨黨內鬥爭連年不斷，天天有人爬上去，年年有人倒下來，周恩來位高卻事事要與人劃清界限，粗人王震卻有廣結人緣的膽量。文革後，王震也並非黨內唯一僅存的碩果，但他能上升到「國家副主席」的位上，晚成的大器背後可能還是義氣和勇氣。

劉光華先生有很多委屈，卻不用「臉譜」去畫人，《烈日之下》不僅說王震和顏悅色，而且說王震曾經很有抱負，持這種印象的還不止劉先生一人，北京的俞梅蓀先生也說王震很有長者風度。象王震這樣的共產黨大頭目，有人說壞，有人說好，都不奇怪，劉光華先生的說法也可以給研究王震的後人做一個參考。

劉光華先生與我的岳父、岳母都是南京的大學教授，解放後運動連連，這些有留美背景的人就很少往來，但彼此的處境卻是相聞相慰的。說來，舊社會沒有什麼以言定罪的政治運動，父輩們大都是坦坦蕩蕩，既沒有害人的陰思，也沒有防人的心計，劉光華先生就是在寬鬆的環境中生長出來的一個身心健康，與人為善，九十高齡還思維敏捷，談笑風生的人。

最近讀巫甯坤回憶錄《一滴淚》，一九五一年巫先生從美國回燕京大學教書，年輕的李政道到三藩市碼頭為他送行，巫先生問李先生什麼時候回國？李先生說他不願意被「洗腦」，巫先生完全不理解如何能洗滌腦子。今天，李先生已經被證明是卓越的人物，他之卓越還與政治敏銳不無關係，如與巫先生連袂進了北京的「半步橋」監獄，必是一事無成了。

劉光華、巫寧坤沒有經過「延安訓練」，「不懂政治」就是他們的特點。我的岳父張錫掘先生也一樣，他兩度留學美國，第一次到美國與一位猶太學生同室，室友桌上放著一張照片，他沒有問是誰。幾十年以後中國也掛馬恩列斯像，他才想起那是列寧。岳父的專業是農業經濟，大多中國學者只學習西方經濟操作，對政治經濟學說卻興趣缺缺。二十世紀上半葉，蘇聯的肅反和洗腦在西方已經廣為人知，但「窗外事」沒有引起中國知識分子的足夠關注。

幾千年中國蝸步緩行，與其說是走進了二十世紀，還不如說是二十世紀闖進了中國的歷史，毛澤東說「十月革命一聲炮響……送來了馬克思列寧主義」，一點也沒有說錯。沒有啟過蒙的中國人非但沒有意識那是臨頭大禍，卻還以為俄國人送來了一份大禮。一部分衝動的知識分子效法俄國共產黨，組成了一個很有奮鬥精神的中國共產黨，它的「全黨服從中央」的極端效率，既能讓它很快地登上勝利的高峰，也能很快地將它推入失敗的泥坑。

爛熟了東方的封建謀略，又專利了西方的暴力主義，還有一個絕對迷信服從的政治武裝團體供其駕馭，毛澤東堂然是二十世紀的一個成功者。但是成也毛澤東，敗也毛澤東，《烈日之下》寫到，一九六六年毛澤東發動「無產階級文化大革命」殘害共產黨的時候，一個共產黨老幹部，南京大學副校長孫叔平被鬥爭的場面：

> 只見幾個北京紅衛兵把孫叔平推上台去，罪名是「修正主義者兼資產階級學術權威」。空洞無邊的鬥爭發言結束後，一個紅衛兵命令他跪下，那個紅衛兵還要在他背上狠狠地踢了幾腳，孫迎面撲在地上，跪起來以後，接著一個紅衛兵又拿了墨汁澆在他頭上，然

劉光華與朱學淵（2009年四月）

後命令他赤腳先在校園裡遊走，然後把他拖上街去遊街……

劉光華先生說，一九五一年「思想改造運動」的時候，孫叔平先生還向他們傳授過「文火燉牛肉」的改造思想的經驗，這些共產黨幹部幫助毛澤東馴服了中國人民，他們自己也就被「走狗烹」了。

二十世紀是一個慘烈的世紀，中國人民又是最不幸的，劉光華先生雖然不是歷史家，但是他的《烈日之下》含蓄了這麼多的歷史的教訓。

二〇〇九年四月二十八日

張學良是非評說

張學良將軍仙逝了，生於一九〇一年的他，整整活了一百個年頭。對於中國人民來說，二十世紀是個苦難的世紀，張學良將軍被禁閉五十年。而今他的是非還是沒有定論。歷史學者余英時教授暗示，應該去追究共產黨成功的個人的行為和責任，余先生說：

張學良這個人也可以說是一個很特殊的，政治舞台上沒有第二位，所以說這樣的人物歷史怎樣來評判他，就是看西安事變到底對中國長期講影響是好是壞，共產黨說他是一個大功臣。對於維護中國比較傳統文化來說，共產黨使中國陷於一種很大的痛苦，如抱這個觀點，就會對張學良有不同的評價。

為評價東北老鄉張學良將軍，曹長青先生寫了一篇〈張學良糊塗死了〉引起了我的注意；例如，他說「西安事變」是因為張學良有當「西北王」的幻想，說張學良是「別人怎麼說，他就隨著往哪邊走」的「小土匪頭」，並沒有說錯。但說學生請求抗戰的時勢是基於愚昧排外的「義和團文化背景」，求證的「不抵抗」的正確性，卻是明快而不盡正確的結論：

對西安事變導致共產黨和紅軍倖存這一事實，史學家幾乎沒有異議；那麼關鍵是人們怎麼看待共產黨和紅軍的倖存，和後來獲得政權。如果認為最後坐大並至今掌權的共產黨給中國人帶來了民主、自由和幸福，那就應該肯定張學良；如果認為共產黨給中國人帶來的是專制、災難和痛苦，那就應該否定張學良。

後來，共產黨在中國犯下了滔天的罪行。但歸結「西安事變導致共產黨和紅軍倖存」，卻只是一個不全面的假設。相反，共產黨的御用學者說沒有張學良、楊虎城發動「西安事變」，蔣介石就不會抗日，那也是妄顧事實的。應該說，日本侵略攪局，和西方列強坐視不顧，使形勢發生變化，「攘外必先安內」受到了民氣的挑戰；困境中的國民黨也開始為絕境中的共產黨提供了機會，而張學良完全不知道國共兩黨之間已經開始接觸。

據陳立夫先生回憶，抗日形勢愈見緊迫，他曾於一九三五年底去西歐和蘇聯爭取援助，事實上他沒有去成莫斯科，可能僅與第三國際代表有了接觸；回國後，他奉命主持兩黨祕密協商，具體工作由張沖負責。

一九三六年四月某日，《申報》刊登「尋人啟事」，邀被尋者「伍豪」見報後於五月五日去四川路新亞酒店某室「有要事相商」。於是張沖同中共特工負責人潘漢年取得聯繫。潘漢年與陳立夫張沖等在上海、南京多次接觸商談國共合作問題，取得一定諒解。

陳立夫收到周恩來於一九三六年九月一日的來信【顯然中共已基本認可潘漢年的先期工作。按】來信，迅速安排在南京與周恩來、潘漢年的談判。陳立夫先生在《成敗之鑒》一書中說：

與中共交涉時，我方代表是我和張沖，中共派代表是周恩來，這項談判必須有第三國際代表參加，那就是潘漢年。他們兩人必須先得到我方的安全保證，始肯來上海，我方並由張沖任聯絡員。那時候的情形，我們原則上好像是接受中共投降，在他們只要我方停止剿共，提出任何條件他們都可以接受。【略】，但是為對外必須表示全國一致抗日起見，我們要求他們在戰爭爆發以後，即發表共同抗日宣言，表示全民一致，其內容須包括下列四點原則：【略】。

這四項原則，中共當然同意，後來周、潘二人由我們招待至南京居住，由我直接和他們談判，使他們更為放心。經多次磋商，宣言和條件的文字都已大體談妥，周恩來就想回延安覆命，我命張沖陪他去西安，順便往見張學良，由周口中說出，我們雙方對共同抗日已有協定，以免張學良再唱抗日高調幾儀，藉以保存實力。潘則留京滬續洽。不料事隔幾天，西安事變忽起，當時張沖、周恩來都在西安，外人罕知其原因為何？

事實上，周恩來、潘漢年二人在談判結束後，還上莫干山見了蔣介石。根據張沖的助手杜桐蓀的回憶：

記得在民國二十五年的一個盛暑夏天，張淮南（沖）兄命弟陪送周恩來、潘漢年自南京出發，取道京杭國道，上莫干山晉見蔣委員長。

陳立夫先生老成厚道，但記憶有若干差錯，西安事變發生時，周恩來已經回到延安（或保安）。事實上，共同抗日的事情在西安事變前就祕密談妥，但國共雙方都不願意向張學良交代私下和談的交易。因為共產黨要張學良繼續保持對蔣介石的不滿；蔣介石可能還要催促張學良作最後一次剿共努力。這些事情，當事人有親錄，史家有定考。所謂「西安事變導致共產黨和紅軍倖存」的假設，於時序來說不夠準確。

國民黨既與周恩來潘漢年談妥，一九三六年十二月，蔣介石親赴潼關，訓示張學良楊虎城「攘外安內」且言多斥責，激怒了兩個鹵莽暴躁的軍人，鬧出一齣「蒙難記」，張學良說這是「被逼出來的」。其實，蔣介石也很明白，再不抗日民心不容，他無非是叫張楊再剿一次，不贏就按陳立夫周恩來的協議去辦。但他萬萬沒想到張楊和周恩來也事先勾結好了。

曹長青先生拿出當年胡適之傅斯年等「抗日必敗」或「張學良誤國」的言論，或許是畫錯了蛇再添足。胡適之說的「戰則必大敗，而和則未必大亂」是錯誤的判斷。事實上，與日本是和不了的，再退讓學生就要大鬧，天下要大亂；更何況「七七事變」後奮起抗戰並未大敗。

胡適之先生對抗戰一直低調善慮，但此慮為錯慮。再如，匹茲堡大學許綽雲教授關於抗戰「能再延遲五年，情況很可能完全不一樣」的說法，也只是五十年後的明白話，誰知五年後就會有「珍珠港」。

其實，共產黨的上台的原因，可追究的人事還很多很多。如蔣介石善與人謀，一九二七年不取屠殺方針，陳獨秀的共產黨領導地位就未必動搖；如日本不得寸進尺，讓蔣介石先「安內」在先，未必有大批青年投奔延安；如果勝利後國民黨接受美國調停實行「多黨制」，也可能就沒有這後事了。遺憾的是，這些統統只能是迷信武力的後訓了。

西方意識形態的共產主義在東方中國有大市場，是與中國人的「不患貧而患不均」的文化傳統，和「造反有理」的暴民心理有關。七八十年前民眾並不急求民主自由，而只痴想分田地，私有財產不可侵犯的觀念在毫無社會根基。儘管孫中山的三民主義規劃了美好願景，卻遠沒有經毛澤東改造過的打富濟貧的口號更迎合暴民之心。這也是中國人後來注定要吃「人民共產公社」苦頭的宿命。

另一方面，三民主義一時無法操作，於是孫中山就組織了一個「以俄未師」的國民黨，但成員又都是些缺乏列寧主義宗教狂熱的民主主義者和民族主義者。其組織形式與思想內涵完全脫節。蔣介石一九二三年赴俄考察，對貧困饑饉之「餓鄉」留下了深刻印象，從而鐵定了這個後來身為「列寧主義式政黨」的黨魁投靠西方的決心。但在長達二十二年（1927-1949）的鬥爭中，國民黨輸給了共產黨，這種失敗的實質是：一個列寧主義式的空殼子，被一個列寧主義的鐵錘子砸碎了。

在這二十二年的殘殺中，由於日本的侵略，形成了一個「兩國三方」的局面。在這個複雜格局中，對歷史和蔣介石來說，聯日剿共有效但不可行；聯共抗日雖合道義，卻後患無窮。然而，基於他對西方列強會干預的幻想，加之一九二七年後沒能趕盡殺絕，共產黨就象一把利劍懸在頭上，於是產生了極具爭議的「攘外必先安內」之略。

當然，蔣介石的私心也太重。剿共主力均非嫡系，在江西與紅軍血戰是蔡廷鍇蔣光鼐的十九路軍，長征的追兵是曾為張發奎部下的薛岳周渾元部隊，都是些無法在廣東立身的粵軍北伐精銳。待到共產黨在陝北立腳，他又讓「家在松花江上」的東北軍去打先鋒。其實，東北軍是一支舊式軍隊，戰力遠遠不如兩廣部隊，它既打不了日本人，也吃不過共產黨，所謂「直羅鎮戰役」被消滅近兩個師。「一石兩鳥」的妙計比「肉包子打狗」更糟糕。被消滅了的異己，做了共產黨的俘虜，被洗了腦放回來策動少帥張學良。

張學良手中握著從其父手裡繼承來的全副武裝，最高學歷是東北講武堂，一九一九年入學，一九二〇年就畢業，出來即當旅長。但他又不敬那份業，天天出沒跳舞場，夜夜是在溫柔鄉。然而，思慮不周的他有一股衝勁，一生作了三件大事：「東北易幟」使中國統一，蔣介石與他結拜兄弟，把「陸海空軍副總司令」的大帽子套在二十八歲的小年輕頭上；「九一八」他又得了「不抵抗將軍」的醜名；「西安事變」在「捉蔣亭」將契兄逼上「抗日領袖」的寶座，自己則當了五十年囚徒。

張學良應該算是個誠實的人，傳言蔣介石曾「密令」他不抵抗，他說沒有那事情。但明眼人都知道那雖不是「密令」卻是「默契」；事實上，蔣介石也沒有要他去抵抗，事後讓他去歐洲避風頭。

張學良又是個易動情的人。直羅鎮吃了敗仗，卻想見識見識共產黨。一九三六年四月瞞過了蔣介石去延安（或保安），密會了長他兩歲的周恩來。我們或許可以猜出他們倆談話的一些情節，周恩來提及他隨伯父在奉天童稚的回憶，東陵的風光。周恩來那時已非常老練持重，張學良想不到天下有這般人才，相識恨晚的他或許想說：「你那時放學怎麼不來大帥府尋我玩耍？」

而一群逃亡了兩萬五千里的衣不蔽體的叫花子，居然把「抗日」口號高唱入雲，撥動了離鄉背井的東北將士的情。這是弱勢團體「以小事大」的智慧，當然也是八個月後張楊發動「西安事變」的一個動因。

張學良要入共產黨大概也有其事。他見到那時「共匪」意志堅定領袖強幹，那時共產黨不求發展，但求生存；「打土豪、分田地」的事暫時不幹，見人只呼「開明人士」，再不罵「土豪劣紳」；有飯勻著吃，齊心附著那活諸葛毛澤東，張學良可能覺得與汪精衛蔣中正打鬧太無聊，還不如入了匪夥痛快。

但是，共產國際電令次日飛來，不但救了蔣介石命，還枉說西安事變是日本帝國主義製造的陰謀。王明一年後從莫斯科回來告訴張國燾說，他親眼見著那電文是斯大林親手起草。

於今看來，虧得斯大林明白世事詭譎，惟恐中共圖一時之快，槍斃蔣介石，讓日本漁人得利，然後進攻蘇維埃。話說張學良擒住蔣中正的那天，保安窯洞裡一派狂喜，十年來千萬同志頭顱落地，今天要叫你蔣某去陪個人祭。一覺醒來，生存自比復仇更重要，還是斯大林說的在理。

張學良的事情大家也都知道，他早早就到了台灣。共產黨渡江，監管他的軍統劉乙光遞給他一份報紙，自己悄悄地在一旁觀察囚徒的表情，他坐在一張籐椅上，讀完那條南京淪共的消息，冷笑兩聲。光這兩聲笑，可能又叫他多付出二十年自由的代價。

一九九一年，紐約的東北同鄉拜會張學良。問到他的四弟，他竟說：「張學思比較激動暴躁，跟鬥爭他的紅衛兵幹了起來，結果被紅衛兵打死。呂正操比較溫和，所以保住了性命，這只能怪張學思自己不好！」張學良還說，他最喜歡的就是這個當了共產黨的四弟，親共情緒仍於言表。

張學良喜歡共產黨是他個人的立場，百歲男人有定見，無可非議。但要把後來共產黨罪惡，統統推到他的身上，也是不公平的，即便劉少奇、彭德懷、林彪也沒有料到毛澤東會把他們整死而後已。西安事變的確幫了共產黨忙，但也把蔣介石推上了抗日的路，最後成了如日中天的民族大英雄。但是，迷信武力的每一步都要小心，歷史翻臉無情。

也別惋惜周恩來遲到一步，沒有把他引去「陝北革命根據地」。張學良有幸沒有成為共產黨政治委員，後事統統與他無干係。那本該在湖南鄉村教教書的毛澤東，竟成了中國歷史上最惡最惡的惡皇帝；大英雄蔣中正卻成了大敗寇，就不必怪罪小契弟；權力還把一個美少年周恩來變成了一頭老狐狸。他們都早離了人間，惟有缺了一點心眼的少帥張學良活了整整一個世紀，還有人為他辨是非。

二〇〇一年十一月二十日

是激進主義培植了專制主義嗎？

有幸讀到多維新聞網連載的陸學仁先生《為了明天》等文章。陸先生很有閱歷和見解，對中國民主化的未來充滿了期待，而且對民運人士寄託了善良的期許。許多箴言摯語，感人肺腑。如：

> 如果中國真的又一次出現政局轉化的兆頭，我們所有人，特別是爭取民主的勇士們已經作好必要的準備了嗎？我們夢寐以求的轉化將使歷史朝前挪動一大步，還是又將夭折，又一次血濺天安門呢？

陸學仁先生又恰如其分地指出：

> 正如西方政治學……的經驗所顯示的，凡是從威權制向民主制轉化成功，總是仰仗當權的改革派同社會上的溫和派的聯合，而所有轉化的失敗都顯示，社會上的過激派總是起著極壞的作用，即實際上向當權的保守派提供口實，讓他們有藉口動員和說服軍警，乃

至使他們得以動用軍警來血腥鎮壓。

但是問題是，中國是否存在過真心實意的「當權的改革派」？另一個問題是，中國社會上的過激派又是在什麼條件下形成的？陸學仁先生舉了許多例子說明胡耀邦、趙紫陽是這樣的改革派，然而他們是不是真正「當權的」呢？顯然不是，中國的政治權力掌握在鄧小平一個人手裡。

而鄧小平是不是一個改革派呢？相對於毛澤東來說，他的思想當然要新鮮多了，他想要解放生產力，他提出過「科學技術也是生產力」的口號。這種道理只有中國共產黨不懂，而西方共產主義政黨一直是明白這種膚淺的道理的。事實上，毛把中國帶入了人為飢餓的深淵，鄧的撥亂反正又把社會送到了自然經濟的原點，他們兩人不過玩了一場「零和遊戲」而已，幾十年等於白幹。所以，儘管鄧小平有歸零的功勞，但也不必感激不盡。

鄧小平也是迷信槍桿、嗜權如命的人，共產黨內惡劣的政治生活秩序，和他屢經起落的遭遇，使他天賦的雙重人格狠毒無比；他會向強者求饒，他也會對弱者翻臉，一切是根據權宜；他處置胡耀邦、趙紫陽、楊白冰統統都是不義之舉。胡耀邦被他用來搞平反昭雪，收復了民心，就棄之如鄙履；趙紫陽被用作闖物價關的探雷器，成了是我設計的功勞，炸死了是你沒靈氣；與他有鄉誼的楊尚昆、楊白冰，為他扳了殺人的槍機，最後被他一腳蹬開，沒有一絲「兄弟義氣」。

鄧小平也是不誠實的人，他搞「四個堅持」既是在壓迫地上的老百姓，又是在矇騙地下的毛澤東。更重要的，這為他謀害民眾預設了殺機。鄧小平的性格象毛澤東一樣，沒有人能和他合作到底。在倒楣的時候，他或許曾經想過一些共產黨自身改革的問題，「廢除終身制」就是他提出來的，可是輪到自己頭上時，卻要把統領「槍桿子」的軍委主席做到底。

因此，陸學仁先生說的「當權的改革派同社會上的溫和派的聯合」的先決條件，在鄧小平活著的時代就根本不存在。想改革的胡耀邦、趙紫陽統統只是花瓶而已；真正當權的他，根本就不想實行任何的政治改革。至於陸學仁先生說的：

當費孝通組織第二次擴大的高級知識分子集會時，統戰部長閻明復帶領黨中央，中央軍委和國務院的三位大秘書來參加會議時，嚴家其把他後來簽署的《五一六》聲明上的話說了出來：「鄧小平是不是君主制的共和國的君主」，一聽到他這樣的發言和追隨者的類似的激烈言論，閻明復哭了，他泣不成聲說：「完了，這下完了，鄧小平不是這樣的人！」一切無法挽回了。這不啻是給剛有可能向學生傾斜一點的鄧小平一個大巴掌把他扇到右邊去了。

我沒有資格參加這樣的頭面會議，當然也無從評價上述情節的真假。但這段歷史無疑是說，當年大人物殺人，是被一個小人物罵出來的。今天，鄧小平已經蓋棺定論；回頭看，嚴先生說鄧小平是「君主制的共和國的君主」，一點兒也沒錯；而閻先生說的那些話，倒是大錯了。人們都知道閻明復是個大好人，但為這點兒事，就泣不成聲，也太窩囊了。

陸學仁先生或許是體制內人物，他們常常有一種心理缺陷：把自己的看做是「毛」，把大人物當作是「皮」。因為有太多的人想做附「皮」的「毛」，毛澤東也就很鄙視他們。而「毛」們生怕觸動「皮」的心理，也往往造成他們對許多問題的誤判，陸先生說嚴家其的一句話，「不啻是……一個大巴掌把他（鄧）扇到右邊去了」，即是一例。共產黨作過許多「驚天地、泣鬼神」的事情，有無數人「拋頭顱、灑鮮血」，為的是「主義真」。然而，一個巴掌就能「扇」掉一個「主義」，這種「主義」就不是真的。

陸學仁先生對批判「激進主義」的危害是很正確的，但問題是：究竟是激進主義培植了專制主義，還是專制主義釀成了激進主義？事實上：中國有幾千年的專制，卻只有一百年的激進，中國真正的「激進主義」是「暴力共產主義」。

陸先生說「與其說中共的殘酷鎮壓構成了非法處境，還不如說首先是因為六四後幾乎所有民運組織和民主鬥士本人個個都自外於合法地位和合法鬥爭。」也不合情理。象劉賓雁、郭羅基這樣的溫和誠實老共產黨人，都被共產黨流放在異國，取消了他們的護照，剝奪了他們回國的權利，這難道是他們「自外於祖國」嗎？

「我們無法懇求當權者溫和，只能以社會行動的合法與溫和來迫使當局日益承認我們的合法性並用法制加以固定。這就是在積累民主，就是在剝奪保守的反動派鎮壓的藉口」。當然這是一個「好主意」，但是當人們的視聽的權利都要被剝奪的時候，什麼「社會行動」還可以表現「合法與溫和」？陸先生談到列寧主張過用「黃色工會」，而不是「紅色團體」來進行合法鬥爭。但我們面對著的是嚴密的「共產專政」，而不是鬆散的「沙皇專制」；我們或許只能用「關上嘴巴」來表達自己的「溫和性」。

當然，大可不必為吃喝嫖賭的共產黨去著急，它正在「一天一天地爛下去」（毛澤東語「美帝國主義」）。他們以為把劉賓雁先生趕出中國，就再沒有人討論「人妖之間」的區別；把郭羅基先生驅逐出境，就不會有人興師問「誰之罪」？就此，共產黨也就變成了一個完全失去了免疫功能的團體，或許我們不抗爭、不刺激，它會爛得更快、更澈底。但我們不忍心看到腐敗引發的動亂，正在日日逼近我們的民族的軀體。

二〇〇二年九月二十五日

附錄：專制和過激本是同根生——答朱學淵先生（摘要）

首先要謝謝朱學淵先生抓住了一個重要問題來評議我最近在多維網上的冗長文字——《為了明天》系列。朱先生提出的問題正是我要抓的一個要點：對鄧小平這樣的無產階級專政的獨裁者要不要講究鬥爭策略？

首先，唯物史觀的發展規律、統治者必然鎮壓等必然性是錯誤的，這種必然性理論表面上標榜客觀必然性，實際上斯大林、毛澤東等的主觀「唯領袖意志論」的偽裝外衣下的東西。試看一下，在斯大林和毛澤東統治下，哪個決策不是聲稱根據歷史必然性作出，而實際上在強行貫徹他們本人的武斷的獨裁決策？查一下蘇聯歷史和毛澤東統治的歷史，幾乎毫無例外。在他們打著必然性旗號時，總是只有領袖才能「洞察」這種必然性，其實，這種「洞察」就是他們的武斷的，毫無根據的主觀臆斷和獨裁決策而已。難道他們不是依據階級鬥爭為綱「不依人們意志為轉移」，而搞的嚴重破壞法制的肅反、清黨、反右、文化大革命嗎？在國際問題上，毛澤東依據「帝國主義本性論」決策打朝鮮戰爭、越南戰爭等等，哪個不是他的武斷和狼子野心啊！

現在的問題是，可不可以反過來？說獨裁者本性難移？比如，預先或事後分析，說鄧小平是無論如何也會開槍鎮壓的。鄒讜教授在一九八九年四至五月間就多方設法，包括給國內朋友寄書，寫信，指出這種必然論是會導致我們推動中國民主化進程的人自己無所作為，是錯誤的。

「反動派必然鎮壓」為革命神聖和萬能論設立了根據。如果說，馬克思列寧主義的學說，尚對如何革命有過嚴肅的研究，規定了仔細的策略，如馬克思認為，必須所有先進的歐洲國家的無產階級同時起義，否則革命不可能成功；而列寧則根據帝國主義利益衝突必然爆發世界大戰從而使無產階級有可能在一國勝利；到了毛澤東那裡，他提出了「農村包圍城市，通過長期武裝鬥爭再奪取城市」的戰略戰術。可惜到了我們民運朋友那裡，除了口號越來越激昂之外，毫無研究。過激的過高綱領派與鄧小平的鎮壓派是同根生，都是階級鬥爭、革命專政理論培育出來的死硬派。

也許有人要更正一下，民運人士不可能搞專政而是要搞民主。請注意，共產黨也口口聲聲說要搞「民主」的，他們的民主就是無產階級專政。民運人士一旦成功會搞怎樣的民主呢？歷史上有過法國大革命時的雅各賓專政，那是多數暴力，或者稱為暴民恐怖更確切。它比歷史上的任何獨裁專政更可怕，對法國歷史沒有好作用。之後的近一百七十年間（1789-1958）憲法反覆修改十次以上，形形式式的王朝和共和國的更迭沒完沒了。中國共產黨在貫徹馬克思列寧主義的同時，一直鼓吹法國大革命而貶低英國大革命的改良路線，其實，英國光榮革命比法國暴力革命對人民，對歷史，對體制，都要好上一百倍。實現這些認識必需改變中華民族的政治文化，而不是僅僅譴責鄧小平的六四暴行可以取代的。

如果承認統治者始終都在打牌，在隨機行事……那麼我們也要研究如何博弈，或研究鬥爭藝術，即充分考慮我們的舉動會引起對方的什麼對策，能夠多看幾步就比較可能會贏，否則就比較可能會輸。承認了這一點，就會發現總有很多 Options（選擇），這時就要在妥協和堅持之間，在速成和漸進之間，作出決斷？可惜，一九八九年，英雄們一味激進更激進，甚至至今不認為有必要研究總結經驗教訓。如果要不讓烈士的血白流，我想我們自己的進步是最最重要的！

你說我「體制內」也好，說「六四」時我在美國沒有危險也好，我的目的早已不是為自己謀，我個人的遭遇絕不比民運朋友們好，儘管我從一九四七年就參加革命，但是共產黨把我當「不可接觸的賤民」打了半個世紀。所以我們最好就事論事討論中國的明天，而不搞猜疑別人的動機。謝謝朱學淵先生給我機會！更謝謝多維網的何頻先生和編輯先生！

王光美宴請毛澤東家人

——及其政治信息

十月十一日，《中國青年報》發表了孔東梅小姐的文章，海外若干網站亦予轉載，標題是《毛澤東、劉少奇兩家後人聚會解密》。內容是二〇〇四年一個夏日傍晚，王光美召集毛澤東、劉少奇兩家後人，在京城「相聚一堂，共話友情」。聚會聯絡人是王光美之子，武警將軍劉源，作者和她的母親李敏女士，姨母李訥和姨夫王景清先生等，都參加了這次聚會。

孔東梅女士說，一九四八年在西柏坡，王景清擔任警衛，與劉家也有交情；而王光美在那裡與劉少奇結為百年之好，從此跟隨中共領袖走上了「進京趕考」的道路。餐聚時，李訥女士說：「以前我最喜歡小源源了，長得可好看、可好玩兒了。現在都是將軍啦！」而劉源說：「大姐才真漂亮啊！過去和現在都漂亮！」文章還說李敏與劉少奇長子劉允斌和長女劉愛琴，是蘇聯國際兒童院的同學。

文章說，八十三歲的王光美女士平時很少應酬，幾乎從沒到飯店請過客。這次卻破例想李敏、李訥兩家吃飯。她告訴劉源：「前些日子，她們姐妹倆都來看過我。我年歲大跑不動了，又老惦記她們和孩子們，就聚會一次吧。」與王光美同來的還有一位劉家的老保姆。「文革」

中劉家受難，是這位「趙姥姥」帶走劉家的小女兒，幫劉家的兒女度過了不堪回首的歲月。

席間「大家問身體，噓冷暖，其情融融，其意深長。這是兩個特殊的家庭，其成員的命運可以折射出國家命運的興衰，一定程度上也象徵著中國社會的發展。所以這次聚會實在難得」。文章還說：「毛澤東和劉少奇，都出生在湖南，家鄉僅一山之隔。他們從一九二二年相識」，但是「在晚年絕不相同的境遇中，他們又陷入共同的歷史悲劇，經受了各自家庭的不幸。」

毛、劉兩家人能從先人的陰影中走出來，一笑泯恩仇，我們固然應該為他們感到高興。然而，毛、劉兩人之爭而引發「無產階級文化大革命」，卻把中國的國運推到了「崩潰的邊緣」，這不僅是他們這兩個特權家庭的不幸，而是中華民族舉族的災難。作為文革最大的受害者，劉少奇自己也有歷史的責任；在延安整風時，他是把活人毛澤東祭到「神壇」上去的主祀人。

一九六七年初春，我在北京「上訪」，天天在「八大學院」閒逛，有一日「清華井岡山」鬥王光美，我們幾個朋友去看熱鬧，見到她被紅衛兵拉成「噴氣式」，頸子上掛著用乒乓球串聯成的「項鏈」；記得陪鬥的有羅瑞卿將軍，是用籮兜抬出來的，他跳樓把腿跳斷了。在地質學院我還見過彭德懷，他剛從四川楸回來，他那倔強的面容，至今還刻在我的記憶中。不知道是出自何種直覺，我很同情彭德懷和羅瑞卿，而對王光美卻缺乏這樣的感情。

我於一九六五年大學畢業，最後一年參加了幾個月的「四清運動」。而王光美以總結「桃園經驗」聞名，記得她說農村的問題是「四清與四不清的問題」，要大家「扎根串聯」，把農村幹部當做「敵對勢力」來整，據說一時尋死上吊的幹部不少；她又要大家與缺吃少穿貧下中農「同吃同住」，把我們這些青年學生餓得個半死。後來總算下來一個「二十三條」，糾了她的偏。

王光美這一生，不可謂不坎坷，與一個湖南農家子的政治婚姻，使一個「資產階級小姐」受用了「無產階級革命家」的榮華；而今作為一個「馬列主義老太太」，她又享盡了有中國特色的「專制資本主義」的富貴。不幸的是，毛澤東同志錯把先夫當赫魯曉夫，也請她委屈了十年的牢籠生活。對此她非但「無怨無悔」，反而更堅定了「革命意志」。

從王光美身上的「共產黨員修養」，我們既看到了「資產階級小姐」的虛偽，又可以品出湖南農民「吃小虧占大便宜」的刁詐。難怪，當她逢人便說自己是「毛主席的好學生」，還要把懷恨毛澤東的新鳳霞拉下水時，惹得新鳳霞女士心生厭惡：「連自己的男人都被害死了，還說這樣不要臉的話。」其實，要臉不要臉又如何？只要有「體制內」的身分，就有了一切與時俱進的利益。

過去我們見不到這樣一些「解密」新聞。今天，作為一家負責任的北京大報披露這樣小事，想必是要為「新黨中央」傳遞某種重要政治信息。我想，這是在告訴人民：連劉少奇家都與毛澤東和解了，你們又何必去糾纏毛澤東搞文革的錯誤呢？大家應該學習王光美遺忘舊惡的「高風亮節」，做一個「毛主席的好學生」，一顆「永不生銹的螺絲釘」，讓共產黨的機器運作正常，江山固若金湯。

眾所周知，鄧小平、陳雲等中共第二代領導人，澈底否定了（而不是「遺忘了」）文化革命，但他們又不負責任地把「評毛」，或即「非毛」的任務，推給了二十年後的後人。而經二十年的星移物換，這些當年平息黨怨、民怨的許諾，又泡湯了，共產黨又食言了；而惡魔毛澤東則一定是躲在「叢中笑」了。

二〇〇四年十月十三日

中國人口究竟是多少？

——為鄧小平計畫生育辯

最近，國內人口男女性別失調的現象引起了世界的關注，因此不斷傳出關於調整「計畫生育」政策的消息，如說上海準備實行允許雙方都是獨生子女的配偶生兩胎。而這種新動向中，又出了一個筆名叫「水寒」，真名易富賢的人士，他在海外網站發表了許多文章，說中國人口已經嚴重老年化，說馬寅初的「人口論」誤了國，說如果再不停止「計畫生育」，中國就要無以為繼了，云云。

易富賢先生對人口問題的確很有研究，而且觀很鮮明，他反對反對宋健提出的中國人口不宜超過七億的估算，以為十六億決不是中國能夠承受的人口上限。他還指著一個年齡段的人說，如果早實行了計畫生育，就沒有你們了；好像計畫生育槍斃了許多未進過搖籃的人，沒有讓他們到人間來過一趟路。

後來，《新華網》、《光明觀察》等重要網站，又陸續刊登他的若干後續文章，其中一篇開門見山提出兩個問題：「中國能活多少人？」「中國真的只能承受十六億人口嗎？」，並自問自答地得到了「中國的人口過多不過是一個流傳很廣的謊言」的答案。從官方大網發表對

「既定國策」的質疑文字來看，這些奇談怪論已經搞亂了一些人的思想。

易先生是從缺電問題說起頭的，他認為如果電力建設能未雨惆繆，就不會有今天的局面；由此及彼，如果今天不放開婦女的肚皮生娃娃，中國的人脈就要斷線了。明眼人一看就知其荒謬。「電」只是商品，「人」卻要吃飯穿衣，既能生產物質，又能生產自身的「主人公」。天下有「人多好種田，人少好過年」的絕妙道理。而當今中國究竟是缺人種田呢？還是人多得難過年呢？芸芸眾生，是否能象電力一樣，召之即來，揮之即去呢？

中國政府反覆強調人口太多，負擔很重，這都是我們應當切實體諒的真話。然而，按「十六億不是上限」的說法，今天中國人口總數只有十三億，還應該有很大的「發展空間」。但中國的人口究竟是七億好，十六億好，還是二十億好？實際是與各人關於「生活的品質」的標準有關；而究竟是吃乾飯好，吃稀飯好，還是喝大鍋清水湯就可以了？宋健、易富賢、毛澤東都有不同的看法。

因此，人口問題還是應該歸結為：「活著有沒有事情做？」事實上，中國人口之累已經無以復加，三十多歲就難找工作，四十多歲就要讓位，五十多歲就要退休……這難道是「流傳很廣的謊言」嗎？在中國創造「經濟奇跡」的同時，濃煙搞髒了大氣，屎尿污染了河流。我想，今天中國人口已經大大地過了限度。

今天中國的人口究竟是多少？政府說是十三億，這個數字可不可靠？記得小時候「六億神州盡舜堯」，上海南京路、淮海路空空蕩蕩。如果果真今天只有十三億人口，也不過是兩倍的堯舜；何至於處處象百歲生日蛋糕上的蠟燭，滿坑滿谷無算的舜堯。

中國第一次人口普查在一九五三年六月進行，結果是六億零一百九十三萬。一九六四年第二次普查，總數是七億二千三百零七萬。兩次相隔十一年，但差別不大，卻都是可靠的。雖然一九五九年批判了馬寅初，有「人多熱氣大」的大話撐腰，但「自然災害」餓死幾千萬，婦女又不來月經，想多說，也沒得說。而一九八二年進行的第三次普查結果十億三千一百八十八萬，就大有問題了，這是因為共產黨意識到人太多不是好事，因此要往少裡說。

說來是，十年浩劫期間，中國人口失控爆炸了。一九七〇年我在四川省榮昌縣直升公社一大隊勞改，親眼見到一個叫張和高的農民，有六個孩子，他那骨瘦如柴的老婆聲稱還要繼續生，為的是多一個人多一份口糧。人民公社「一人一份口糧」制度性地鼓勵了一場惡性生育競爭，結果是在「大鍋清水湯」裡灌水。

對這場競爭的惡果，我有兩個估算。一九六五年，我大學畢業到榮昌教書，那時全縣人口四十萬，這當然是一九六四年普查的數字。一九八六年，我從美國回去，縣委書記請我吃飯，說全縣人口八十萬，想必這是一九八二年普查的結果。因此，十八年的時間，這個縣的人口年翻了一番；如果以該縣人口為抽樣，並慮及四川婦女生育能力較強，城市人口增殖稍慢等因素，可推算一九八二年全國人口也接近翻番，就應在十三億左右，第三次普查報告至少少說了兩、三個億。

一九七〇年左右，一位在成都工作的朋友告訴我，省商業廳布票發放量超過一億人份；對照第二次普查四川人口六千八百萬，是年四川人口增加三千二百萬，即四七%。按同比推算，再一個六、七年後，即在毛澤東去世前的一九七七年，四川人口就應該達到一億四千七百萬左右，而全國人口就相應是十四億多了。

我不敢說哪一種估算正確，但至少可以說，一九七七年至一九八四年之間，中國人口達到了十四億。一九八〇年，鄧小平決定城鄉一律實行「一胎化」，絕非心血來潮，而是面對嚴峻的人口形勢作出的決定。我想，毛澤東死前就提出搞計畫生育，也一定是被一個洪水猛獸般的數字嚇著了，否則他不會自己打自己的嘴巴的。

人們都記得人民公社餓死過幾千萬人，但很少注意到它後來又多造出了幾億人。今天無法想像，人們要以多生一個人，去多分一勺湯的絕望。而在因循無能的共產黨裡，沒有鄧小平出來關人民公社的門，「一人一勺湯」的政策還要繼續下去。同樣，沒有鄧小平的拍板，「一胎化」政策也不可能出台。所以，歷史對鄧小平這個人是要「一分為二」的。

那次四川之行，使我對人口問題大為震驚。在回北京的路上，在火車上又聽到一個山西農民說，政策變了，花幾百元錢就可以生二胎。有一天，經過西直門外國務院招待所，見外面有一塊「計畫生育委員會」的牌子，我就進去向一個女士反映了我的想法，她又安排國家計畫生育委員會主任王偉與我見面，那時計畫生育委員會是一個很不起眼的小單位。

王偉是「團派」人物，六十年代初有一張毛澤東接見非洲青年的著名照片，王先生也在其中，看上去英俊有朝氣；但我見到的他老氣橫秋，他完全不聽我的意見的願望，卻不斷地問我，是否看到北京進步了？是否發現改革開放的成果了？再就是問海外對計畫生育的看法，特別是美國政府的看法。他還向我解釋，為何要予一些「特殊情況」以照顧；從口氣裡我還聽出，他很重視聯合國的援助。我非常失望，以為主管國策的大員，竟是如此的懦吏。

就是這次全國範圍的鬆動，大堤潰決了。事實上，以當時中共幹部隊伍尚未腐敗，如果再堅持五到十年，「一胎化」在農村就會見到成效。但美國國會右派的反對，動搖了他們的決心。說到底，這次鬆動是中共向美國右派的妥協；若干年後再想重整旗鼓，一定不能是「一胎化」而是「少胎化」了，出爾反爾當然無所作為。

又二十年過去，此間中央政府實行了刻薄的地方財政政策，把地方政權和義務教育的基本開支，都轉嫁到農民頭上；雖然城市和有些大省的計畫生育工作做得很好，但也有些省分（如廣東）計生工作名存實亡，超生罰款成了基層政權的收入。儘管如此，如果當初沒有「一胎化」的努力，今天的情況就更不堪設想。在計畫生育這個基本國策上再有動搖，將對中華民族犯下不可饒恕的過錯或罪行。

二〇〇五年三月三十日

《陳良宇言論選編》的寓意

中共整肅陳良宇的事態，並沒有完全按照預先安排的計畫發展，對胡錦濤「反腐肅貪」的叫好只持續了幾天，繼之而起的是對無章無法的「黨內鬥爭」的批評。最近，坊間流傳的《新華社內參：陳良宇言論選編》，它揭露了中共黨內的問題，又表現了陳良宇的性格。因此《選編》迅速卻吸引了海內外的讀者，於是陳良宇的問題，究竟是「經濟問題」「生活問題」，還是「政治問題」？也就浮上了台面。

歷來，「新華社記者」有權參加各級地方黨委的重要會議，他們寫的「內參」足以中斷人們的「政治生命」。在毛澤東的時代，各級高層會議上，只要有新華社記者在場，便是清風雅靜，或者假話連篇……中國能走到「崩潰的邊緣」，無疑也有《新華社內參》的卓越貢獻。

從《陳良宇言論選編》，可以看到中共「高級政治生活」的新發展，他的下屬中可能就有「新華社記者」，於是私下談話也被錄音。這種假「穩定壓倒一切」再興的「東廠風」，無疑會導致「假話風」的再起，從而把腐敗的中共加速送到萬劫不復之地。

陳良宇的言論的焦點是反對胡錦濤，他認為胡錦濤頭戴鋼盔鎮壓拉薩喇嘛，和對自己泰州養母的寡恩，都不足以證明他會是一個穩重博愛的領袖。事實上，我們也不妨想像一個戴鋼盔辦公，戴鋼盔睡覺的中南海領袖。當然，我們或許還聯想到另一個頭戴鋼盔歷史人物，那就是「法西斯蒂主義」的祖師墨索里尼。

我希望陳良宇是在批評專制主義，但是他也可能是在嘲諷戴鋼盔的專制主義者的心理素質不良，不戴鋼盔的斯大林、毛澤東、希特勒不是照樣可以實行法西斯統治嗎？陳良宇自己不是也把一個手無寸鐵的律師關進大牢嗎？因此，陳良宇可能是在聲稱，他是一個更勇敢的專制主義的衛道士，如果共產政權死了，他或許是願意去當一個「兵馬俑」的。

陳良宇反對胡錦濤的許多言論，如「共產黨不需要總是擔心自己是不是會垮掉」，「『和平崛起』是做的不是說的，說一次就嫌多餘了，多說了就是吹牛」，「太多地強調穩定就讓人想到實際上不穩定，太多地強調了和諧社會說明了實際上社會不和諧」都很正確，但也不需要許多智慧，因為它們早就是民間的笑料。然而，陳良宇說得很必要，最近「和平崛起」「和諧社會」的陳詞濫調的確有所收斂了。

陳良宇若干言論是很錯誤的，如「鄧小平的『發展才是硬道理』這句話現在好像不怎麼講了，為什麼不講了？發展不是硬道理了嗎？那麼誰來告訴我還有什麼是道理？」又如「我們不能把宏觀調控和平衡發展當作平均主義的代名詞，我們的黨、我們的國家的經濟建設歷史經驗早就證明了平均主義的思想只能扼殺發展。」

鄧小平算是一個偉人，但不是深思熟慮的偉人，他把中國從經濟停滯的陷阱中引出來，「硬道理」使中國走上了高速，甚至盲目和惡性發展之路，中國人口占世界的四分之一，但卻消耗了世界百分之四十鋼鐵、水泥、煤炭，而產值卻不及世界的十分之一。因此，對於「硬道理」來說「宏觀調控」是非常必要的，只有把速度和消耗降下來，把品質和產值升上去，人民的生活會才會從更高的層次上得到改善。說實行「宏觀調控」就是回到「計畫經濟」去，那是偷換了概念。

陳良宇認識到：「政府的權力是腐敗的根源，加強政府權力只能加強貪污腐敗，減少政府權力，不該管不必管的事情，讓市場競爭機制去自然平衡，人們不求通過權力來實現自己利益的時候，貪污腐敗也就失去了溫床，就可以控制了。用更多更大的權力來整治貪污腐敗，結果會造成更多更大的腐敗。」

但陳良宇的認識深度是有局限的，他說減少政府權力，增強市場機制，「貪污腐敗也就失去了溫床，就可以控制了」並非完全荒謬。中國歷代封建王朝、北洋政府的權力功能遠低於共產黨大政府，而且有百分之百的市場機制，那時的貪污腐敗的確遠不如今天的共產黨。但照他的意思是否可以推論為：消滅政府權力，才能絕滅「腐敗的根源」，只有「無政府」，才能「無貪污」；如果做不到的話，就只能是「有政府，必有貪污」了。

反覆強調自己是「共產黨人」的陳良宇，反對「用更多更大的權力來整治貪污腐敗」，他認為市場化就能消滅貪污，而只字不提世界人類的「制衡權力」和「輿論監督」的普適經驗。按照他的「共產黨人」邏輯，只有等待社會資源被共產黨徒們侵吞完畢，全部進入盜賊們的市場，貪污就自然結束了。

從《選編》中，也可以看出陳良宇對海外媒體批判「上海幫」的耿耿於懷，他甚至用斯大林主義者慣用的「反蘇反共」的罪名翻版——「反華反共」，來恐嚇黨內政敵和海外輿論。我們可以看出，陳良宇是一個敢說話的人，也是一個敢於思想的人，但他的思想太落伍，他已經無法從反對自己的言論中，去獲取自知之明了。

陳良宇政治生命的結束，並不意味著「上海幫」的死亡。而賈慶林、黃菊這樣的「政治負資產」，可能將在下屆聚會淘汰出局。然而，陳良宇的「錯誤」也只是「不和中央保持一致」而已，但他也可以宣稱「我和已故的鄧小平同志、健在的江澤民同志一條心」。因此，這場鬥爭在政治將沒有輸贏。除非發現他貪污了大筆美金。

這就是新華社內參《陳良宇言論選編》所告訴我們的黨內鬥爭的秘聞。

二〇〇六年十月七日

讀「成都鎮壓反革命親歷記」

我每天午睡，昨天中午讀了「右派」作家鐵流寫的「成都市大逮捕、大鎮壓親歷記」，恐怖到竟至不能入睡。一九五一年三月「鎮反」時，我才不滿九歲，在杭州鐵路小學讀書，不時見到一卡車一卡車插牌子的「反革命」被押去槍斃，街口棺材店老闆在日本人時候當過保長，鄰居李家父親被女兒揭發當過縣長，都被槍斃了。一天放學後隨兩個大同學吳桂榮姚雪炎去拱宸橋刑場看殺人，半路上聽到槍聲大作，趕到現場見到的是文章裡描寫的一模一樣景象……。

一九五一年進行的是「城市鎮反」，農村濫殺已於一年前結束，總數當不可計。那是改朝換代之初，小革命者鐵流先生還在勝利的醉覺中，不知道濫殺對民族的危害。而共產黨殺人的目的是什麼呢？「殺雞儆猴」，原來中國人是雞，是猴，卻不是人。

毛澤東殺雞儆猴，十年後就立竿見影了。一九六〇年，河南信陽地區虛報糧食產量，公家糧倉滿盈，農民卻餓死幾百萬。唐宋元明清，代代有人造反，為何到共產黨天下，南陽農民寧死也不去搶糧呢？他們會告訴你：「共產黨是會殺人的，與其破腦斃，不如全身死。」

「文革」期間我在四川榮昌縣（今屬重慶市）教書，那時軍隊「支左」，管理各地「公檢法」，每年每縣都要殺十人上下儆猴，罪名大多是「惡毒攻擊毛主席、林副統帥、江青同志」。記得位於本縣的永榮礦務局的一位女會計收聽台灣廣播，按電台指示的地址寫信去香港聯絡，當然就被輕易拿獲。「十一國慶」前在榮昌第三中學操場壩開萬人公審大會，判處死刑立即執行。同屆被殺的男子幾乎全部嚇得癱軟無法行走，唯此女子毫無懼色挺直腰板，自行走到壩子邊的小坡上接受刑決。

是年冬天，身為上海鐵路局高級工程師的父親被隔離審查，就讀交通大學的弟弟因議論江青被逮捕，我趕回上海安慰母親，在靜安寺的殺人佈告欄上讀到上海交響樂團指揮陸洪恩的名字，還有若干「一貫道」道徒（大多是沒有文化的老太婆）因多年受迫害，聚眾在人民廣場惡魔毛澤東像前默咒，而被集體處決。

中華民族是不尊重生命的人類群體，其文化遺產中還有「殺雞儆猴」之類的「政治智慧」；中國共產黨更是一個空前蠻幹的軍事團體，其解決政治問題的終極手段就是殺人，當初毛澤東如此，後來人又何嘗不是如此？

附錄：鐵流「成都鎮壓反革命親歷記」

一九五一年那場「大張旗鼓地鎮壓反革命運動」是根據毛澤東的建議搞起來的，中共中央專門召開會議討論了殺人的比例，「決定按人口千分之一的比例，先殺此數的一半，看情形再作決定」。毛還要求：六百萬人的上海殺三千人，五十萬人的南京殺兩百人。

一九五〇年六月「朝鮮戰爭」爆發，十月，志願軍「雄糾糾，氣昂昂，跨過鴨綠江」，國內政治形勢驟然緊張，一時謠言四起：「美國佬從朝鮮打到中國來了」，「國民黨反動派反攻大陸了」，「某某反革分子趁機作亂了」，那時我在成都市一個區委工作，是捍衛紅色政權的堅定分子，只要有人反對共產黨，就會上前把他捶扁。

一九五一年三月的一天下午，全區黨團員集中到公安分局，說有重要任務。我去時已有不少人在幾間辦公室裡待命，午後六點關上大門，晚上九點又來了一批人，窗台堆放著許多麻繩。晚上十點，參會人員集中到大會議室，戴局長披著棉軍大衣，叼著香煙，拉長聲音宣布開會。他首先說：「同志們，毛主席說，我們在很短的時間內打垮了國民黨蔣介石八百萬匪軍，解放了全中國，取得了革命的偉大勝利。可是失敗了的敵人並不甘心他們的失敗，他們藉著美帝國主義發動朝鮮戰爭的機會，一些潛伏下來的反革命分子伺機作亂。為了保衛我們的紅色政權，支持『抗美援朝，保家衛國』，今晚全市要進行大逮捕，你們就是執行任務的同志。我們對反革命分子決不能手軟心慈，對他們手軟心慈就是對人民的犯罪，要堅決打擊！堅決鎮壓！」

下夜兩點，我們按臨時編定的小組出發。每個行動組三人，配備一名公安戶籍，被逮捕的人都有姓名、性別、年齡、特徵和地址。我們每人袖口上紮一條白布帶為號，口令是「勝利」。初春的成都有點寒意浸骨，冷風嗖嗖，街燈昏暗，熟睡中的城市沒一點聲音，各個街口都有荷槍實彈的解放軍執勤，一片肅然。

我們小組要逮捕十一名反革命分子，其中八個國民黨軍官，三個特務，據說特務藏有槍枝，大家緊張極了，懷著一拼的犧牲精神。我們提著槍，拿著繩索，先以查戶口賺開門，我們持槍沖進屋，拉亮燈大聲喊：「不准動、舉起手。」很順利，無一人反抗，就像籠子裡抓小雞。被捕的反革命反縛雙手，五花大綁押到所在地派出所，凌晨五點由指揮部的汽車來接收。這些人規矩極了，灰臉低頭，連眼睛也不敢亂看。

在逮捕一個國民黨軍官時，有個小插曲。他們夫婦兩人一直跟隨國民黨從南京逃到廣洲，又從廣州逃到重慶，再逃到成都，本來要去台灣，但太太挺著大肚子無法再走，只好留下來待產。我們去抓他時，他跪在地上不停磕頭求鐃，大喊長官手下留情，寬限幾天，等太太臨盆他就到指定地點投案。我猶豫了，我們行動組的組長，一個老區來的姓王的痳子橫著一付吊角眼，大罵道：「媽的，就是馬上要生了也要抓，看著幹什麼，給我捆起來！」我心裡真不是滋味。我們走了好遠，還聽到那女人的哭叫聲：「共產黨！毛主席！寬大寬大我們吧？我們不敢反對你們喲！」

第二天《川西日報》（《四川日報》前身）登出通攔消息：「堅決鎮壓反革命，保衛紅色政權，成都市一夜抓捕反革命分子一千六百八十七人，澈底消滅了國民黨反動派的殘餘勢力。同時，我們鄭重告訴一切潛藏下來的反革命分子，只有向人民政府坦白自首才是唯一的出路，否則將遭到嚴厲的打擊」云云。

大逮捕後十天左右，成都市大開殺戒，第一批殺一百四十八人；第二批殺五十六人。此後，隔三五天殺一批，均在十至二十人以上。那一批批殺人的佈告貼滿大街小巷，整個城市處在歷來從沒有過的恐怖中。

被殺的人大多是國民黨軍警憲特和鄉保甲長，以及哥老會頭目，根本無起訴審訊一說，五連佈告也是隨手寫的。這些反革命從監獄里拉出來，對對名字照片，不脫衣服，不賞酒飯，五花大綁插上死標，甩上人重人的刑車，向北門外二十里的磨盤山駛去。磨盤山是個亂葬堆，樹叢茅草一眼看不透，殺個幾千幾萬也不難。兩天前這裡就挖了許多坑，一坑可埋十多具屍體。解放軍在四周布下警戒，五步一崗十步一哨，高處架了機關槍，警戒線外是農村民兵。從刑車上甩下來的囚犯，由兩個解放軍提著胳膊飛快地跑向指定地點。二十個一排，齊嶄嶄地跪在地上，站在後面不足五尺遠的解放軍，端著步槍瞄準著射擊，被殺者腦袋開花。子彈是開花彈，有的半裁腦殼不見了，有的整個腦袋沒有了，活人變成了樁樁。解放前有人說，「共產黨來了要開紅山」，誰也不信，現在我算親眼見了！殺第一批一百四十八人時，我執行內勤距刑場最近，只見那沒頭沒腦的屍體大片大片，白白的腦花，紅紅的血水，流成條條小河，半片山坡看不到綠草，泥巴也變了顏色，血腥味直沖鼻孔，令人目昏頭眩。

大屠殺後，變為小批量的屠殺。這小批量的屠殺目的是「打擊敵人，教育群眾」，起到殺一儆百的作用。每次要開萬人公審大會，地點多在少城公園（今人民公園）。被公審的人均是五花大綁的捆著，繩索快勒進肉裡，每人胸前掛著寫有其名的紙牌。低頭彎腰排排站在公審台前，台上有人揭發控訴他們的罪行。與會群眾不斷呼喊：「堅決鎮壓反革命分子！」「打倒國民黨反動派！」「捍衛革命勝利果實，支援抗美援朝！」「堅持鎮壓反革命！」然後是：「共產黨萬歲！毛主席萬歲！」

記得最清楚的是公審國民黨某地區專員冷寅冬，他發動暴亂，被俘後不認罪。公審人問他：「你為什麼要反對共產黨，組織發動暴亂？」他面不改色心不跳，昂著頭說：「共產黨是亂黨，用暴力顛覆了合法的國民政府，所以我要反對他。」又問：「你當偽專員貪污了人民多少財產？」他十分泰然說：「我不是偽專員，我是國民政府正式任命的。我貪不貪污你們管不著，今後你們共產黨會比國民黨更貪污。」他侃侃而談顯得很從容。

被殺的反革命分子中，有一個我認識。一九四九年解放前夕，我姐夫張貴武與其他四人合股在安樂寺對面（今人民商場）開了一家大茶館「大北茶廳」，一位合股人姓胡，住在少城一帶。胡先生一生好色，為保護生意，臨解放花錢買了個國民黨調查員的頭銜（簡稱調統）。解放後共產黨採取了一手軟一手硬的政策：「硬」，公開抓捕；「軟」，號召國民黨軍、警、憲、特主動登記自首，坦白罪行。胡先生率先響應，第一個到派出所登記，時稱「自新人員」，屬管制對象。可是他並不知道此身分的嚴重性，仍然拈花惹草，沒事就上街「吊膀子」（勾引不認識的女人）。

鎮反時間，一個晚上他在祠堂街閒逛，看見一位漂亮女人，即上前搭訕。那女人不反抗以笑相迎，叫他跟她走。胡先生以為賺到了便宜貨，喜出望外尾追於後，結果進了公安局。原來這位女人是軍管會特勤人員，認為他不是吊膀子，而是搞暗殺，加上他身分特殊，三天后即五花大綁地拉出去斃在昭覺寺後面的樹林裡。家人不敢去收屍，托我去看一看。在一叢楠木樹下，見他老兄長伸伸地躺著，身上穿著毛料長衫，腕上還戴著手錶，只是半邊腦袋沒了，手腕上鐵絲勒過的痕跡深深可見。

那時殺人象殺雞，農村工作組長就有批准權，後來殺人權收到縣上，但工作組仍可派民兵捕人。我聽得一個故事，那寧夏街監獄關的人太多，每天進進出出像趕場。獄中不准看報，封鎖了消息。監舍裡每走一人，大家都拱手恭賀，以為是得了寬大。那天也是這樣，某姓李的被叫出去，同舍免不了恭賀一番，托這托那忙得不可開交。不到兩個小時他又被押回來，一臉煞白，渾身軟得像塊糍粑，四肢不停顫抖，褲襠全尿濕了。他無聲無語地躺了三天後才告訴同監舍人，他一出去即被兩個解放軍五花大綁，插上死標。他嚇得屎尿流了出來。約莫過了一個多小時，有個當官的拿著照片叫名字對，原來不是他，才把他放回來。自此大家才知道，關在這裡是一群待宰的豬，叫出去的都是進殺場。

有統計，一九五〇年一年，成都殺了一千五百多人，那時成都總人口為六十萬，被殺比例為千分之二點五，超額完成千分之一點七的任務，所以受到毛澤東的表揚，中共川西區黨委書記李井泉和中共成都市委書記都連升三級。

（本文由朱學淵改寫）

我所知道的「反右」和「右派」

——「反右」是毛澤東的流氓心術

一九五七年我才十五歲，但已經朦朧地感到自己不適應那個社會，開始想知道陰暗面和外國的事情，誘因是厭倦學校的集體活動。前一年，赫魯曉夫在蘇共二十大上作了「祕密報告」後，社會主義陣營的陣腳大亂。那時《文匯報》連載安娜・路易絲・斯特朗的回憶錄《斯大林時代》，我每天放學走到兩里路外的閱報欄去讀它，雖然一知半解，但也知道了一點國際共產主義運動中的恩怨。今天回過頭來看這個「國際共產主義運動」覆滅的啟端，也可以認識毛澤東陰謀一生的一個側面。

早在一九四九年發誓「一邊倒」之前，毛澤東就對斯大林懷恨在心。赫魯曉夫在二十大的講話傳到西方後，一九五六年四月十五日《人民日報》發表〈關於無產階級專政的歷史經驗〉，此文儘管說了些溢美死人的好話，但表白了毛澤東對追隨斯大林的中國教條主義者們的痛恨，它的基調是贊同批判「個人迷信」的，毛澤東是準備要在這場風波中撈點油水的，他以為接替斯大林的地位時機已經到來。

一九五六年，事態一直朝著不利蘇共的方向發展。是年六月間，波蘭發生波茲南鐵路工人鬧事[3]，毛澤東幸災樂禍。當時的新華社駐華沙首席記者謝文清[4]，在幾十年後告訴我，他曾經寫了一份「內參」，報告波共執政的錯誤和工人鬧事有理的根據。毛澤東看了這份內參後，如獲至寶，親自批示，並在黨內通報表揚謝文清。毛澤東借波茲南事件打壓蘇共，造成赫魯曉夫在波蘭問題上手軟，最後接受哥穆爾卡復出。

3 **波茲南事件**：一九五六年蘇共召開「二十大」，赫魯曉夫《關於個人崇拜及其後果》的祕密報告傳出後，六月上旬波茲南機車車輛製造廠工人提出增加工資的要求，並派出三十名代表赴華沙與政府談判。二十八日一萬六千名工人舉著「要麵包和自由」的標語，來到市中心廣場請願，呼喊「打倒祕密員警」、「釋放政治犯」、「俄國佬滾回去」等口號，大量市民沿途加入。市政當局拒見群衆代表，其間又有赴華沙請願代表遭逮捕的傳言，於是群衆衝擊政府，打開監獄，奪取民兵武器，並與警察和保安部隊交火。衝突中至少有五十多人死亡，二百多人受傷。當晚波蘭政府指稱「流氓分子」和「挑釁分子」「製造流血事件」，次日波共機關報稱帝國主義間諜和暗藏的反革命挑動群衆反對人民政權。七月初政府改口，強調事件的原因是多方面的。七月十八至二十八日召開的波黨二屆七中全會承認黨和政府要對事件負大部分責任。同年十月召開的二屆八中全會則完全肯定，事件是人民對歪曲社會主義的抗議，其原因應該到黨的領導和政府中去找。

4 **謝文清**：河南武陟縣人，出身貧苦而敏學，一九三八年參加八路軍，一九四一年在延安接受新聞工作訓練，長期擔任軍事記者；自五十年代初，長期任新華社駐華沙和莫斯科首席記者，文革後擔任新華社香港分社副社長，改革開放高潮中出任廣播電視部副部長，兼黨組副書記，主持該部的業務和黨務。一九五六年，因如實報導波茲南事件，受到毛澤東的特別表揚，成為新華社重要幹部；但謝文清不忘公義，晚年與李銳等結為「言必誅毛」的摯友。一九八二年夏天，美國國務院邀請在香港任上的謝文清訪美，他在去黃石公園遊覽途中與我等結識，暢談通宵，針砭黨弊，結下友誼。一九八九年五月，謝文清率廣播電視部部員上街遊行，轟動京城。「六四」後被開除出黨，後來中共收回成命。一九九三年，廣播電視部假西京賓館慶祝中央電視台成立三十五周年，謝文清與吳冷西、艾知生等老舊官僚入座主席臺，主會人唱名與會「老部長」、「老首長」，會場靜如死灰；惟宣佈「還有我們的老部長——謝文清同志」時，突然全場起立，爆發出經久不息的掌聲。

然而，事態繼續發展。十月間發生的「匈牙利事件」，迅速地把毛澤東的「幸災樂禍」轉化為「憂心忡忡」。他一反當初認為波蘭工人「造反有理」，翻轉臉來逼迫赫魯曉夫鎮壓布達佩斯的「反革命暴亂」。一九五六年十二月二十九日發表的《人民日報》社論〈再論無產階級專政的歷史經驗〉說：「在過去時期的匈牙利……反革命分子卻沒有受到應有的打擊，以致反革命分子在一九五六年十月間能夠很容易地利用群眾的不滿情緒，組織武裝叛亂。」

一九五六年，赫魯曉夫的處境很困難，只能由得毛澤東任意指鹿為馬。而毛澤東就開始發明什麼「兩類矛盾」及其「轉化」的「理論」，即：「人民內部的某種矛盾，由於矛盾的一方逐步轉到敵人方面，也可以逐步轉化成為對抗性的矛盾。」這不僅圓了他對波、匈事件截然相反的荒唐立場，同時也為一九五七年的「幫助黨整風」轉化為「引蛇出洞」預設了陷阱。從此愈來愈多中國人轉化為共產黨的「敵人」，第一批即是「右派分子」。這一態勢延續了二十年，直到胡耀邦搞「一風吹」。

一九五七年二月二十七日，毛澤東在「最高國務會議」上花言巧語號召「百家爭鳴」、「百花齊放」、「幫助黨整風」，中國的民主主義政治家們未能認識這個專制主義陷阱，還以為是「政治的春天」的到來。五月十五日他就向黨內發佈〈事情正在起變化〉的密示，要「誘敵深入，聚而殲之」。六月八日他在《人民日報》發出「反右」信號彈〈這是為什麼？〉，六月十九日《人民日報》發表〈關於正確處理人民內部矛盾的問題〉，說是毛澤東二月在「最高國務會議上的講話」，其實內容全部篡改，春天已經轉化成為寒冬。

毛澤東與生俱有惡劣的天性，後天又耳濡目染湖南農村流氓習氣。一九五七年「反右」是他的系列陰謀的一次，「文革」則是「反右」之後續，其間他年年有花樣，而且所向披靡。既然「陰謀」無往不利，當然他也可以無恥地聲稱它是「陽謀」了，這與「我是流氓，我怕誰？」沒有任何區別。

眾所周知，一九五七年夏天，毛澤東的湖南同鄉羅稷南問他，要是魯迅活著會怎樣？毛澤東回答說：「以我的估計，要麼是關在牢裡還是要寫，要麼他識大體，不做聲。」其實，毛澤東造就一個「無言論環境」的企圖在三十年代就發作了，江西蘇區的「富田事件」殺人如麻，殺的都是不擁護他的紅軍官兵。「大規模的急風暴雨式的群眾階級鬥爭基本結束」後，他則是逐次按比例地將一部分人民、一部黨內同志「轉化」為「敵人」，使整個民族分批發生恐懼，其中又以「文革」最殘酷，「反右」最卑鄙。

一九六五年，毛澤東與劉少奇為「四清」問題發生爭論，他當著一群「黨和國家領導人」惡狠狠地對「少奇同志」說：「你有什麼了不起，我動一個小指頭就可以把你打倒！」今天中共統治集團成員的父輩，大多見識過毛澤東流氓術，但他們的特權又是基於毛澤東流氓術造就的中華民族的恐懼，去年我們紀念「文革四十周年」，今年紀念「反右五十周年」，都旨在消除這種恐懼；而中共統治集團反對我們舊事重提，則是因為毛澤東的流氓小指頭，還有為後人牟利的價值。

「右派」的受難

「反右」剿滅了中國民主主義者，使他們的「多黨制」訴求成為「罪惡」，膽小的中國人至今聽了「多黨」還害怕。然而，「反右」又大大超越了鎮壓政治層面的制度訴求，大批科學、文化、藝術工作者，數以十萬計的中小學教師，因為對黨委、對黨支部、乃至對個別共產黨員提意見，或者對中蘇關係、民族政策等提出見解，而被打成「右派分子」，整個中國知識階層受到了無端的清洗和史無前例的恫嚇，甚至一些黨內、軍內的幹部，也沒有逃脫當「右派分子」的厄運。

毛澤東和共產黨以為階級鬥爭和計畫經濟能解決世間一切問題，一進城就打擊「反動的資產階級社會學」。一九五二年「院系調整」，各高校政治學、社會學、經濟學系科全部被肢解，大批接受西方訓練的學者被降級改行，人類學者潘光旦、吳文藻、費孝通被編入民族學院，人口學者吳景超被編入財經學院，「非馬克思主義」的社會科學被根除。「整風」初期有人呼籲恢復社會學系，共產黨出重拳予以打擊，「反右」期間全國的社會學學者被一網打盡。今天中國人口、民族問題之積重難返，與共產黨著重摧殘人口學、民族學等學科有密切關係。

以民族學為例。民族學家吳文藻（冰心的丈夫）在關於土家族的問題上與汪鋒（當時中央民族委員會主任）的意見相左；妻子是藏族的藏學家任乃強，對西藏問題有太多的見解。真知灼見與政令不一致，共產黨就把他們打成「右派」。

一九五七年，我就讀的上海鐵路中學的老師中打了三個「右派」。容貌美麗的李家婉老師出身富商家庭，解放初還只是一個大學生，在思想改造運動中，她迷上了一位口若懸河的工農幹部。結婚以後，這位老幹部屢教不改地沾花拈草，她「鳴放」了「工農幹部道德敗壞」的牢騷，於是美女就「化成毒蛇」了。

一九六五年，我被分配到四川榮昌縣教書，次年文革開始，我結識了一批社會上的「資產階級右派分子」，瞭解了他們「向黨進攻的罪行」。其中，以張建平的「罪行」最荒誕離奇。張建平是安徽六安人，父兄曾參加紅軍。他於一九五〇年隨西南服務團入川，其人雖僅有初中程度，但精明能幹，能言善文，被劃定為「右派分子」前，任榮昌縣人民法院副院長。

五十年代前期，榮昌縣峰高鋪發生一起強姦幼女案，經某女性辦案人偵定係當地一已婚育的農民所為。嫌犯被判長刑後，送某農場勞改。服刑期間，該犯從不洗澡潔身，便溺必無旁人。經農場當局查驗，該犯竟無男器，於是宣布無罪釋放。原來嫌犯是獨子，年幼蹲便時，被餓犬咬去陰莖。家人長期隱瞞此事，乃至成年成婚，其妻與他人育子，亦未為人知。嫌犯為「無後為大」和「名正言順」，寧受冤屈，甘願勞改，亦不露身。而共產黨辦「強姦犯」，竟也不驗身。此事遂成一大笑話。張建平於「鳴放」期間，以此例批評法院的工作，引起縣「公檢法」負責人陶家賓（老幹部，江蘇東海人）不快，而將他定為「右派」。

另一名「軍內右派」孟慶臣，山東金鄉人，出身貧農，一九四四年就隨父兄參加了八路軍，在抗日戰爭和解放戰爭中出生入死，身經百戰。孟慶臣所在冀魯豫部隊就是後來進軍西藏的十八軍。一九五〇年昌都戰役俘虜阿沛・阿旺晉美，孟慶臣還參與了處置工作。五十年代初，他去張家口高級通訊學校受訓，結業後回西藏軍區，任昌都警備區通訊兵主任，兼地區郵電局局長和黨組書記。一九五五年授大尉軍銜時，年僅二十五歲。

昌都地區軍政總負責人是中共幹員，西藏軍區副政委王其梅（王在「文革」中為「六十一人叛徒集團」成員，被摧殘致死）。一九五七年，王其梅去北京經年未歸，西藏軍區傳言他有歷史問題。一九五八年西藏軍區開展「整風反右」，昌都警備區找不出「右派」。於是就無中生有，將與王其梅工作關係密切的孟慶臣隔離，組織群眾揭發他的「反黨罪行」；在王其梅返回西藏工作之前，又將孟慶臣送交軍事法庭審判，定為「資產階級右派分子」，開除軍籍，送交地方處理。於是孟慶臣以「軍內右派」的罪身，輾轉來到榮昌。孟慶臣一生悲苦，在「文革」中又被打成「現行反革命」，他的五個子女無一人受過良好教育。

「左派」的報應

中華民族從「反右」得到的教訓是「禍從口出」，從此「黨天下」更加發揚光大，不僅黨委即黨、支部即黨，乃至黨員即黨，群眾見到黨員噤若寒蟬，看到黨支部點燈，就以為共產黨要整人，而政治審查愈見嚴格，階級路線更加張揚，出身不好的人晉升進學愈見困難了。

有鴉雀無聲的局面，毛澤東行事就更方便了，一九五八年的人民公社、大躍進就是他的為所欲為。一九五九年廬山會議上毛澤東繼續所向披靡；後續而來的「三年自然災害」餓死了四千萬人，一九六二年七千人會議劉少奇主會，毛澤東暫時吃癟；一九六六年他反攻倒算，這就是「偉大的無產階級文化大革命」。

吳晗可算得上是中國第一號「左派」，一九五七年六月八日，《人民日報》發表〈這是為什麼？〉的第二天，吳晗就奉命點了三個「大右派」的名，把火燒到章伯鈞、羅隆基、儲安平的身上。而翦伯贊是北京大學左派，老舍是文學藝術界的左派。這些左派幫助共產黨強化了黨天下，也就為自己挖好了的陷阱和墳墓。九年以後，上述三人統統自殺身亡。

我一九六〇年入華東師範大學，這也是一所以出「右派」的名校，除了許傑、施蟄存、徐中玉等「大右派」外，還打了無數的學生「小右派」，那時有一部電影《大風浪裡的小故事》就是以華東師大為背景拍成的。不少「右派」在「文革」中尚能死裡逃生；而主持華東師大「反右」的黨委書記常溪萍，卻撞在「文革左派」聶元梓的槍口上，非死不可。

常溪萍，山東平度縣人，地主家庭出身，中等師範程度，抗日時期以小學教員的身分，參加共產黨，曾任中共膠東局秘書長，青島市軍管會主任，後調上海擔任「重點大學」——華東師範大學黨委書記。其人黨性堅定，視「資產階級知識分子」若寇仇。一九六三年，低我一屆的李維路等同學「聚眾聽裴多芬交響樂」，常溪萍親自組織批判，一口一個「裴多菲俱樂部」，簡直嚇死人。好在後來發現奧地利的裴多芬不是匈牙利的裴多菲，才銷了此案。

一九六五年，與學術無緣的農村小知識分子常溪萍，已榮任「上海市委教育衛生工作部」

的大部長，據說還將高升中央工作，有些人開始用「馬克思主義者」的頭銜來恭維他。原因是他擔任北大「四清工作團副團長」期間，袒護北大黨委書記陸平，一九六四年底受到「馬克思主義者」、「反修戰士」彭真的接見表揚。然而，陸平和北大黨委辦公室主任彭佩雲，中年氣盛，見好不收，在北大實行反攻倒算，與「四清」積極分子聶元梓結下了冤仇。

一九六六年彭真的「性質」發生轉化，他先於劉、鄧入了毛澤東的「彭羅陸楊」陷阱。聶元梓貼出「第一張馬克思主義的大字報」後不久，就急下上海專揪「四清運動叛徒常溪萍」。常溪萍得了飛來的叛徒帽子，馬克思主義者的「捨得一身剮」精神，竟澈底崩潰，隔離期間跳樓身亡。

一九七六年，毛澤東的陷阱挖得太多，竟至共產黨也被他坑了。毛澤東一死，他的「神」的面具就脫掉了，共產黨的神話也破滅了，「反右」製造的所謂黨委即黨、支部即黨、黨員即黨等「次級神話」，更是人間不齒的笑話。由於它們太神乎、太荒唐，乃至後人幾乎要把歷史上這兇惡而愚昧的一頁遺忘了。

結論：流氓畏懼歷史

五十年前是「黨天下」，大部分中國人是把毛澤東當做「神」的。今天黨天下未變，但「道」已變，因為人們不僅知道毛澤東不是「神」，而且還知道他是一個「流氓」。如果中華民族還有什麼畏懼的話，也不過是畏懼流氓，或者畏懼「帶槍的流氓」罷了，因此「畏懼」的性質也已經轉化。

一九五七年，流氓毛澤東說的「陰謀陽謀」、「美女毒蛇」、「香花毒草」、「引蛇出洞」、「聚而殲之」，都是世世代代難以忘懷的恐怖，「反右」是永遠抹不去的歷史。死了的流氓畏懼歷史，活者的流氓更畏懼歷史。雖然，我們手中沒有槍桿子，但我們有追求真實和推崇理性的筆桿子，把流氓的惡行紀錄下來，就是使中華民族免受流氓侵害的功德。

二〇〇七年五月十七日

附錄：黃宗英[5]「我親聆毛澤東與羅稷南[6]對話」（摘要）

魯迅之子周海嬰在《魯迅與我七十年》一書中寫到，一九五七年羅稷南在一次座談會上向毛澤東提出了一個大膽的疑問：要是今天魯迅還活著，他可能會怎樣？不料毛主席對此卻十分

5 **黃宗英**：中國著名電影演員、作家，趙丹之妻。原籍浙江瑞安，一九二五生於北京。天津南開中學肄業。一九四一年到上海開始從事電影事業。

6 **羅稷南**：真名陳小航（1898－1971），雲南順寧人。畢業於北京大學哲學系，以「羅稷南」為筆名翻譯了不少優秀作品，如梅林的《馬克思傳》、狄更斯的《雙城記》等。

認真，深思了片刻，回答說，以我估計，（魯迅）要麼是關在牢裡還是要寫，要麼他識大體不作聲。這段「毛羅對話」，我是現場見證人，但我想不起還有哪位活著的人也聽到這段對話。我永遠忘不了「對話」在當時給我的震顫。

一九五七年七月七日，忽傳毛主席晚上要接見我們……及至我們被領進一間不太大的會場，只見一張張小圓桌散散落落，一派隨意祥和氣氛。我們電影界的人紮堆坐在迎中門方向的兩三張小圓桌邊。五十年代領袖接見並沒有嚴格的規定安排……趙丹和我是坐在毛主席身後，照片右角背影是羅稷南……。

毛主席對照名單掃視會場，欣喜地發現了羅稷南，羅稷南迎上一步與主席握手，就像久別重逢的老朋友。他倆一個湘音一個滇腔，我聽出有「蘇區一別」的意思。還是此番為寫此稿查資料時我方得知，羅稷南曾任十九路軍總指揮蔡廷鍇的秘書，在十九路軍被調到福建籌建「革命政府」時，他曾被派赴瑞金，與紅軍將領張雲逸簽訂共同反蔣抗日協定，並向被封鎖的蘇區供應急需的布匹、食鹽、醫療設備和藥品，當年毛澤東曾設宴款待過他。羅稷南有這番軍旅經歷，怪不得我以前總感覺到這位勤於筆耕的翻譯家身上有一股軍人的英武陽剛之氣。

我又見主席興致勃勃地問：「你現在怎麼樣啊？」羅稷南答：「現在……主席，我常常琢磨一個問題，要是魯迅今天還活著，他會怎麼樣？」我的心猛地一激靈，啊，若閃電馳過，空氣頓時也彷彿凝固了。這問題，文藝人二三知己談心時早就悄悄嘀咕過，「反胡風」時嘀咕的人更多了，可又有哪個人敢公開提出？還敢當著毛主席的面在「反右」的節骨眼上提出？我手心冒汗了，天曉得將會發生什麼，我尖起耳朵傾聽：「魯迅？……」毛主席不過微微動了動身子，爽朗地答道：「要麼被關在牢裡繼續寫他的，要麼一句話也不說。」呀，不發脾氣的脾氣，真彷彿巨雷就在眼前炸裂。我懵懂中瞥見羅稷南和趙丹對了對默契的眼神，他倆倒坦然理解了，我卻嚇得肚裡娃娃兒險些蹦出來……

原載《南方周末》

一群仙鶴飛過
——有感章詒和女士的回憶

最近，中國文字族又出了一件大事，那是章詒和女士寫了若干民主聖徒的回憶，它們的傳播引起了震撼。詒和的父親章伯鈞先生和母親李健生女士，在那為人類不齒的「引蛇出洞」的事件中，雙雙被「邪惡」的鐵鉗夾住，釘上了十字架。在旋踵而來的「文化大革命」中，年僅二十六歲的詒和，也於一九六八年被囚入了大牢，判了二十年徒刑，在川西的一間勞改農場受難。次年，名人章伯鈞就在中國「第一號大右派」的位上，抑鬱而終。

然而，「邪惡」萬萬沒有料到，那個被提前釋放，卻已被折磨了整整十年的女囚，胸中竟藏有一支不世的銳筆。今天，這位自稱「無父、無母、無夫、無後」的孤女子，竟拿它來為父母和他們的友人立傳，那「無畏、無懼」的正氣，再一次敗壞了「邪惡」的名聲。早知章李夫婦有此豪傑女，「邪惡」也絕不敢把他們打做「右派」的。既然天下冤怨相報，當初沒有拿她開膛，今天就得要在她的筆下煎熬。

章詒和寫的故事一篇篇地傳來，以優美的文字，貫通的情理，訴說那個時代人性的殘忍和文明的墮落，人們大都一氣讀完後才喘息。有人說，女囚徒的才氣來自父母的高貴或家境的優裕，我說那都是蓄積已久的洪水，沖決牢籠的思想，是沒有力量能阻擋的。她說：「人怕傷心，樹怕剝皮。」「邪惡」在中國「關管殺鬥」了無數無辜，也戳破了章家兩代人的心，她的文字，就是從那些心洞裡噴張出來的鮮紅的血。

〈越是崎嶇越坦平〉是回憶她的父親章伯鈞；〈一片青山了此身〉和〈正在有情無思間〉，分別是未成眷屬的羅隆基和史良的故事；〈最後的貴族〉是康有為的次女康同璧和她的女兒羅儀鳳；〈斯人寂寞〉著的是鐵骨錚錚的詩人聶紺弩，〈君子之交〉中的君子，是執著而淡泊的文士張伯駒。這些回憶是一群「可殺不可辱」的人們的屈辱，是從骷髏般可怕的中國現代史的骨架上，剝下來的血和肉。

章伯鈞是政治家，一九二二年在柏林大學攻哲學，由室友朱德介紹入了共產黨，而朱德又是周恩來親自介紹入的黨。受哥哥的影響，章伯鈞的兩個弟弟也都是共產黨，長弟操勞早逝，次弟在斯大林清洗中被槍決，都沒有嘗到共產主義的甜頭。章伯鈞本人完成學業回國參加北伐，後來又參與南昌起義。兵敗後，追隨鄧演達創建「第三黨」（即「中國農工民主黨」）。

至於，章伯鈞為何脫離共產黨？詒和說是「大革命失敗後，我的父親對當時共產黨內連續出現的『左傾』路線極為不滿。對第三國際亦大有看法。他作為接受西方教育的知識分子也深感自己不能適應」。這大概都是事實，那時陳獨秀、毛澤東、張國燾也都對第三國際很反感；而且中國共產黨內鬥成風，很不成氣候。那個激烈反對第三國際的何孟雄，就是被從莫斯科回到上海的王明告了密，操了國民黨的刀，殺了自己的人。而中共永遠也不敢去追究這件大白事，因為王明的後台是斯大林。

章伯鈞有進出共產黨的背景，羅隆基則是個「白丁」；他是一個鋒芒畢露的政治學者，美式的民主個人主義者。台北《傳記文學》是這樣為羅隆基立傳的：「〔民國〕三十五年一月，出任出席『政治協商會議』民盟代表；十一月，在記者招待會上表示『民盟』決不參加國大。三十六年一月，發表演講，贊成共黨提出之和談先決條件；二月民社兩黨斥羅為中共辯護之演講；七月，與『民盟』黃炎培、張東蓀、章伯鈞三人訪晤美國杜魯門總統特別代表魏德邁將軍，表示反對內戰，為共黨張目；……三十七年二月，逃往香港，公開宣布參加共黨叛亂，其後北上投共。」羅隆基幫了共產黨的大忙，國民黨很記恨他。

一九五七年，共產黨說要民主黨派幫助它整風，主張開「政治設計院」的章伯鈞，建議設「平反委員會」的羅隆基，和說共產黨搞「黨天下」的儲安平，是出洞的三條大毒蛇。而真正最刺激毛澤東的可能還是儲安平說的「黨天下」，惟其名聲地位不如章羅。毛澤東親自羅織了「章羅聯盟」的罪名，發表在《人民日報》上。詒和女士回憶，讀了〈文匯報的資產階級方向應當批判〉，章伯鈞立即「從文筆、語調、氣勢上一口斷定，這篇社論必為毛澤東所書」，還說「老毛是要借我的頭，來紓解國家的困難了」。

而與章伯鈞不融洽的羅隆基，卻不知內情，兩次來到章家，質問：「伯鈞，憑什麼說我倆搞聯盟？」章伯鈞答：「我也不知道，我無法回答你。」詒和女士回憶羅隆基「第二次去我家的時候，特意帶上一根細木手杖，……臨走時，髮指眥裂的羅隆基，高喊：『章伯鈞，我告訴你，從前，我沒有和你聯盟！現在，我沒有和你聯盟！今後，也永遠不會和你聯盟！』遂以手杖擊地，折成三段，拋在父親的面前，拂袖而去」。

此般的淋漓痛快，亦使我們可以想及，當初羅隆基被周恩來統戰於股掌之間，罵起蔣介石、國民黨來的擲地有聲。說來，中國的「民主黨派」中，最有實際能力和操作才幹的就數章羅二人，共產黨讓他們當學非所用的「交通部部長」和「森林工業部部長」，也算是「論功行賞」；而將他們逐出政治殿堂，則是「消除隱患」了。

羅隆基兩次去章家罵街的魯莽，與其說是無知，還不如說是暴於其外的忠厚。事實上，無論「內行外行」或「陰險善良」，在「一黨專制」的惡劣環境中，一個皇帝式的領袖要與臣民玩「兵不厭詐」的遊戲，那天下就無人不是「白癡」了。而皇帝的「詐術」玩得所向披靡，其樂無窮時，舉國上下就鴉雀無聲，也即將餓蜉遍地了。

掃清週邊，「邪惡」就開始整肅自家人，莫說心胸坦蕩的彭德懷、連造神有功的劉少奇，忠實不過的羅瑞卿，和精明有餘的鄧小平，統統一起遭殃。邪惡的毛澤東，就是這麼一個中國歷史上「最惡、最惡的惡皇帝」。而今天無恥地瓜分著公產的共產黨，還高舉著「毛澤東思想」這面「大王旗」，無非說明它是一個貨真價實的「強盜窩」。

在中國，一人得勢，別人的面孔是熱騰騰的；落難了，就冷冰冰了。那些搞政治的人，又是喜歡熱鬧的，共產黨先把他們在火上烤紅了，然後用冷水潑上去，再往角落裡一扔，入了「歷史的垃圾堆」，就很寂寞了。說來，古今都難脫這炎涼俗；而中國共產黨卻將把它發揮盡致，因為它有一個極端刻薄的領袖，教會了黨徒們「站穩立場」的功夫。章氏夫婦高高在上時，未必能交到俠義的朋友；落難後卻結識了康同壁張伯駒這樣一些「最後的貴族」。

康同壁女士早年遊學世界，在印度大吉嶺寫下過「我是支那第一人」的名句，連毛澤東也記得清楚。文革前，某日章氏夫婦路便去看康同壁。見一些老人坐在院中。章伯鈞只認得其中的載濤。康同璧指那開著白花的樹木，對章伯鈞說：「這是御賜太平花，是當年皇上（即光緒皇帝）賞賜給先父的。所以，每年的花開時節，我都要叫儀鳳準備茶點，在這裡賞花。來聚會的，自然也都是老人啦！」接著，羅儀鳳把張之洞、張勳、林則徐的後人，以及愛新覺羅家族的後代，逐一介紹給章氏夫婦。

而在文革的風聲鶴淚中，康同璧聽說章乃器被紅衛兵打得半死，而章伯鈞又想見見他，便毅然邀請二章在自己家中會面。她在那場「反革命串聯」中，盛裝出場，詒和說：「康老，您今天真漂亮！是眾裡挑一的大美人。」康說：「我不是大美人，但我要打扮。因為今天是貴客臨門啦！」詒和又說：「他們哪里是貴客，分明是右派，而且還是大右派。」老人道：「右派都是好人，大右派就是大好人。」這就是她的政治立場。

早年康同壁

中國的舊傳統是尊重人的，康同壁母女與前清遺老及其後人往還，是人之常情；但她尊重與她沒有故舊的，被邪惡糟蹋了的「賤人」，才體現一種不畏強暴的貴族氣質。這兩個聚會的故事，也引起了我對歷史的反思，辛亥革命後，孫中山到北京，先就去故宮拜會了前清皇室；袁世凱接任總統，還把他們留在了紫禁城中。對「被推翻者」的尊重，與法國大革命處死路易十六相比，我以為中國歷史上確實有過高於西方的理智。而這些文明卻被一個湖南村夫牽引的共產革命，掃蕩一空。

張伯駒是一個文物鑒賞家，熱衷詩文和戲劇的文士。父親張鎮芳是袁世凱的項城同里，北洋的名人，當過直隸總督。富貴的家世，使他早早就成了與張學良等齊名的「民國四公子」。可解放後，他被「新氣象」征服了，把收藏的無價的文物盡數捐給了共產黨，換來一張獎狀。可是，為了如何在京劇中「推陳出新」的小事情，共產黨也要把他打成「右派」，畫家夫人潘素還要靠畫書簽來補貼家用。

張伯駒的行路快捷，處事淡泊，在詒和女士的筆下栩栩如生。而他的仗義行為卻最令人感動。那位鼓動父親稱帝，而在「政治上」犯了大錯誤的袁克定，後來非常潦倒，靠章士釗在文史館給他弄了個名義，每月只有五、六十元的工資，當年一念之差的准太子，已是個十足的貧下中農。張伯駒潘素夫婦無怨地養了他一世，終老在他們家中。

最後，張伯駒夫婦可能也是一貧如洗，才到長春去謀生，但又遇上了文革，只因寫了兩首「金鏤曲」被打成了「現行反革命」。人世的沉浮，貧富的交替，都令人扼腕。詒和女士聽說，張家後人在「皇城根」下開飯館，重新起頭。

這些中國金字塔頂上的人，又是有血有肉的。而羅隆基則是一顆「情種」，若說是一位lady's man也再恰當不過；特別是對上層美麗女性，他又有特殊的磁力。那些高不可攀的鳳凰，都被他的學識風度和情場無礙的辯才，從枝頭上誘得下來。

羅隆基與浦潔修

抗戰時，羅隆基已經與史良定了情，但見了才女蒲熙修就移了心。我雖沒有見過蒲熙修，但見過她的妹妹，彭德懷夫人蒲安修的照片。那是彭德懷與她坐美軍飛機到重慶開會，在機場上拍的，蒲安修身著延安大襖，頸纏粗毛圍巾，可依然是個絕代佳人。中國「蒲氏三姐妹」很有名氣，大姐蒲潔修在「工商界」，二姐蒲熙修是「名記者」，小妹則入了「共產黨」。

一日，多情郎與史良女士約會，忽然想起那天是劉王立明女士（早年留美，長期從事婦女福利運動，後來也是一個「右派」）的生日，便匆匆趕到她家。只見她坐在地上流淚，拿著剪刀在剪一塊衣料，那是他去年送她的生日禮。他去扶她，拉她，求她。但她不語，也不看他，只是剪，剪，剪，慢慢地把它剪成了一絡一絡的細條。這簡直是一出現代的「黛玉葬花」。

「中華人民共和國」第一任司法部長史良

而羅隆基又負了高雅的史良，卻執意留下了她的情書。文革前，他辭世後，這些書信都「歸了公」。一九六六年底，在「民盟」鬥爭史良的會上，居然有人當眾宣讀這些纏綿的情話，來羞辱是年六十六歲的上流婦女；更驚人的是，多年追隨黨的史良竟昂首抗爭道：「我愛他！」這又是章伯鈞先生的目睹，他感慨「民盟」竟墮落到這般「下作」的程度。

羅隆基一定是個非常出色可愛的人，否則何至於有此多的高尚仕女傾慕他？即便成了「右派」，他依然風流倜儻，為了情事的挫折，還要找周恩來評理。詒和女士的這些真切記載告訴人們，二十世紀下半葉的中國，除了虛假的「階級愛」，實在的「鬥爭痛」，還有被專制捉弄的戀情的尊嚴。

這些回憶，如一群仙鶴飛過，驚起了健忘的人們的注目；那原本只是一幫文明的信徒，卻無端被專橫的「邪惡」處罰，於是脫俗成仙。他們早早就在西天淨水邊棲息；可是東方濁泥上，又長出了綠草和高樓，把他們喚了回來。他們是那麼的潔白，那麼的飄逸，只瞟了一眼這曾經是非常冷酷，於今又十分淫亂世界，他們不屑一顧，又淡然地歸去了。

這些回憶，又如一個女子在一尊巨大醜惡的雕象下，對著無數的聽眾，訴說著它的邪惡。

這沒有靈魂的「邪惡」煩透了，恨不得一腳把她踩死，可是無奈，他只是一具水泥製品，只得任人評說。記得過去有一首煽動世界革命的歌詞問道：「東風吹，戰鼓擂，今天世界上究竟誰怕誰？」那「邪惡」心想：「我是流氓，我怕誰？」而那弱女子則坦然以為：「我是囚徒，我怕誰？」看來，正義和邪惡，在中國還有一場惡鬥。

二〇〇三年八月二十二日

惦念「右派」老孟

「反右」已經過去了五十個年頭，我也走完了大半生。經過這邪惡的半個世紀的人，都會認識幾個「右派」，我卻與「右派」老孟結下了情同手足的友誼。一九六五年我從華東師範大學畢業，被分配到四川省榮昌縣（今屬重慶市）中學教書，第二年「文化大革命」就開始了，我就認識了當時在縣五金公司當售貨員的老孟。

老孟叫孟慶臣，山東金鄉人，出身貧農，上輩跑關東，他一九三〇年出生於哈爾濱，抗日戰爭期間回了老家，他很小就隨父兄參加了八路軍金鄉縣縣大隊，戰士們背著他行軍，他在「八路」搖籃裡長大，是認定一生要跟共產黨走到底的，他的軍齡從一九四四年正式起算，那已經埋沒了他的若干年資。他所在的那支冀魯豫部隊轉戰中原，由地方部隊成了野戰軍，就是後來進軍西藏的十八軍，軍長張國華，政委譚冠三，副政委王其梅[7]。

[7] **王其梅**：湖南省桃源縣人，一九一三年生，地主出身，一九三三年於北平就學時加入共產黨，一九三五年參加一二一九學生運動，曾被捕入獄。抗日戰爭時期，任中共豫東特委書記，新四軍第四師三十三團政治委員，第四軍分區副政委。國共戰爭後期，任第二野戰軍第十八軍五十三師政委。中共建政後，任十八軍和西藏軍區副政委，兼昌都警備區司令員和政治委員。一九五五年授予少將軍銜。文革中被指為「叛徒」，一九六七逝世，年僅五十四歲。十年後中共為其平反。

在抗日戰爭和國共內戰中，老孟歷大小一百餘役。一九五〇年隨十八軍進藏，昌都戰役俘虜西藏噶廈政府要員阿沛・阿旺晉美後，參與轉送其去北京簽署「十七條」的處置工作。五十年代初，老孟去張家口高級通訊學校受訓，並去朝鮮戰場實習，結業後回西藏軍區，任昌都警備區通訊兵主任，兼地區郵電局局長和黨組書記。一九五五年授大尉軍銜，年僅二十五歲。

老孟精明幹練，慎思而謹言，在拉薩見到過青年達賴喇嘛和西藏噶廈政府諸多官員和上層人士，對西藏有深入瞭解。又曾伴同西藏軍區參謀長李覺（一九一四年生，北平中國大學畢業，解放軍少將，後任中共核工業部副部長，負責核武器研究製造和實驗）進入印度噶倫堡偵察邊界地形和印方邊情，並試圖聯絡當地印度共產黨。

老孟英武高大，戰爭經驗豐富；但謙虛謹慎，言辭儒雅，不是魯莽軍人。他長期從事通訊工作，因此精通無線電通訊技術，而且熟習各種兵器和軍事理論。其教育程度雖不高，卻能過目成頌，聽一遍當日《人民日報》社論廣播，即能復述其中要點。老孟自云是孟子之後，我們一班朋友都認為其能力足以勝任中共大軍區負責人。

為縮短後勤補給路線，十八軍少量部隊進駐拉薩，大部隊結集在昌都以東地區。因此昌都是軍事重鎮，軍政負責人由西藏軍區副政委王其梅兼任（王在文革中為「六十一人叛徒集團」成員，被摧殘致死）。一九五七年，王其梅去北京經年未歸，昌都傳言他有歷史問題。一九五八年西藏軍區開展「整風反右」，昌都警備區找不出「右派」。於是就將與王其梅工作關係密切的老孟隔離審查，組織群眾揭發他的「反黨罪行」；在王其梅返回西藏之前，匆匆將老孟送交軍事法庭審判，定為「資產階級右派分子」，開除軍籍，送交地方處理。於是老孟以「軍內右派」的罪身，輾轉來到榮昌。

老孟的這番身世，使他在文革中同情「造反派」。四川武鬥連年不息，榮昌又是出名的武鬥中心。我們每年都要逃亡。一九六八年二月間，在逃亡路上，我指著牆上的一排大字標語「以鮮血和生命保衛江青同志」，似問非問地說：「這值得嗎？」他很深沉地答道：「黨內生活的正常秩序，總有一天要恢復的。」我為之一驚。

老孟與我如兄弟，他的妻子叫朱星僑，因此五個子女叫我「舅舅」。老孟的厄運，竟使這些甥兒甥女，無一受過良好教育。六、七年前，回榮昌看他們，老孟和長女小蘭到機場來接，見小蘭出落得一表山東女子的端莊美麗，心中卻泛起酸楚的往事。

孟慶臣於夫人朱星僑

一九六七年四川大武鬥，榮昌發生大屠殺，造反派被殺一百五十餘人，縣武裝部政委李豐林被受害者家屬毒打成終身殘疾。武鬥暫停的那年，城關小學復課，李豐林的女兒與小蘭同班，李女無端不刻地辱罵她，小蘭就就只得逃學，每日在城外田間遊蕩。

一九七〇年，周恩來勾結林彪，利用「部隊支左」搞「一打三反」和「清查五一六」，我和老孟都被判成「現行反革命分子」，那時勞改農場超員，我們都被押解農村監督勞動，老孟全家七口去了貧瘠的銅鼓公社。後來林彪自我爆炸，我乘機四方申訴，在北京得到高人侯寓初、仲偉熾夫婦的幫助，經四川省委書記段君毅親自過問平反，成為全縣重獲自由的第一人，當地方公檢法以為我有「中央後台」，於是老孟和我的其他朋友也都先他人脫離苦境。

王其梅一家

老孟後來也「復出」了，當了芝麻大的「縣工商管理局局長」，不久又離休下任。他的才幹和忠誠，就這樣被殘暴的專制和無情的歲月打發了。幾年前，老孟發現糖尿病時已是後期，兩年多前發生心血管堵塞和趾端潰爛，在重慶西南醫院施行手術，冠狀動脈裡放了三個支架，這家軍隊醫院對這位老軍人毫不手軟，索費人民幣十三萬元。榮昌縣政府還算仁義，讓工商管理局墊付。而工商局又去向老孟訴苦，說他一個人把全局的醫療費花完了，於是我寄了五千美金去救他的急。

我老惦念著他，他也老惦念著我，最近他在電話裡告訴我：「地方財政明顯有所好轉。」我說：「共產黨對你，可還是那麼刻薄啊。」他笑了笑說：「快回來吧，我們老兄弟還能見一面的。」我說：「政府可能不會讓我回去的。」他嗚咽了……

二〇〇七年五月七日

全球化敗象已露，中國怎麼辦？

歷來，美國在野黨的總統候選人預選都很熱鬧，今年民主黨內的角逐更加激烈，原因是布希總統內外政策頻頻失誤，外交孤立，失業高企，民眾收入普遍下降，導致各業緊縮蕭條。而布希總統又再行雷根時代的減稅政策，兼之伊拉克戰事軍費無度，節源開流，入不敷出，短短的三年執政，已經將國庫耗盡。這無疑是「彼可取而代之」的絕好機會，於是民主黨就有多人參選。

其實，美國所面臨的經濟困境，要比表面現象刻薄了許多。前些日子，聯儲會（Federal Reserve，即中央銀行）主席格林斯潘指出，必須削減退休福利和推遲退休年齡。這對廣大美國人民來說，無異是「養兒防老」的Social Security（社會安保）的一條噩訊。據統計美國男人活到七十三歲已經死了一半。因此，如果把退休年齡推遲到七十三歲的話，政府欠老百姓的「養老債」就可賴掉一半。而坊間確有傳言，說這條年齡限可能要逐步上調到七十，只差三歲就可以「達標」了。

為此，很多人怪罪布希的共和黨政府的減稅和好戰的錯誤政策，但解決問題的根本辦法，卻還只能是「開源節流」。然而，美國人生來不會「節流」，只會「開源」；如今天下大行全球化，商界開不出源來，總統也就難為「巧婦」了；而他一味地要把這「無米炊」做下去，那只能是加速通貨膨脹。近日，美元貶值，油價暴漲；總有一天，那些開SUV的假闊老們，統統要縮回到「金龜車」裡去的。

二月二十六日晚，CNN的「萊瑞・金面對面」（Larry King Live）節目，在洛山磯主持了民主黨預選的最後一場辯論。因李伯曼參議員、克拉克將軍和先盛後衰的迪恩州長先後退出，只剩下了四人出場：柯瑞和愛德華兩位參議員，出生於紐約布魯克林的黑人牧師夏普頓，和俄亥俄州克里夫蘭市選出的眾議員庫欽尼奇。應了「人多好種田，人少好過年」的俗諺，這次人少，每人發言時間加長，而且言辭有鹽有味，妙趣橫生，讓聽眾、觀眾都飽餐了一頓。

在前期預選中，夏普頓，庫欽尼奇敬陪末座，對當不當總統候選人已不在意；但二人卻有備而來，為的是要把想說的話說透。萊瑞把話題引到小布希反對的同性結婚的道德議題，問當牧師的有什麼看法；夏普頓不假思索，曰：「我們要討論的，不是今天晚上與誰上床的問題，而是明天早晨起來有沒有job的問題。」一語中的，博來滿堂的喝彩。席間談到小布希掌政的三年，有二百六十萬個職位外流他國，萊瑞請教庫欽尼奇有何高見，庫欽奇直言不諱：「先取消NAFTA（北美自由貿易區），然後再談WTO的問題。」言下之意，全球化是美國經濟凋敝的禍首，必先除之而後快，台下又是一片掌聲。

或許，有人認為這些話過於偏激，我則以為是洞察世事的醒世之言。其實全球化也不是什麼新鮮事，上世紀「國際共產主義運動」的浩大聲勢，那「無產階級失去的是一條鎖鏈，得到的是一個世界」的誘人口號，我們這輩人還都記憶猶新，如今還有幾個笨伯相信？而今全球化的「偉大實踐」才不過幾年，美國二百六十萬隻飯碗都送給了全世界；照此辦理，再過十個春天，一千萬美國人就該去剃頭、擦鞋。難道「你剃我的頭，我擦你的鞋」，就能算是天下的「第九產業」了？依了我說，捱不過十年，全球化就「往事如煙」。

全球化又是如何始作俑的呢？原來它是隨著資訊產業的興起，國際金融資本「讓資本衝破國界」的一番異想天開。即如毛澤東樂道的「共產主義是天堂，人民公社是天梯」夢囈；今天那個花四十美元，就可買得一架DVD的Wal-Mart，與當年吃飯不要錢的「大食堂」，實在相去不遠了。而當貪得無魘的「消費者」利益撐飽了，他們的「生產者」地位，也就被剝奪了。話說，真不必太嘲笑毛澤東，天堂天梯的霏霏之想，人皆有之；只不過美國允許夏普頓，庫欽尼奇說真話，還不至於讓Wal-Mart的經營理念，去餓死四千萬黑白大眾。

再說，全球化的最大得益者是誰呢？自然是我中華人民共和國。鄧小平的改革開放，又正遇上全球化的天賜良機，幾千幾萬億美元花花注入，在「一張白紙上」畫出「世界上最美、最好的圖畫」來了。於是，高峽出平湖，平地高樓起，得來全不費功夫。中國的確創造了世界歷史上「暴發」的奇跡，海外炎黃子孫為之興奮鼓舞，也是理所當然的。

但是，全球化的好景又會持續多長呢？從夏普頓，庫欽尼奇的講話來看，我以為它長不過十年。我們無法設想，一個充滿了創造力，能製造一切的生產國，會在全球化的過程完成後，轉型為一個澈底消費國。曾有人對我說，「自由貿易」是美國不可廢棄的立國理念；但任何正確的理念，都有它適用的限度，只要超越了這個「度」，就必將走向謬誤。

美國以政治制度的優越，思想言論之自由，使其成為創造精神的樂園，世界經濟的火車頭；而無節制的全球化，必將使樂園荒蕪，使世界失去動力，大同的理念也必將換來世界均貧的苦果。而新興的中國又是否能替代美國領袖世界的地位呢？我羞於對母國人民說：這是奢望；但這卻有求於中國政治的改進，和民智的開發；這不僅任重道遠，更重要的是中國政府還沒有切實改革的誠實願望。

美國必將逆轉江河日下的勢頭，它的民主制度也一定能解決這個問題，但決心必須基於民意，因此美國的許多重要決定往往滯後。當前的形勢很類似於二次大戰爆發後，美國民意不願參戰的情況；乃至直到珍珠港事件發生後，全國人民才同仇敵愾，最後以數十萬人的犧牲，換來對德、對日戰爭的勝利。今天夏普頓，庫欽尼奇好似先知，實為敢言而已。然而，最後也未必一定是由民主黨來捅破這層窗戶紙；民氣一旦形成，共和黨照樣可以奪得頭籌。這就是競爭的民主政治的優越，也是中國必須實行民選的多黨政治的理由。

現在，中國也是WTO的成員；但美國是它的老闆，中國只不過是它的一個夥計而已。市場、資本、技術、法理的優勢，統統掌握在美國的手中。為自身的利益，美國可以以種種理由和藉口重建關稅壁壘，使所有的協議都成一紙空文，WTO則可能成為遠不如聯合國的一個議而無決空殼。我們的問題是，中國領袖們對此有沒有危機感呢？我不敢說他們沒有，但至少是不足。否則，他們為什麼會不斷描繪未來「引進外資」的巨額「畫餅」呢？否則，他們怎麼會化鉅資去營造「北京歌劇院」那樣的「形象工程」呢？去年那位說話一個字一個眼的溫總理，在紐約對商界發表講話說：「中國將繼續向世界提供廉價的勞動力。」我頓時明白他完全不瞭解美國的民情和國情。

在這個世界上，沒有抽象而空洞的「全球利益」，每個民族和國家都只能「自求多福」。最近讀到一則令人不快的新聞，是關於賓州大學中國留學生組織，對何清漣女士預定的演講內容有所非議，乃至使直言國情的何女士不得不取消了她的演說。眾所周知，新一代的中國留美學人，都喜歡戴「精英」的帽子，而賓州大學的中國精英們拒絕認知危機的「愛國情節」，更使我敏覺到到深重的民族危機，這也是命我寫下這篇危言聳聽的文字的動機。

二〇〇四年三月五日

新按：這是二〇〇四年美國大選初期，我寫的一篇展望，那是在全球金融危機發生的三、四年前。今天我並不是川普的支持者，但川普的當選，證實了這篇文章的某些預期，即「全球化」遇到了嚴重的問題。全球化早期動機是美國金融集團企圖在世界範圍內製造利益最大化，近期動因則是美國大眾追求廉價消費，這一推一就導致美國成為全球化的魁首；而今天美國金融業和人民大眾都已嚐盡其苦，一則大量普通百姓得不到固定工作和體面收入；反之大銀行又因為的過度借貸，造成全球產能過剩。儘管聯儲局實行接近零利率的政策將近十年，但同時又把銀行借貸槓桿縮短到自有資金的十倍，而十年前是瘋狂的四十二倍，這使得銀行不僅資金短缺，而且世界性的重複投資令之失去繼續投資的勇氣，因此資金流動非常緩慢。再加上始料未及的科學技術突飛猛進，造成石油和天然氣嚴重過剩，美國煤礦大部停業，三分之二的能源企業處於虧損，或破產運營狀態（期間停止支付銀行債務本息），這給金融業帶來又一輪困難局面。所以我預料，如果全球化的局面不變，世界經濟將面臨長期的停滯。美國要想擺脫這個局面，重建壁壘是不多的一個選擇。事實上，沒有美國的意願，全球化就會瓦解。川普做不做得到就看有一張大嘴的他，有沒有管用的大腦了。

二〇一六年十一月十日

譏評：金正日之子可能接班

全面學習「唇齒相依」的朝鮮黨的經驗，在我黨領導人的子女中選拔接班人的工作應該切實予以重視了。金日成同志的實踐，和金正日同志的卓越表現，證明毛澤東同志說的「舉賢不避親」是高於巴黎公社原則的高瞻遠矚。事實上，十月革命成果的敗滅是「非子弟」接班的後果。赫魯曉夫的出身甚至比陳雲同志更好，但他對斯大林同志主持的肅反工作的懷恨，是他發表那個「蘇共二十大講話」的誘因，而這一講話又是國際共產主義運動分裂和受挫的啟端。如果，蘇共當初能在斯大林同志的家屬中，找到象金正日這樣的有血親的同志，今天的情況就可能就完全不一樣了。

另一方面，我黨歷史有許多曲折，在毛澤東同志發動的政治運動中傷害了不少人，其中又有許多自己的同志。鄧小平同志和陳雲同志能顧全大局，繼續維護毛澤東同志的形象，是基於蘇共失敗的歷史經驗，也是基於他們在長期革命鬥爭中磨練出來的黨性。然而，我們不能擔保所有的老同志都不是赫魯曉夫式的人物，胡耀邦同志和趙紫陽同志就表現了動搖的立場，他們在黨內還有很大的市場。而剛剛有一點苗頭，有一點出現赫魯曉夫的可能性，小平同志就果斷地將它掐死在搖籃中。小平同志就罷免耀邦和紫陽同志，但也是挽救了他們。

胡錦濤同志雖然出身不好，但思想意識好；能選拔出胡錦濤這樣一個能與金正日媲美的好同志，是宋林同志領導組織工作的重大勝利，但這種勝利仍有隨機性。在胡錦濤同志之後，是否還能找到一代繼一代的胡錦濤同志，是比較困難的，組織工作難免會失手。而在領導同志的血親中選拔和培養接班人，則可以大大減少失手的可能性。事實上，金正日同志穩定的地位已經證明，即便是經濟生活非常困難的朝鮮人民，最終還是選擇了他。

我們不可能把事情想得太遠，首先是要使我黨能超越蘇共，順利執政一百年；然後才是兩百年，或三百年。我們很可能不能避免慈禧同志領導反自由化的失敗結局，但那也不能證明西方假民主的普世性，而只是證明東方治亂循環的必然性，我們的成敗都將無愧於毛澤東同志。

二〇〇五年二月五日

附錄：美國之音〈金正日之子可能接班〉

北韓最近一則廣播顯示，北韓領導人金正日正在為他的一個兒子接班創造條件，但是他的計畫面臨一些問題。韓國情報專家說，最近北韓廣播電台的一則評論是一個跡象，顯示金正日打算把權力最後移交給他的一個兒子。韓國媒體說，北韓電台的評論援引金正日的話說，他將根據他父親、北韓第一位領導人金日成的指示，幫助他的一個兒子接掌領導權。

北韓是歷史上唯一一個既奉行斯大林式共產主義，又遵循把權力由家族成員代代相傳的儒家傳統的國家。金正日在為掌權而準備了幾十年，終於在他的父親一九九四年去世之後接掌了最高領導權。

有關專家說，最近這則廣播再現了一九七〇年代的情況，當時平壤開始樹立金正日的公眾形像。他的父親金日成那時六十來歲，和金正日目前的年紀相仿。金正日至少有三個兒子，但還沒有一個被特別指定為接班人。

專家：不清楚哪個兒子接班

在漢城的「國際危機組織」跟蹤北韓事務的貝克說，金正日這樣做是出於萬全的考慮。他說，「雖然他們都是他的兒子，但是他不希望把寶押在一個人身上，現在還不清楚到底他的哪個兒子會成為接班人。」

據說金正日有過三次婚姻，第二次婚姻生了一個女兒，專家們認為這個女兒接班的可能性微乎其微。金正日第一次婚姻生下長子金正南，三十四歲。根據儒家傳統，他一直被認為是金王朝的接班人。貝克說，情況可能在二〇〇一年發生了變化，當時金正南和家人因為試圖用假護照遊覽東京迪士尼樂園而被拘留。貝克說，「當時北韓正在從嚴重的饑荒中恢復過來，因此人們難免要問，在這個年輕人心裡，什麼才是重要的。」金正日在第三次婚姻中生了兩個兒子，二十四歲的金英哲和二十二歲的金正恩。專家們認為金正恩可能是接班人。

金氏家族成員在北韓有很高地位，幾乎是受人崇拜。北韓觀察人士說，這其實是權力移交中的挑戰。一個問題是，金王朝的奠基人金日成受人尊敬，因為他在二十世紀初期領導遊擊隊反抗日本殖民統治，歷經苦難，也因為他在一九五〇年代韓戰之後領導人民重建家園。

黃長燁：幾個兒子都無掌權氣魄

一九九四年投奔漢城的北韓最高級別的官員黃長燁說，金正日的幾個兒子，都沒有能力繼續金氏家族的輝煌。黃長燁說，「無論誰接班，都缺乏長期掌權的氣魄。」金正日缺乏他父親的戰士美譽，很多分析人士認為這令他在政治上顯得軟弱。他的兒子也被認為欠缺他們祖父的形像，他們沉湎於絕大多數北韓人望塵莫及的財富享受中。

北韓廣播中談論接班人問題的同時，對金正日本人權力控制的猜測也甚囂塵上。最近幾個月來，來自北韓的報導說，金正日的肖像從一些公眾場所取下。上個月，一個據說在北韓拍攝的錄影畫面顯示，金正日的一幅肖像被塗汙。

金正日已靠邊站？

道格拉斯‧信是一名基督教活動人士，自稱和北韓方面有廣泛的聯繫，他甚至說金正日已經靠邊站了。他說，「我認為，現在北韓基本上是由一個或者幾個將軍打著金正日的幌子在統治。他們可以在任何需要的時候躲在金正日後面。」道格拉斯‧信說，北韓官方越來越強調黨和金正日身邊的軍方領導人的作用，而不是金正日本人，這可能暗示將來會有更廣泛的權力分配。

因為對金日成的個人崇拜幾十年來一直被用來表明金氏政權的合法性，很多北韓專家認為，金正日死後，北韓政府不可能維持很久。金正日的兒子被認為和他們祖父的形像相差太遠，無法贏得公眾的支持，而北韓似乎還沒有一個在金氏家族以外選擇一名領導人的機制。這可能意味著會出現權力鬥爭，從而使得政府無法有效運作。

從西藏問題憂慮中國的未來

最近西藏出了很大的事情，有人要獨立，要脫離中國。於是有人問：西藏是不是中國的一部分？我想這是毋庸置疑的，是連達賴喇嘛認可的事實，也是世界主要大國一致認同的；但西藏是不是永遠「不可分割的領土」？卻是值得我們憂慮的。外蒙古不曾經也是中國的一部分嗎？但是由於滿清政府的不思進取，和一時振奮人心的「驅除韃虜」的錯誤口號，沙俄、蘇俄勢力的乘虛離間，外蒙古脫離中國已經將近一百年了。

事實上，今天不僅有「藏獨」、「疆獨」、「蒙獨」，還有「漢獨」。李登輝、陳水扁不都是漢族嗎？即便是那個台灣新出選的藍色總統馬英九，也聲稱獨立是台灣人民的一個「選項」，而且還預設了大陸政府所絕對不能接受的「六四不平反，統一不能談」的先決條件。那麼，為什麼就不能說馬英九是一個「准台獨分子」，或者是一隻「比達賴喇嘛更陰險的披著羊皮的狼」呢？

既然，台獨不是民族問題，藏獨也不可能完全是民族問題，這些問題是不能用「領土歸屬」的討論來解決的，即如「西伯利亞是三百年前俄國強佔去的」，亦如「阿拉斯加是一百年前美國用錢買去的」，於今又有什麼意義呢？即便「天安門廣場是祖國的心臟」，難道有主權的政府就可以在廣場上為所欲為了？當前「諸獨」氣焰囂張，主要可能還是在於中國的政治有問題，而這是有根據的。

例如，四月二日西藏自治區黨委書記，西藏軍區政治委員張慶黎講了一席《同達賴鬥爭，否則「紅旗落地人頭搬家」》話。他說這場「平亂」是：「以胡錦濤同志為總書記的黨中央堅強領導、英明決策的結果，是中央赴藏工作組精心指導、參戰部隊英勇善戰、廣大幹部頑強戰鬥、各族群眾大力支持的結果……只要西藏各族人民一心一意跟黨走，團結一致、眾志成城，就一定能夠把達賴集團的囂張氣焰打下去，西藏一定會在有中國特色、西藏特點的發展路子上迎來更加美好的明天……達賴集團虎視眈眈，磨刀霍霍，我們決不能高枕無憂，刀槍入庫，馬放南山。否則，就要紅旗落地，人頭搬家，各族人民的幸福生活付諸東流。」

發表在官方的《西藏新聞網》上的這篇言必稱「胡錦濤同志……堅強領導、英明決策」講話的對敵鬥爭語境，與溫家寶希望達賴喇嘛發揮影響安定西藏的溫和措詞適成反照。這位山東基層知識青年出身的「駐藏大臣」的治藏方針是什麼呢？是恐嚇西藏人民惟「一心一意跟黨走」，否則不僅「幸福生活付諸東流」，而且「就要……人頭搬家」。這些毛澤東在六十年代初啟用的「紅旗、人頭」，或曰「你不殺他，他要殺你」之類的狠毒詞語，就是文革暴力和武鬥惡果的源頭，就是中國走到「崩潰的邊緣」的起步。讀了張慶黎說的這些久違了的隔世話，更有藏漢對立愈演愈烈的不良預感。

說來，漢藏文化反差非常大，吐蕃民族在六、七世紀興起以後，一度四方征伐；而一旦皈依佛教，就完全變成了一個內斂虔誠、頂禮膜拜，篤信輪迴轉世，而且與外界無爭的民族。我們這個幾千年世俗無神漢族，則是「成王敗寇」的天然信徒。藏民族在雪域中物質匱乏卻內在寧靜，產生了許多思辨卓越的智者，因此蒙古人歷來是服藏族而不服漢族的，自八思巴成為忽必烈的良師益友，元朝十四位帝師統統都是藏族；而今世達賴在西方講經，動輒聽眾千數、萬數、十萬數，乃至成為與教皇保羅齊名的世界級精神導師，西方人與蒙古人同樣識貨。

藏族本分衛藏、康巴、安多三系，四川康巴藏族和甘青安多藏族的祖先是唐代以後「蕃化」了的西羌部落，他們自認與北方民族有血緣聯繫，故爾康巴與蒙古、突厥在藏語中同謂「霍爾」，實質就是中原之謂北方民族的「胡兒」。而元蒙、滿清兩代都是北方民族建立的政權，因此康巴藏族歷來有親中央政府的心態。民國以後設西康省，金沙江以東歸四川軍閥劉文輝管治，與康巴藏族相安無事；而當初組建「西藏共產黨」的要員也多出自康巴。

然而，唐宋元明、滿清民國都能「因俗而治」善處西藏，為什麼獨獨共產黨與它搞得水火不容呢？原因並不在於「共產」，而是共產黨喜歡干預精神生活，又特別仇視各類宗教；而藏族是一個精神高於物質，來世重於現世的群體，因此就與共產黨格格不入了。

五十年前，共產黨首先在康巴地區推行「民主改革」，而相當重要的改革矛頭是針對寺院，因此激起一九五七、五八年間康巴暴亂。後來，一些起事失敗的康巴聚集到拉薩，他們就是一九五九年西藏「全面叛亂」的主力。從此，在原本最親漢親中央的康巴藏族中，產生出了一批最激烈的藏獨分子，這是共產黨不可挽回的錯誤，也是撕裂藏漢兩族的一個起頭悲劇。

近三十年前，以胡耀邦為代表的黨內明智派對治藏錯誤有深刻的反省，而今天的共產黨吸取教訓了沒有呢？請看張慶黎四月二日還說：「各級黨政組織一定要把認清達賴集團的反動本質作為前提，把統一黨內和幹部隊伍思想作為關鍵，把做好基層群眾工作作為基礎，把強化青少年教育作為根本，把促進民族團結作為主題，把深化寺廟愛國主義教育作為重點，把加強社會管理作為保障，把加快發展和改善民生作為核心，不斷夯實反分裂鬥爭和實現長治久安的思想基礎、組織基礎、群眾基礎和物質基礎，築牢反分裂鬥爭的鋼鐵長城，努力奪取反分裂鬥爭的全面勝利。」

這些「前提—關鍵—基礎—根本—主題—重點—保障—核心」，都是筆桿子們的修辭，內容則大都不離枯燥的「教育」二字，實質則是「強化—促進—夯實—築牢」毫無效能，卻又是胡錦濤最愛的「意識形態管理」。其中「加快發展和改善民生」，是要已經濟手段解決民族問題，儘快把藏族納入世俗漢化的生活；而「深化寺廟愛國主義教育」，則體現了胡錦濤處理宗教問題的左傾蠻幹路線。

本作者行筆至此，網上又傳來四月二日四川甘孜出事，原由是政府強制推行新的愛國主義教育運動，但東谷寺的喇嘛們拒絕奉命譴責達賴喇嘛，於是軍警逮捕了兩名持有達賴喇嘛象的僧人；結果東谷寺近四百名喇嘛去當地政府示威，另有約四百位民眾響應參加，官員同意晚間八時釋放被捕者，僧民才散去；結果政府沒有按時放人，僧民又重新聚集，軍警則開火，據說有多人死亡，還說死者都是有名有姓的。

筆者沒有眼見為實的證據，但以張慶黎說的「深化寺廟愛國主義教育」，甘孜東谷寺發生反抗教育，乃至發生「參戰部隊」開槍濫殺事件，則是有線索可循了，中國的邊疆政治的確出了問題。之於北京的那些毫無創意的黨首們，西藏是他們手中捏著的麻雀，台灣是他們可望不可及的樹上的麻雀。我看他們是要雷厲風行地把手中的麻雀捏死，然後把樹上的麻雀嚇飛，做了真正的分裂祖國的民族罪人才心安理得。

二〇〇八年四月四日

附錄：【西藏新聞網】記者高玉潔、旦增文章

張慶黎：同達賴鬥爭否則「紅旗落地人頭搬家」

四月二日上午，在平息拉薩市「三・一四」打砸搶燒嚴重暴力犯罪事件、西藏社會局勢不斷好轉的重要時刻，自治區黨委、政府再次召開全面深入扎實做好維護社會穩定工作電視電話會議，最廣泛地動員和組織西藏各族幹部群眾，認真貫徹中央指示精神，高舉維護社會穩定、維護社會主義法制、維護人民群眾根本利益的旗幟，萬眾一心，同仇敵愾，再接再厲，乘勢而上，全面深入扎實地做好維護社會穩定各項工作，確保奪取這場反分裂鬥爭的徹底勝利，確保北京奧運會圓滿成功，確保全面建設小康西藏各項事業順利進行。

自治區黨委書記、西藏軍區黨委第一書記張慶黎出席會議並發表重要講話。自治區黨委副書記、自治區人大常委會主任列確傳達了中央有關指示精神。自治區黨委副書記、自治區主席向巴平措主持會議。中央統戰部副部長斯塔、公安部副部長張新楓、武警總部副司令員霍毅、成都軍區參謀長艾虎生、武警總部副參謀長牛志忠、全國婦聯副主席巴桑及自治區領導張裔炯、郝鵬、董貴山、王增鉢、巴桑頓珠、吳英傑、王賓宜、崔玉英、洛桑江村、白瑪赤林、金書波、尹德明、公保紮西等出席會議。

張慶黎在講話中說，三月十四日，在境內外「藏獨」分裂勢力的策劃煽動下，拉薩市發生了打砸搶燒嚴重暴力犯罪事件，人民群眾和國家財產損失嚴重。這充分表明，我們同達賴集團的鬥爭進入了又一個新的尖銳複雜時期。達賴集團終於撕下了「和平」、「非暴力」的面具，同我們面對面地展開激烈較量，成為影響西藏發展穩定的最大障礙和最現實的威脅。

事件發生後，自治區黨委、政府面對嚴峻鬥爭形勢，堅決貫徹中央重要指示精神，採取了一系列有力措施，迅速統一思想認識，形成統一高效的指揮系統；採取堅決果斷措施，迅速平息事態；加強協同作戰，形成強大戰鬥合力；廣泛深入發動群眾，打牢鬥爭基礎；強化輿論引導，積極打好宣傳主動仗，取得了這場鬥爭的階段性重大勝利。艱難困苦，玉汝於成。目前，拉薩局勢趨於平穩，社會秩序逐步恢復，正在朝著好的方向發展。

這是以胡錦濤同志為總書記的黨中央堅強領導、英明決策的結果，是中央赴藏工作組精心指導、參戰部隊英勇善戰、廣大幹部頑強戰鬥、各族群眾大力支持的結果。特別是西藏廣大離退休老幹部，和我們黨長期風雨同舟、合作共事的黨外領導幹部以及宗教界愛國愛教人士團結一心，共同努力，為維護西藏社會穩定發揮了重要作用。

這充分說明，有中國共產黨的堅強領導，有中國特色社會主義理論體系的正確指引，有西藏各族人民的團結奮鬥，我們就沒有戰勝不了的風險，就沒有打不垮的敵人。西藏的歷史不容篡改，西藏的發展進步是任何反動勢力也阻擋不了的。只要西藏各族人民一心一意跟黨走，團結一致、眾志成城，就一定能夠把達賴集團的囂張氣焰打下去，西藏一定會在有中國特色、西藏特點的發展路子上迎來更加美好的明天。

張慶黎指出，面對開始好轉的形勢，我們必須清醒地看到，目前西藏的穩定基礎還不夠牢靠，一些事關穩定的關鍵性問題還沒有得到有效解決，形勢依然非常嚴峻。西藏上下一定要認真學習、深刻領會中央關於西藏穩定工作的一系列指示精神，在思想上毫不放鬆，行動上絕不鬆懈，切實做好應對各種風險和挑戰的準備。要深刻認識到這起事件是達賴集團蓄謀已久、長期準備、精心策劃的又一次分裂活動，其根本目的就是搞「西藏獨立」、分裂祖國；要深刻認識到國際敵對勢力西化、分化我國的政治圖謀沒有一點改變，他們的終極目標就是要顛覆社會主義中國；要深刻認識到當前形勢的嚴峻性，決不能滿足於已經取得的成績，必須始終保持清醒頭腦，時時加強戒備，處處嚴加防範，決不能讓達賴集團的陰謀得逞；要深刻認識到我們的工作基礎還比較薄弱，下決心做好強基固本的各項工作。這次打砸搶燒嚴重暴力犯罪事件再次給我們敲響警鐘，達賴集團虎視眈眈，磨刀霍霍，我們決不能高枕無憂，刀槍入庫，馬放南山。否則，就要紅旗落地，人頭搬家，各族人民的幸福生活付諸東流。

歷史和現實都告訴我們，我們同達賴集團進行的滲透和反滲透、分裂和反分裂、顛覆和反顛覆的鬥爭是長期的、複雜的、尖銳的。這場鬥爭關係鞏固黨的執政地位、關係維護國家安全統一和社會穩定，關係國家和中華民族的根本利益。能不能保持清醒的政治頭腦，立場堅定、旗幟鮮明、措施有力地開展這場鬥爭，是對各級黨政組織和黨政領導幹部的嚴峻考驗。

張慶黎說，拉薩乃至西藏當前的局勢來之不易，我們一定要倍加珍惜，乘勢而上，澈底平息事態，進一步鞏固和發展已有成果。西藏各級黨政組織一定要講政治、顧大局，站在維護好人民群眾根本利益的高度，全面深入扎實做好維護社會穩定各項工作，在鞏固西藏局勢基本穩定的基礎上，儘快把社會秩序恢復到正常狀態，確保在「五一」國際勞動節來到之前以開放的形象、良好的環境迎接國內外遊客。

在工作要求上，要全面、深入、扎實，把各項工作往細裡做、往深裡做、往實裡做、往前面推。一要保民生，儘快讓群眾恢復正常生活；二要保服務，儘快讓群眾方便無憂；三要保旅遊，儘快讓國內外遊客進藏觀光。

張慶黎指出，西藏上下要集中開展黨員教育活動，全面加強基層基礎工作，集中開展面向全體黨員的「反對分裂、維護穩定、促進發展」主題教育活動，確保黨員充分發揮先鋒模範作用，基層黨組織充分發揮戰鬥堡壘作用。要抓大頭，下功夫抓好農牧區全體黨員和各級幹部的集中教育活動；抓重點，在機關、學校、企業、城市社區等單位有針對性地開展集中教育。

抓班子，全面整頓和建設基層黨組織；抓關鍵，切實做好群眾工作，加強「三個離不開」的教育，不斷鞏固各民族的大團結；加強新舊西藏對比教育，加強對青少年的教育，用事實教育引導廣大群眾擦亮眼睛，看清楚達賴想幹什麼，看明白達賴都做了些什麼，真正讓群眾懂得團結穩定是福、分裂動亂是禍的道理，不斷打牢反對分裂的群眾基礎。

張慶黎指出，發展和穩定始終是西藏的兩件大事，沒有穩定難以發展，沒有發展難以有長久的穩定。我們必須堅持穩定和發展兩手抓，做到兩促進、兩不誤，絕不能讓這次事件遲滯西藏發展進步的步伐。當前要突出抓好春季農牧業生產，迅速掀起春季農牧業生產高潮，為實現全年農業和農村經濟發展目標開好局；要狠抓專案落實，確保近期再有一批新的專案開工建設；要下大力氣抓好重點行業、重點企業的生產經營，特別是要做好各種物資的供需協調；要全面抓好改革開放，努力在完善體制機制上取得新突破。總之，只要我們堅定不移地走有中國特色、西藏特點的發展路子，著力推動經濟社會又好又快發展，不管達賴集團如何變換手法，怎樣破壞滲透，我們都能始終穩如泰山、堅如磐石。

各部門黨政一把手一定要進一步強化政治意識、大局意識、責任意識、憂患意識，切實承擔起維護社會穩定的第一責任，切實把維護穩定的各項工作措施和要求落到實處。各級領導幹部一定要忠於職守，旗幟十分鮮明，立場十分堅定，經受住這場血與火的考驗。對違犯政治紀律和組織紀律的黨員、幹部，一定要追究責任，嚴肅處理，決不姑息。

最後，張慶黎說，經歷了這場浩劫的西藏人民，倍加感受到祖國大家庭的溫暖，更加體會到民族大團結的重要。我們堅信，有以胡錦濤同志為總書記的黨中央的堅強領導，有無限寬廣的中國特色社會主義的康莊大道，有無比溫暖的祖國大家庭，有聽黨指揮、服務人民、英勇善戰的人民子弟兵和忠於黨、忠於祖國、忠於人民、忠於法律的公安民警，有西藏各族幹部群眾同全國各族人民的緊密團結，我們一定能夠粉碎達賴集團分裂祖國、搞亂西藏的陰謀，澈底奪取這場鬥爭的全面勝利，迎來西藏更加美好的明天！

尋找解決西藏問題的共同點

——藏漢會議和與達賴喇嘛見面記

國際藏漢會議於八月六日在日內瓦陸際飯店開幕，來自世界各地的作家、學者、民運人士和新聞從業者一百多人與會。我作為歷史與民族學者受邀與會，且有內人同行，它是由國際和解協會和瑞士西藏友好協會籌辦，流亡政府涉漢事務官員主持，達賴喇嘛作書面和即席講話，政治學者嚴家祺作邀請發言，流亡政府首席部長桑東仁波切（仁波切意為寶，喇嘛的敬稱）全程出席了為期三天的會議。

這個主題為「尋找共同點」的族際會議適逢其時，達賴喇嘛出境流亡已經過了五十週年，他的非暴力主張為西藏人民的苦難博得了舉世的關注，而上月初烏魯木齊發生的惡性事件，又標誌中共死硬的民族政策已走入空前困境。在如此嚴重的態勢下，北京高層有拖無決，它內部則不可能不反思：西藏和新疆問題還得再拖二十年嗎？

兩個月前在達蘭薩拉認識的旺珍拉姆小姐也從印度趕來，她的外祖父是阿壩地區藏族頭人，文革中受到嚴重迫害；旺珍拉姆的母親是流亡政府藏漢和談工作小組的成員之一，當年去新疆支邊時與一位南京支邊青年結合，育有子女數人。旺珍拉姆和母親認同西藏，不畏艱苦來到印度參加流亡事業。內人張甯華女士也是南京人，聽到如此感人的鄉里故事，不禁流下了眼淚。

共產黨是中國民主事業的大敵，而且它又把解決民族問題扭曲成「反分裂鬥爭」，這就使某些追求民主的勇敢人士，在民族問題上反而畏縮不前。然而近年這種狀態大幅轉變，這要歸因於西藏流亡政府不斷努力和達賴喇嘛在世界上的崇高威望，也要歸因於曹長青、茉莉、盛雪等漢族作家經年為西藏人民大聲疾呼，這次藏漢精英在日內瓦「尋找共同點」，實際是他們思想合流的水到渠成。

整個會議顯得輕鬆和諧，各種觀點都能得以表達，與會者的普遍情緒是：同情西藏人民的處境，欣賞達賴喇嘛的人格，懷念胡耀邦的民族政策，厭惡北京的歪曲宣傳。雖然也有幾位台灣和原大陸人士表現了對西藏獨立的個人期望，但遠沒有達到有人宣傳的「綁架大會」或者「誤導達賴喇嘛」的效果。當然，達賴喇嘛也不是一個輕易能被誤導的人。

共同點的中心是達賴喇嘛的「中間道路」，這條道路核心則是「在中華人民共和國憲法的框架下實現名副其實的自治」。這不僅是因為中華人民共和國憲法還有民族自治的操作餘地，留在中華人民共和國內也有利於西藏的經濟發展，達賴喇嘛的回國更會有利於解決全中國的民族問題。因此，這個能夠創造多利多贏格局的共同點，也應該是中國共產黨的需要，除非它沒有政治智慧。

香港《亞洲週刊》會後報導，以新華社為背景的《新華網》認為這次會議是「達賴與海外動亂分子的新勾結」。事實上，一些有親北京立場的海外新聞專業人士也應邀與會，他們在會上也都暢所欲言，會後則先聲發表報導或評論，當然也會將達賴喇嘛的善意報送北京政府，因此《新華網》的「新勾結」說法非常不當，是一種過時的「陰謀思維」。

八月七日的上午和下午，於陸際飯店的十八樓，達賴喇嘛和桑東仁波切分別會見嚴家祺先生，達賴喇嘛駐北美代表處貢噶扎西先生作翻譯，我均出席作陪。達賴喇嘛對這次會議非常重視，他很懇切地對嚴家祺先生說：「最重要的是爭取知識分子，如果能夠爭取到一千個知識分子，就是一個很大的成功。」我想，這次會議本身就是達賴喇嘛與海外漢族知識分子的一次直接互動。

一九三五年，達賴喇嘛出生於青海省湟中縣的一個農家，因此外間都很關注他的健康，而北京方面則期待著他的圓寂。這是我第三次見到他，他看上去很健康，袈裟裹著一副壯實的身骨，可能是由於性格的開朗，所以完全看不出他是一個七十四歲的人。據說他去年切除了膽囊，那只是很小的常規手術。北京當局對他的健康和長壽，或許還需要作更長期的思想準備，在期待中不要貽誤了自己的時光。

達賴喇嘛也懂一些漢語，不僅會說：共產黨、毛主席、社會主義、帝國主義，也會說：完全同意；有時還與翻譯討論用詞。之於一個磨難成的名人，恭維或許是另一種折磨，上次在印度北部達蘭薩拉我就注意到，他對漫長的恭維會很沉靜，但是一旦有新鮮話題就會興奮起來，有時還會插話，使談話變得非常熱烈。他對下屬也很客氣，我不懂藏話，只覺得他們是在商量著什麼，他沒有一點居高臨下。記不得在什麼地方讀到，連毛澤東也說他的態度好。

他對科學似乎特別有興趣，在達蘭薩拉有人介紹我過去是學物理的，他的眼睛就一亮。這次我請他在一本他談科學的書上簽名，他看了一下書名，然後對我說：「是我寫的，我只是半個科學家。」據說他對下屬說過，如果佛學與科學有牴觸的話，不要隨意地反對科學。他曾經說自己是一個「覺悟了的人」，我認為這是一個深度覺悟了的僧侶，在面對挑戰時對宗教更深度的信心。

達賴喇嘛的「中間道路」是一種令人無法拒絕的低訴求，但是北京當局還是以最專橫的語言欺凌他。這位受了五十年折磨的謙卑僧侶，卻以悲天憫人贏得了世界的認同，不止一個西方人對我說，他的影響已經超過羅馬教皇。人類歷史只產生過不多的幾位聖人：釋迦、基督、甘地……，在達賴喇嘛的身上我也看到了一種脫凡的聖性，青海省湟中縣無疑也將呈獻這位藏家子加入這個榮耀的行列。

嚴家祺曾擔任中國社科院政治研究所所長。他對達賴喇嘛說，鄧小平以為只要解決溫飽，就可以解決一切社會問題，事實證明鄧小平想錯了。近來中國經濟發展頗有成績，但突發事件愈鬧愈多，愈鬧愈大，去年的西藏事件和今年的新疆事件表明民族政策和宗教政策都有問題，而且是金錢物質所解決不了的大問題。但是，北京領導人的膽子卻一代一代愈來愈小，他們要名譽要地位，然而誰也不敢做決定，誰也不願負責任，甚至不願對共產黨的未來結局負責任。

嚴家祺對達賴喇嘛回國表示極大的關切，他不僅認為這是達賴喇嘛作為中國公民的無條件的權利，而且認為它可以是中共解決民族和宗教問題的一個舉重若輕的切入點。他認為達賴喇嘛第一步可以先去五台山朝聖，這將是西藏流亡政府和中央政府的和解的象徵，一定會受到世界輿論的歡迎。嚴家祺向達賴喇嘛建議，對於未來的自治區域和方法，可以在他回國以後進行協商，不必成為今天的障礙。

達賴喇嘛回憶近二十年前在巴黎見到嚴家祺的情景，他說他對北京政府二十年的作為很失望，但對中國知識分子卻愈來愈有信心。達賴喇嘛指出不要過分地糾纏歷史，歷史也未必能規定現狀，只是中央政府有些說法不合理，譬如元朝統治過西藏，就說西藏自古是中國的一部分；那麼元朝統治過中國，中國又是不是蒙古的一部分呢？今天西藏必須依附於一個大國，最好就是中國，這不僅是因為藏漢兩族歷來相處得很好，而且留在中國對西藏的經濟發展有利，對藏人的物質生活有利。

對歷史和現實，對人民的物質利益，達賴喇嘛都持客觀的態度。這時我打斷了他的講話，他立刻就停下來聽我說，我用英文對他說：We are not only searching for the fact of histor, but also the solution for the future.（我們不僅要探究歷史的事實，而且要尋求未來的答案）他聽了以後很表贊同。

會議最後一天達成《共識》，這份求同文件說到：「中華人民共和國政府所宣稱的『西藏自古以來是中國的一部分』與歷史事實不符。」近一百名與會者無人提出異議，因為這不是否定今天西藏是中國的領土，而是肯定這種現實格局的更理性的態度。否則，若唯有自古以來的領土，才是未來不可分割的領土，那麼西藏反而可能有分離出去的藉口了。

桑東仁波切是一個思維縝密的學者型人物，他在開幕式後回答問題，也是提供西藏方面的全面立場，有些問題相當尖銳，如對「在中華人民共和國憲法的框架內實現名副其實的自治」的可能性的質疑，他則以「權利的可實現性」作的理性闡發，表達對未來充分現實的估計，予我以深刻而悲情的印象。

在與我們私人見面時，嚴家祺問到麥克馬洪線以南的領土問題，我畫了一張草圖，仁波切在上面用藏文和英文標明了幾個宗（縣）的位置。我注意到他不僅對國際條約、地理水系瞭解得非常清楚，自己的立場也毫不含糊，而且對歷屆中央政府的態度非常尊重，顯然他明白邊界問題是必須由中央政府和印度政府來解決的。我想他的這種態度也能為未來流亡政府與中央政府的合作創造了優良的氣氛。

在討論《共識》中關於「藏人的民族自治權，政治選擇權，宗教信仰的權利」的時候，會場上發生較激烈的爭論，一部分人認為應將「自治」改為「自決」；另一部分人認為《共識》主要面對中國大陸的廣大民眾，當前民眾的覺悟尚未及理解「自決」的程度，而且往往將其誤解為「獨立」的訴求，故爾「自治」實為較少阻力的用字。爭論相當激烈，最後以表決通過已公佈的文件。

這次會議非常成功，藏方對漢族知識分子有高度的期望，但又對各種不同意見表現了高度的理性。儘管與會漢族人士對北京方面的錯誤政策有不同的批評程度，但又對西藏人民抱有一

達賴喇嘛與嚴家祺朱學淵合影

致真摯的善意，可以展望藏漢兩族民間交往會進一步發展，達賴喇嘛中間道路的具體內容會在兩族的互動中得到進一步的完善，從而得到兩族人民更多的擁護和支援。

二〇〇九年八月十六日

不缺時勢，但缺變數

——對薄熙來、習近平的期待

半年多以前，《動向》主編張偉國先生曾經和我閒聊薄熙來的政治前景，那時在我們看來，中共指定習近平、李克強兩人主持未來十八大政治局常委會的格局已經基本確定，薄熙來已經出局。然而，此後事態急遽發展，薄熙來和胡錦濤高調地對著幹，他好像也在準備接班，情況可能發生逆轉，確定的因素已經變得非常不確定了。

一年多來，薄熙來主持工作的重慶市頻頻出狀態，他發動了一場「打黑除惡」運動，把矛頭指向公安系統，不僅重判決若干司法要吏，而且處置了一批基層幹警，因此大獲了重慶的「民心」。八一建軍節的那幾天他又搞了一個「紅色經典歌曲演唱會」，各地高幹子弟紛紛前去歌詠。見新一代「無產階級革命家」升起，國內毛派無不歡欣鼓舞。然而「打黑運動」枝節橫生，司法界為之譁然，不少海外自由派人士對薄熙來行為的動機和後果，也持嚴重的批評意見。

薄熙來和習近平是中共元老薄一波和習仲勳之子，在黨內的資格和地位，習仲勳與薄一波兩人不相伯仲，習早年與劉志丹、高崗一起組織陝北根據地武裝鬥爭，六十年代受康生製造的「小說反黨案」的誣陷而飽受摧殘。薄一波在延安整風期間長袖善舞，博得毛澤東的長期器重，但在文革中作為「六十一人叛徒集團」之首惡，又被毛澤東和四人幫無情打擊。

毛澤東死後，胡耀邦力排眾議為「六十一人叛徒集團」翻案，薄一波受惠「崛起」後，再次善舞長袖，成為鄧小平特派的「行走」，在中共高層有「一人之下」的囂張。日後在鄧小平、陳雲整肅胡耀邦的「生活會」上竟領頭發動突然襲擊，從而成為中共這一重大歷史敗端中作始俑，因此得了忘恩負義的惡名，叫他晚年幾乎抬不起頭來。反之，習仲勳與胡耀邦肝膽相照，在那次「生活會」上拍案而起，痛斥薄一波，死後留下了清名。

薄熙來和習近平都得了「父蔭」，但習近平的「儲君」位置，比薄熙來的「封疆」職務更為顯赫。輿論認為這與江澤民的提攜有關。然而，眾多高幹子弟唯習近平受江澤民的此般器重，可能源自江對習仲勳的好感，當然也是江對胡耀邦開明路線的間接認同。對於中共的歷史和個人，乃至對國際共產主義運動的「大是大非」，政治輔導員胡錦濤的認識是遠遠不及江澤民的。

但是，習近平去年在墨西哥說西方社會批評中共是「吃飽了沒事幹」，一語笑翻了海外輿論的肚皮。反之，薄熙來有乃父好事之風，他「打黑唱紅」未必是要扶助工農，也未必是要擁護毛澤東，那是凝聚人氣挑戰中共指定繼承人的傳統制度，他是要「當仁不讓」地改變習近平、李克強主持中央工作的未來格局。

如今「胡錦濤時代」很快就要結束了。事實證明，鄧小平隔代指定的「第四代領袖」胡錦濤既沒有智慧，也沒有激情，他對「穩定壓倒一切」的理解，不僅是不變革、不作為，而且還是倒行逆施，乃至還要學習北朝鮮金正日，連許多中共人士都已經看清楚了，胡錦濤已經把中共的機會浪費一盡，他留給中共的遺產只能是「全面腐敗」。

中共「指定繼承人」是為製造「人亡政不息」局面。以當前各類隱患都已突破臨界，「穩定」隨時可能崩潰的局面，中共亟需變革，而且首先必須改變指定繼承人的制度。事實上，在指定繼承人的歷史實踐上，不僅毛澤東失敗了，鄧小平也指錯了，難道還能讓一個庸人來指定一個更平庸的繼承集團嗎？薄熙來挑戰過時的規則是時代的必然，是形勢的需要，也是中共變革的第一步。這一步走得通，是「變則通」，否則「自作孽不可活」。

看來，習近平行事比較平穩，一般人認為薄熙來鋒芒中有「賊心」，行事中有「賊膽」，知道中共歷史的人還對薄一波的往事耿耿於懷。我想，父輩們的行為不應該決定兒子們的未來，一切還須看薄熙來習近平們自己的表現。中國不缺時勢，但缺變數，有膽識的人才能推動時勢，這是我們對中共擇人的期待了。

二〇一〇年四月六日

中國北方諸族研究始末

中國北方諸族對人類歷史進程的影響是巨大的。極端惡劣的生存環境玉成了他們堅韌不拔的意志、卓越的軍事才能和傑出的統治藝術。對東西方文明社會持續數千年的激烈撞擊，使他們的活動成為世界歷史中最精彩和誘人的部分；而中國則承擔了記載他們的史跡的最重要的責任。在過去的六、七年中，我著手了北方民族的語言信息的解析，以及他們與東西方民族血緣關聯的研究，即：尋找他們的「源」，和辨析他們的「流」。

人類之初是從事游牧和漁獵活動的，中國北方諸族的祖先都是從中原出走的游牧和漁獵部落。它們在草原地帶獲得了巨大的遷徙能力；所謂「西戎」是直接出自中原，或是由「東夷」、「北狄」轉徙而成的。東夷、北狄、西戎與中原民族的同源關係，正是今世通古斯、蒙古、突厥語的成份在漢語中舉足輕重的原因。

然而，北方諸族的許多征伐活動都被移接到其他人種名下去了。紀元前出現在東歐和近東的 Cimmerian、Scythian、Sarmatae 人，都被《大英百科全書》說成是伊朗人種的游牧部落；那些出自河西走廊的月氏和烏孫民族也被指認為印歐人種。我則以語言線索為這些人類集團尋到了源頭：它們也是史前期出自中原的戎狄民族。

所謂「民族」，實有「血族」和「語族」之分。遠古時部落隔絕、人口稀少和近親遺傳，使人類的體征和語言發生分離。上古語言往往是在血緣集團內發育完備的，那時血族和語族是一致的。到人類生產和遷徙能力增強時，血緣開始在較大範圍內交叉，遠緣繁殖又使人類體質和智力發生飛躍。而在「強勢部落」和「強勢語言」的影響下，一些大規模的民族，實為語族開始形成，血族的概念則漸漸淡漠。例如漢族就是一個語族，其血緣則早已無法辨析。概言之，人類之初是處於離析的狀態，而近世則處在融合的趨勢中。

今天基因科學如此進步，人類生理、病理和遺傳等艱深問題的解決，都指日可待；而人類對自身由來的認識，卻遙遙無期。近一萬年人類的活動只是它的歷史的最後幾頁，而我們對它的理解則是千頭萬緒。從生命科學的成果來看，不同人類種屬間的基因區別極其微小，而且這種微弱差異又被人類融合的過程稀釋到難以察覺的程度。因此，那些包括傳說在內的歷史記載，必然包含了解決上述課題的語言線索；人文科學在自然科學的強勢進展面前，仍然保有不可與缺的一席之地。

涉及人類學和語言學的北方諸族研究，是西學東漸後才在中國展開的。然而，外人治中國史有條件的限制，中國人理自家史又有傳統的束縛。雙方雖然有不少成果，總體卻不如人意。儘管如此，法人伯希和，俄人巴托爾德，日人白鳥庫吉等，以及國人洪鈞、屠寄、王國維、陳垣、陳寅恪、岑仲勉等，都有專精的見解和著述。

我自幼對這些問題有著濃厚的興趣，然而腦子裡也只是一片混沌，而且從來沒有解決這些問題的打算。是一次偶然的機會，將我引上了這項研究的不歸之路。一九九六年夏天，為識得一個蒙古字之讀音，打電話給蒙古國駐華盛頓大使館求教，商務參贊納蘭胡（意為「太陽之子」）先生竟與我閒聊了兩個多鐘頭。納蘭胡之父是駐節原蘇聯的外交官，因此他長在俄羅斯，受業於莫斯科大學，英俄兩語俱佳；其岳父又是鮮卑史專家，耳濡目染，對於史學亦頗有見解。他告訴我匈牙利語與蒙古語很接近，還說匈牙利國內年輕的一代，正在與傳統勢力鬥爭，認為他們的祖先是來自蒙古的。

納蘭胡寄來一九九五年二月六日《華盛頓郵報》一篇題為Hungry of Their Roots的文章，說的是匈牙利的尋根熱潮。Hungary（匈牙利）與Hungry（饑渴）僅一字之差，該標題實際是英文文字遊戲。這篇〈饑渴〉文章說：

> 在共產主義的年代裡，蘇聯學者支持匈牙利和芬蘭民族是源自於蘇聯境內的烏拉爾山地區，因為這個假設或多或少有利於將匈牙利套在蘇聯的軌道上。但是，新的研究已經開始質疑這個假設，匈牙利人正在朝更遠的東方去尋找他們的文化之源。

這篇文章引起了我的好奇。公道地說，前蘇聯學者的純學術態度是高尚的。匈牙利和芬蘭民族發源於烏拉爾山的理論，是源於西歐學者的早期研究，後來才為芬蘭學者認同，目前則為一些匈牙利和西方學者堅持。對於這個學術觀點，前蘇聯學者也沒有表現出更高的熱情。

比如，美國印第安那大學匈裔猶太人學者Denis Sinor很早移居西方，但他是上述觀點的「權威」支持者之一。布達佩斯羅蘭大學Gy. Kara教授，以及《大英百科全書》也都在鼓吹這種理論。如果說這都是為前蘇聯的政治服務，顯然是荒謬的。客觀一點說，《郵報》是用「戴紅帽子」方法，為匈牙利的一代新人，發他們對行將逝去的一代學術專制的怨忿。

〈饑渴〉一文描繪了一群匈牙利大學生，學習的「中亞學」的熱潮，和羅蘭大學裡的藏語和蒙語課堂爆滿的情景。這篇報導表現美國大報記者善於速成的聰明才智，它不失精確地介紹了Magyar（馬扎爾，即匈牙利）人從東方闖進喀爾巴阡盆地的那段已知歷史，以及關於Magyar人未知祖源的種種說法。它說：

> 一九八六年，中國政府允許匈牙利學者回到烏魯木齊以東三十英里處的墓地從事進行研究。……匈牙利學者在那裡發掘了一千二百座墓葬，他們這些發現出土的文物與九至十世紀間的匈牙利墓葬物相似，墓中陪葬武器的排列，掩埋的方式，以及文字書寫的形式均相一致。著名的匈牙利民族學者基斯利說：」這些地方竟埋藏了人們從未領略過的祕密。」
>
> 在離墓地不遠的地方（按：實際是在甘肅省），基斯利和其他學者們碰到了一個人數很少的，在中國被稱為「裕固」的民族，它與新疆地區也使用突厥語的維吾爾族有所不同。科學家們發現，這個人數僅九千人的的裕固族的七十三首民歌，都是五音階的；

那些被世界著名作曲家巴托克普及了的匈牙利民歌也都是用五音階作成的。（按：這個結果是中國音樂學家杜亞雄教授首先發現的）

基斯利說：「我們找到了最後一個會唱這些民歌的婦女，她唱得就象和我們匈牙利人一模一樣」。基斯利還說，裕固族在若干個世紀以前就皈依了伊斯蘭教，卻依然保存了薩滿教的巫醫治病的傳統。他們所用的念咒語的方式，在十一世紀以前尚未接受基督教的匈牙利也很普遍。基斯利說：「我們認為我們已經尋到了自己的根，但是我們必須回來反覆的確證它」。基斯利說，他認為古匈牙利人不遲於五世紀才離開新疆地區，以後則一路走走停停，經過了幾個世紀，中途又融入了古芬蘭人，演變了他們原先的語言，最後才到達他們今天歐洲的家。

文章還說：

一個名叫尤迪特•色楞格的專修蒙古語的女生，幾年前去蒙古，她感到兩種人民間有無形的聯繫。她在烏藍巴托結識了她後來的丈夫，他們一起回到布達佩斯，都在該大學裡做研究。她說：「我知道匈牙利人不是歐洲人，我們有許多與亞洲人共同的東西，特別是與蒙古人。」

Magyar人的先祖肯定是從東方遷移來的民族集團。如果他們還是一副亞洲人的樣子，問題可能會變得索然無味。也正是因為他們的那種「西方人」的外形，和「東方人」的內涵，及曾經游牧於歐亞草原的無可奉告的歷史，使得假設可以更為大膽，而求證則必須甚為小心。然而，除去科學性以外，還往往牽涉人們的感情；藍色的多瑙河畔的人們，是否會苦思：難道我們會是來自苦旱的蒙古高原的嗎？難道我們的祖先是那些高顴塌鼻的蒙古人嗎？

〈饑渴〉說基斯利教授認為裕固族可能與他們同根；色楞格女士卻更認同蒙古人。裕固族是回紇的後代，他們是在紀元八四〇年後才從蒙古高原中部遷徙到甘肅地區的；而今天的蒙古民族是在十三世紀以成吉思汗的蒙古部為核心融合成的。匈牙利人在九世紀末進入中歐前，還曾在草原上遊蕩了幾百年。如果回紇是其祖，他們應出自蒙古高原；如果蒙古是其宗，他們則應來自呼倫貝爾大興安嶺地方。

經此番啟迪，我興致大發。只用了幾個月的時間，就比較完了半本《英匈字典》和《英蒙字典》，輕而易舉地發現了數百個完全相同的對應辭匯，當時我幾乎已經認定匈牙利人與蒙古民族同源，並準備要寫一篇論文了。然而又一偶然事件改變了我的思路和結論。

一九九六年感恩節，我去洛杉磯省親，在一家中國書店掘得一部《金史》。該書最後一篇〈國語解〉羅列了七十七個女真辭匯，經過幾個星期的揣摩，竟發現女真語比蒙古語還更接近匈牙利語。我開始意識到匈牙利族名Magyar（馬扎爾）就是女真滿族的祖名「靺鞨」（亦作「靺羯」），他們與滿族是同源的。以後又發現了支援這個結論的大量語言證據，一九九七年夏，終於作就了平生第一篇史學論文〈Magyar人的遠東祖源〉。

文章寫成後，先寄給史學家唐德剛先生，德剛先生文章聞名天下，年過八旬而又諧趣風生。據唐夫人說，他接到文章一口氣就讀完了。唐先生在電話裡，用極重的合肥話與我長談，他說：「你的文章是一篇絕好博士論文」，他說自己也曾有過Magyar即「靺鞨」的想法，可惜沒有深入下去。

受此鼓勵，把文章寄給中國國內雜誌，卻遭遇了重重的困難。非議如「不合體例」，或「未曾聽說」，或「某字拼法有誤」，或「匈牙利會有什麼反映」，或「洋人有如何看法」云云；怕見笑於世界，受譏於學界。總之，無自信乃我民族之劣質也。所幸，中國社會科學院歷史研究所中亞問題專家余太山教授，不僅予我許多鼓勵，還竭力四方推薦。他的熱情和真摯，令人感佩。

老朋友趙忠賢教授（物理學家，中國科學院院士）得悉我的文章得不到發表，頗為嘆惜地說到他的一位研究生發現了一個經驗公式，只需有幾個資料，便可確定某種物質是否可能有高溫超導性，在有所舍取後再行實驗，既省錢又省事。該生投稿《中國科學》，竟因「理論不完善」被拒。他轉投美國《應用物理》，卻立即被錄用。現在這個公式已被各國同行廣泛使用。由此可見，中國之學術還在「但求無過」的困境中徘徊。

民族研究所所長郝時遠教授主編的《世界民族》雜誌，於一九九八年第二期刊登了這篇長文。後來《文史》、《歐亞學刊》、《西北民族研究》、《滿語研究》刊出了若干後續文章。

一九九九年，韓國、芬蘭、土耳其學者主編的《國際中亞研究》（International Journal of Central Asian Studies）全文發表了它的英文稿。二〇〇一年在布達佩斯講演引起了匈牙利學界的高度重視；是年底該國TURAN雜誌又將它譯成匈牙利語全文刊出。顯然，任何學術成果的認識和傳播，都是要消磨時間和耐心的。

中國敦煌吐魯番學會秘書長、中華書局漢學編輯室主任柴劍虹教授，很早就與我約稿成書。但線索一旦展開，潮思如湧，很不容易收斂；有的文章殺青了，又言猶未盡。拖了很久才決心打住，給自己留了一條出路。二〇〇二年五月拙著《中國北方諸族的源流》以《世界漢學論叢》之一部面世了。

同年六月一日，我去紐約參加司馬璐先生召集的「胡適之討論會」，結識了主講人周策縱教授。策縱先生是德剛先生的摯友，第二天我們同車往訪四月間中風，腦部受損的德剛先生，開門時他竟問周先生：「你找哪一位？」這鉤起我心中一番酸楚。畢竟一代文豪睿智猶存，入座後就記憶恢復，妙語連珠了，談的都是名人昔事，唐夫人吳昭文女士說交談有助病人康復。回來的路上我把書稿給了周先生，他一路就讀了起來。我說準備出一本「繁體本」，希望他能寫一篇序言，他說「文債」太多，不知有無時間，回去再細讀一遍。可這一「細讀」，就耗去了周先生四個多月的時間，他不僅把書中的錯字別字，文句缺失，注釋編理的問題一一找了出來，還「刁難」了我許多問題。

是年十月間，八六高齡而虛懷若谷的周策縱先生，才一絲不苟地將〈原族《中國北方諸族的源流》序〉作就了。文中將突厥民族「以箭匯族」的部落結構，和滿洲以「牛錄」（滿語之「箭」）為元胞的「八旗」組織，與甲骨文的「族」字是「旗下集矢」的現象融會貫通，指出北方諸族的確是從中原出走的。學術大師的這種集文字學、歷史學、民族學的高瞻遠矚，自是我輩靈感與學力之所不及的了。二〇〇三年，北京《讀書》雜誌和臺北臺灣《歷史月刊》分別刊登了他的這篇文章。

中國傳統學術和西方學術間的區別在於目標之差異。幾千年來，中國讀書人都是以訓練背誦和注釋經典的能力，來達到做官行政的終極目標；結果往往是學貫滿盈，而見地不足。然則，西方學者卻能大膽假設，雖時有疏於求證的結論，而探新的優勢倒在他們的手中。就北方諸族研究而言，中國史料有必須被徵引的機會，而中國學者之說卻難有登堂之譽。面對西人的大膽宏論，國人只有求證的本份。

中國傳統學術的弊端，可從古代學者顏師古和胡三省的名字看出端倪，「師古」有杜絕創新之意；「三省」有主觀唯心之嫌。這種傳統決定了中華文明有前期的燦爛，繼而有後期的守拙。近百年來，在西方學術進取優勢面前，我國學者缺乏自信；精通西學方法者少，而迷信西學結論者多。歷史、語言、人類學的研究，則在「傳統的」和「別人的」雙重遊戲規則中，糾纏於咀嚼式的考據。那些本該由自己作出判斷的重大課題，卻都謙讓給別人去說了。

比如，由於漢字系統非表音的性徵，使「語言學」和「文字學」的分野在中國長期未能界定。西方科學方法入傳以後，這一問題仍未理順。瑞典學者高本漢構擬的漢語「上古音」又誇大了漢語語音的變化。然而，這些尚待檢驗的假設又成枷鎖，使我國學界對漢語語音的延續性愈具疑慮，對上古文字語音記載，或懷疑一切，或避之猶恐不及。通過語音信息對上古歷史的研究領域，竟而被誤導到幾乎完全「失聲」的狀態。

就歷史科學來說，繁瑣考據的時代應該結束了。前人沒有留下更完備的史料，也是「歷史」的一部分。這個無法抱怨的現實，為我們留下的是一片施展思辨、想像和洞察的廣闊空間；而「過去」既沒有必要，也沒有可能去精確地重現了。歷史科學應該去解析現成的史料，發現新證據，調用新方法，來重構一個較合理的模型，去逼近人類社會的各個真實過程。

這次，臺灣《歷史月刊》社長東年先生，又命我寫幾篇文章，準備出一期關於中國北方民族研究的專輯。我首先以這篇〈中國北方諸族研究始末〉來介紹本人學術研究之樂趣，並表達對前輩周策縱先生、唐德剛先生和臺灣《歷史月刊》編輯部的敬仰和謝意。

原載臺灣《歷史月刊》二〇〇三年六月號

二〇〇六年三月三日修改

炎黃的子孫是戎狄的兄弟

——「犬鹿說」討論會上的書面發言

芒牧林教授的亞洲民族起源的「犬鹿說」是應用比較語言的一個探索。我在拙著《中國北方諸族的源流》中提出，北方諸族是從中原出走的想法與芒先生的說法有些差異，但「中華民族同源」的結論卻完全一致。

事實上，不僅蒙古人種是同源的，世界人類也是同源的，他們在向全球各地遷徙時，離析成了不同的種族。近四、五千年來，人類發展主流是「融合」；但在數以十萬年計的遠古，主流卻是「分離」。那時孤立族群的人數很少，反覆的近親乃至直系親屬間的繁育行為，造成了不同群體間的體徵差別。兼之於自然競擇，體質和智能上的弱勢群體被淘汰，於是形成了若干不同的強勢「人種」。

今天，世界上不同種族間是沒有生育壁壘的。這說明儘管人類的體徵、膚色和面目都發生了區別性的變化，但他們的遺傳基因卻幾乎是完全等同的。這個現象當然只能用「同源說」才能解釋，人類都是源自「非洲智人」的學說，就是詮釋這個現象的理論。幾年前，我訪問過民族研究所，發現許多學者對此還有疑慮，似乎支持「多源說」的不很少，贊同「同源說」的不很多。用開玩笑的話說，在中國學術界「周口店人」與「非洲智人」還在打架。

芒牧林教授提出的「中華民族同源」，大約是一兩萬年前發生於亞洲東部的事情。因此，它未必需要十數萬年前「人類源自非洲」的支撐。儘管，我認同世界人類都是從非洲走出來的，芒牧林教授認為亞洲人類祖先是獨立發源於東北亞的；但關於十萬年前的遠古爭議，大可不必影響我們的祖先在一兩萬年前是同源的共同立場。

任何「同源說」都是有人要反對的。白人至上主義者反對「非洲智人說」是在所不惜的，大漢族主義者也不會認同自己與「戎狄」是同源的。當然，成吉思汗的後裔「黃金家族」未必認同在黃土地上挖泥巴的農業民族。人類群體的「自我感」和「優越感」無處不在，這是障礙真理認識的主觀原因。

現代基因科學出現前，研究人類源流的主要工具是「比較體質人類學」和「比較語言人類學」，兩者相輔相成，成果相得益彰。例如，體質相近的「印歐人種」，被證明他們的語言也是同源的。一年多前，《紐約時報》報導，西方比較語言學家和分子生物學家在某個人類學研究上得出相同的結論，榮譽究竟應該歸誰呢？這至少說明，基因科學證明的結論，往往是比較語言學家曾經預言的。

比較語言學的手段在西方常用，成就斐然，但在中國卻是久久不敢嘗試的；中國人少用了一個方法，自然也就吃了一個大虧。西方語言學進入中國後情況開始變化，其標幟性事件是瑞典漢學家高本漢（Karlgren 1889-1978）研究古漢語的方法性貢獻，趙元任、李方桂、羅常培共同翻譯、注釋和補訂了高本漢的《中國音韻學研究》影響極大，是方法上開始現代化的漢語「語音學」或「音韻學」。

高本漢、趙元任、李方桂、羅常培、張琨等最重要的結論是：發現了漢語與藏緬語之間的關聯。他們做了許多基於「中古音」的反推，或「詩經韻」的歸納，以及與廣州、客家、福州等方言的比較，乃至對日譯吳音、日譯漢音、朝鮮借詞、越南借詞的語音調查。他們從傳統訓詁學的「循環音訓」跳出來，開始了將中原漢語與異方言和異語言進行「外向比較」，這些都是了不得的成就和學問。

王力的《同源字典》是一部簡明而受重視的語源學研究成果，它包含了清代文字學（乾嘉小學）和現代漢語語音學的成就。但是，他構擬的古音不少是「陽聲」或「收聲」音，隨便舉兩個例子：「厲」作 liat，「制」作 tjiat，讀起來很像廣東話。廣東話與藏緬語的確有許多接近的特徵，因此前輩們很重視用廣東方言與中原漢語作比較，他們構擬出來的「漢語上古音」也就帶廣東腔。他的研究是重要的，但不少猜測（或假設）未必是百分之百正確的終極結論。

不帶偏見地去認識中原古族的血緣和語言，認識它們融合和變遷過程，是尋找漢語語源的基本。然而，大師們把「三面七方」的語言或方言都找到了，唯獨對「北方」毫無注意。漢語是由中原古代語言轉化來的，但是中原古代語言是什麼語言呢？至少，他們不認為是與北方民族使用的突厥、蒙古、女真諸語有關的。所以，他們的方法雖然是對的，但其構擬的「上古音」是有嚴重的方向性缺失的。

漢語與北方民族語言之間的關連證據是豐富的。如「水」和「土」與突厥語su和toprak相關；「天」和「氣」與蒙古語tengri和hi相關；「嶺」和「雨」則源自女真語alin和huur的。因此，「水、土、天、氣、嶺、雨」等漢語基本詞彙的原發讀音與現代漢語沒有重大差別。

山嶺的「嶺」字是滿語alin的縮音是「有書為證」的。《史記・吳太伯世家》就有「吳王不聽（伍子胥的話），遂北伐齊，敗齊師於艾陵」的記載；而《金史・國語解》則說「阿鄰，山」。齊國是上古東夷地方，其地名「艾陵」正是女真語「阿鄰」，上古東夷語言可能就是一種女真語方言。

toprak、tengri、alin縮并為「土、天、嶺」，就是多音節的阿爾泰語詞彙朝單音節的漢語轉型的範例。這個轉型期至少經歷了夏、商、周三代，甚至上萬年；可以判定在象形文字創立時，漢語基本形態一定已經穩定了；如果那時中原地區仍然使用多音節語言的話，中國文字會走拼音文字道路的。

以現代語言分類來看，上古中原居民的主體是使用突厥、蒙古、女真語的；而使用藏緬語的南蠻部落也不斷進入黃河流域，其簡單名瞭的藏緬式語言不斷取勝而形成了「漢語／雅言」。那些出走北方的部落保留使用突厥、蒙古、女真語，而更多的弱小部落語言被兼併或湮滅了。中國第一部字典《爾雅》是一項「搶救中原瀕危語言」的工作，它把這些原始語言的某些語詞紀錄下來了，但往往只用漢子記了一個音節，還不難洞察其中大量與突厥、蒙古、女真語有關。

古代中原「阿爾泰諸語」曾占優勢是有根據的。「夏曆」是夏代或夏部落制訂的，夏部落曾是中原部落的盟首。夏曆十二生肖的「申酉戌亥」四字中的「申」和「亥」二字，就是蒙古語的「猴／samz」和「豬／gehai」；因此，發明夏曆的夏部落最可能是說蒙古語的。《史記正義》和《史記索隱》又注釋「舜」的母親之名是「握登」（《史記》第三十二頁），其恰為蒙古語「夫人／合敦」，再次證明這一事實。

再來看商部落的人名，宋國國君是商紂王的後代，宋國亡國之君叫「頭曼」，與匈奴單於「頭曼」同名。「頭曼／tuman」是女真語的數詞「萬」，漢語的「萬／man」是tuman的縮音。Tuman也是部落名，俄羅斯境內有個共和國叫「圖曼」，過去也譯作「土文」。族名常轉化成姓氏、人名、稱號或地名，匈牙利有Tuman氏；突厥人有「土們可汗」，中朝邊界有「圖們江」。商部落與北方民族的同源的證據還不勝枚舉，顧頡剛先生早就說它是「鳥夷」，事實上它是一個崇奉「鳥圖騰」的通古斯部落。

周部落的情況也一樣，它的許多統治人物都有著蒙古或女真人名。例如，「納蘭胡／Naranhuu」是非常普通的蒙古人名，意為「太陽之子」。《史記・周本紀》裡的諫臣「芮良夫」即是「納蘭胡」。又如，武王伐紂時的「師尚父」，勸阻穆王伐犬戎的諫臣「謀父」；人名「師尚」就是「息慎」，「謀父」即是「靺鞨」，它們都是女真族名轉化來的人名。今天，蒙古族叫「木合」的人還很多。

秦部落是戎狄是很明顯的事實，陳夢家說秦部落也是鳥圖騰部落。秦始皇「嬴政」和雍正皇帝「胤禛」，只是同音不同字而已；它們就是女真蒙古人名「按春／按陳」的僻寫，都是「金」的意思。又如，商鞅改革秦國政事很有成就，被封為「大良造」。蒙古語「大海／далай／далайн」，далай常譯「達賴」，далайн就是「大良」，商鞅是被封作地位很高的「大海官」的。

因此夏、商、周、秦四代統治部落的語言，統統與北方民族語言有關；有如此證據確鑿，「炎黃的子孫」還能不是「戎狄的兄弟」嗎？

漢字系統是為中原「官話／雅言」設計的，其為「象形文字」實為「圖形文字」，其目的在於「表義」，因此可為任何語言使用，但廣東、湖南、福建，乃至日本、朝鮮、越南……對每個漢字都可以有自己的「訓讀」。高本漢、趙元任、李方桂、王力等人採用外方音訓來研究「漢字古代讀音」，但是這種比較應該是全方位的。然而，他們對廣東話的特殊偏愛，和對北方民族語言的完全漠視，使一些人產生古代中原漢語更接近廣東話的謬見。芒牧林教授舉證某些漢語辭彙的蒙古語源頭，是「糾」了這個「偏」。

二十世紀來，中國文史研究的進步可以歸納為三方面。首先，甲骨文獻的發現，改變了一部分傳統的學術方法，以王國維為代表走出了「以書證書」的死套，以識別甲骨文開始了「以物證書」的方法；而顧頡剛又啟動了現代「疑古論」，為考古學和考據學提供了刺激性的動力。王國維和顧頡剛是立足於解決中國特殊問題，思想新穎的兩位偉大學者；當然傳統文字學對他們研究也是有很大幫助的。

其次，馬克思主義的階級鬥爭歷史動力學，和社會發展的階段說，在郭沫若、翦伯贊、侯外廬、呂振羽等人引介下進入中國，令國人大開眼界，從此中國史學有了研究社會發展的大綱。而且馬克思主義經典作家除了對階級鬥爭有認識，對人類的起源、語言和民族問題，也多有生動的論述。但是，教條主義的對號入座的方法，和只有「必然性」沒有「偶然性」的結論，使它失去了活力。

第三，留美的胡適還提出了「大膽假設，小心求證」。然而，這面面俱到的「方法論」式的口號，並沒有對中國學術起了實際的幫助。因為傳統學術的考據，本來就非常小心，甚至非常煩瑣；乃至反對新事物的人，總可以說別人走老路走得還不夠小心。當然，胡適也不可能告訴我們：線索在哪裡？方法是什麼？學術就是探索，就是求新；每個人的路都要自己去走，沒有現成的通向學術殿堂的道路。

「中華民族同源說」是一個大膽假設，而且又有求證的比較語言研究，結論可能會有所調整，但格局是大的，方法是有效的。他已經走出了一條有別於「以物證書」，更有別於「以書證書」，卻「以比較語言求證人類同源」的道路。希望芒牧林教授的學說最終還能被基因科學證明。

二〇〇五年一月三十日

中華書局張進女士宣讀

為中國史學的實證化而努力

我研究北方民族只有十年功夫，之於畢生從事某一課題的專家來說，十年只是樂在其中的瞬間。然而，大陸版的《中國北方諸族源流》和台灣版的《秦始皇是說蒙古話的女真人》在海峽兩岸冷寂的學術類書籍市場中都得到了熱情回報，這對於涉史不深的我來說，自然是非常鼓舞的；而對於通篇的離經叛道，讀者產生分裂的意見也是不奇怪的。

批評意見主要是關於我的方法，即利用比較語言來達成對亞洲人類遷徙的認識。這種批評的根據可以總結為：漢語是用圖形構造的漢字記載的，它們是表義不表音的，每一個漢字在各個時代的讀音也未必是一致的，因此用漢字記載的語音資料，如人名、地名、族名，都必須逐字逐代地辨認其讀音。而這樣的工作已經為古代訓詁家和西方漢學家完成了。

一位語言學者建議我常備一本高本漢（Bernhard Karlgren）的《漢文典》（Grammata Serica Recensa），他說：「大多數漢字的上古和中古讀音及其轉換規則都可以在裡面查出來。對這些讀音的理解不是靠現代方言能夠取代的。歷史語言學就像文科裡面的理科，自有其嚴格的科研規範，音轉規則就像數學公式，其間並沒有給我們留下多少想像的空間。」言外之意是：關於一切漢字讀音的「正確」結論已由前人製造完畢；而我們的任何努力都只能是產生「謬誤」了。

事實上，這不是什麼「科學規範」而是一種「文化意識」，科學是要打破思想的禁錮，而這種意識卻是要固化人們的思想，因此它一定是科學的敵人，不幸它又是中國文化的傳統。在二十世紀中國學術也發生過一些變化，但其主流是從「迷古」轉為「崇洋」。如果後者是採用西學方法也好，不幸的又是大部分人只是接受的西方人的個別結論；而一旦接受了它們，又企圖把它們固化起來。

上一世紀，由於比較語言學方法的應用，「漢藏語系」理論很有斬獲。高本漢、王力等對漢字古代讀音的研究，或對漢字上古音、中古音的「構擬」，是將中古韻書作了拉丁化注音和有限程度的反推，其中還有若干主觀的和不妥的成份。譬如，認識漢語與藏緬語的關係後，人們還開始注意到粵語比官話更接近藏語（如「九」的讀音），於是他們的「構擬」便朝廣東話傾斜，近年還有古代洛陽話更接近現代廣東話的說法。事實相反，《尚書》《詩經》中的蒙古語成份表明，中原曾經是阿爾泰語言的天下。

推行實證的手段，之於中國學術非常重要。譬如，匈奴首領的稱號「單于」俗讀 chan-yu 已久，我認為它應直讀為 dar-ghu 即與中原王侯之號「大禹／大父／唐堯／亶父」同音，而《漢文典》和《同源字典》也都說「單」字的古音是 tan（實為 dan）；《漢文典》還給出「單」字的七個出處：

《詩》俾爾單厚；

《禮》歲既單矣，世婦卒饎；
《書》乃單文祖德；
《左》單斃其死；
《禮》鬼神之祭單席；
《詩》其軍三單；
《書》明清於單辭。

其實，這些出處都是「單」的「字源」而非「音源」，它們無一能成為「單」字讀chan而不讀da／dan的根據。

對於「單」的讀音可有兩個非漢語的證據。其一，《漢書・匈奴傳》說「單于廣大之貌也」，蒙古語是匈奴語最重要的成份，蒙古語「廣闊」一字是del-ger，因此「單」的聲部應是d而非ch。其二，《三國志・魏書・東夷傳》說「沃沮……在單單大領之東」，「大領」就是《金史・國語解》說的「忒鄰，海也」，「單單大領」就是「韃靼海」（今日本海），這是「單」讀da的又一證據。

西人高本漢和國人王力的工作是重要的，乃至可能是偉大的，但遠非是完備的，後人還是有補充和改良的空間的。譬如，高本漢意識到《詩經》《尚書》不是最古的漢字字源，因此他還在《漢文典》中盡力列舉了許多甲骨文字。然而只把它們當做「意符」，是不能解決漢字字音問題的。本書前言說到：

> 甲骨之「帚」字是「婦」，早已被郭沫若破解；但甲骨氏族名帚好、帚妻、帚妹、帚妊、帚白、帚姝中的「帚」是音符，還是意符？始終沒有正確的理解；如果我們能有語音實證的自覺意識，它們不是「回紇」、「兀者」、「烏馬」、「斛律」、「悦般」、「惡來」，又是什麼呢？

而司馬遷還遇到過更古老的語言或文字，他在〈五帝本紀〉結尾時說：

> 太史公曰：學者多稱五帝，尚（上古）矣。然《尚書》獨載堯以來。而《百家》言黃帝，其文不雅馴（訓），薦紳先生難言之。

我以為「雅言」或「雅馴」是指後來形成的漢語或官話，而記載黃帝事蹟的《百家》是「前漢語」或「非漢語」時代的著作，它最可能是用漢字記載的非漢語的故事，那種上古中原的語言應該是後世北方民族的語言。

上世紀甲骨文字的成功解讀，中國史學的實證化有了長足的進步。而顧頡剛、傅斯年等人在揭示商族是「鳥夷」的同時，也認識到商族與東北「鳥圖騰」民族的關聯，從而把東方歷史人類學推進到幾乎破局的邊緣，然而他們未能竟功。其中一個表面的原因是，他們未能進入現代比較語言學的實證領域；而更本質的原因則是，他們沒有意識到中原地區曾經有過一個漫長的「戎狄時代」。

顧頡剛是二十世紀有大膽思想的先進人物，但他依然是因循著傳統觀念來校點《史記》的。以〈秦本紀〉的「[武公]十年，伐邽、冀戎，初縣之。十一年，初縣杜、鄭。滅小虢」為例，「邽」「冀」既為戎狄，為什麼就不能是雙音節族名「邽冀」，而非要將它們斷成兩個單音節族名呢？而這樣的中斷點遠非只此一例。

《後漢書．西羌傳》又有「渭首有狄、豲、邽、冀之戎」的記載，為什麼「邽」「冀」又糾纏在一起呢？依我看「邽冀」就是「女直」，「杜鄭」就是「突厥-n」；而「小虢」與傳說人名「少昊」相關，或是同傳記載的族名「燒何」，或是流徙歐洲的匈牙利姓氏Sáhó（音xia-ho，匈牙利語s讀x，sz讀s）等。

顧頡剛以「疑古」成名，其實那並非真是「疑史」，大多只是「疑書」而已，即質疑成書的時代或作者的真偽，但這之於愚昧的「敬書」傳統，卻很有叛逆的意義。「懷疑」是「實證」的動力，而「疑書」也推動了「證史」的熱情。今天，史學家李學勤的工作大都是「證史」，顧先生生前很器重這位弟子。然而，一些信奉了「疑古」精神的先生，卻以為「證史」是反對「疑古」先聖的大逆不道。

科學是知識的進化系統，即基於一些認識背景和方法，不斷達成新的認識，並成為新學科和新手段的生長點。傳統學術只求「知」不求「識」，既不清理，也不外延，於是成了一堆垃圾，而那些鑽在垃圾裡「掏來掏去」，「倒來倒去」或「叨來叨去」的人，就是所謂「朽儒」了。現代出現了幾個比較傑出的人才，一些比較像樣的成果；立刻就會有一些人將他們捧為「聖賢」，把他們的成果固化起來，從而讓學術思想就此再止步五百年。

語言學是人類學的當家學問，然而中國語言學者卻大多成了文字學的奴隸，本書是為涉及中國人類源頭的史學實證化作的一個努力，我想以一個外國小故事來結束這篇結束語。那是幾年前發生的一場小小的「爭名奪利」，紐西蘭某大學的分子生物學家採用基因手段證明了某些土著部落的血緣關聯，而該校的一些語言學家們聲稱，他們早在許多年前就預言過這個結論。希望有朝一日中國語言學家也能認識到自己的偉大功能。

二〇〇八年一月六日

法國總統「薩科齊」是「少皞氏」

有人拿法國總統尼古拉斯・薩科齊（Nicolas Sarkozy）與拿破崙相比，不僅是因為他們都長得短小，還因為拿破崙來自外島科西嘉，薩科齊的父親保羅・薩科齊來自異國匈牙利。我曾經說匈牙利民族的祖先可以追溯到以女真為代表的中國北方民族，以這位法國總統的匈牙利父系家世，可以進一步闡明這個結論。

外祖父是來自希臘的猶太人

薩科齊總統年幼時父母離異，保羅・薩科齊拒絕撫養他的三個兒子，因此孩子們是在外祖父本鐸・馬拉（Benedict Mallah）的關愛下長大的。本鐸・馬拉是從土耳其統治下的希臘薩洛尼卡（Thessaloniki 或 Salonica）移民來的猶太青年，遠祖則是出自西班牙，他在自由開放的法國習醫，娶妻後皈依了法國天主教，後來在巴黎懸壺成名。在納粹佔領法國時，馬拉家族有五十七人被殺害。

因此，法國總統薩科齊最多只有四分之一的法國血統，而他的姓氏還表現了鮮明的匈牙利背景；但是每當有人以他的移民背景來質疑他的排外立場，他會毫無閃爍地應對「我是一個法國人」。從文化背景和從政治立場上看，薩科齊是不折不扣的法國人，而我們也只對他的血緣有興趣，那是與他的政治立場毫無干係的事情。

「蒲察」和「拓特」都是女真姓氏

保羅・薩科齊原名 Nagy-Bócsay Sárközy Pál，他姓 Sárközy 名 Pál，前面的 Nagy 是匈牙利語的「大」字；Bócsa 是一個匈牙利姓氏，也就是《金史・百官志》裡的女真姓氏「蒲察」。因此他是「大蒲察部落的薩科齊家的保羅」，這種歸屬表達就象中國人說「北京的張家的小三子」，是東方人從大到小思維習慣。保羅歸化成法國人後把自己姓名顛倒成從小到大的 Pál Sárközy de Nagy-Bócsa，他的滿洲部落籍貫 de Nagy-Bócsa 就還有了一點 de Gaulle（戴高樂）的高盧味道了。

保羅的母親叫 Csáfordi Tóth Katalin，她的娘家姓氏 Tóth 是匈牙利頭號大姓，也就是《金史・百官志》記載的女真姓氏「拓特」。這個拓特家族出自 Csáfordi 部落，匈牙利文的 cs 讀 ch，因此 Csáfor 就是中國歷史《魏書》裡的鮮卑姓氏「乞伏」，而法國總統的祖母就是「乞伏底部落的拓特家的卡塔琳」。

保羅・薩科齊的祖輩是的「二等貴族」，匈牙利帝制時代貴族等級約占人口的百分之五，他們大多是Magyar各部落的強人後裔，「大蒲察」和「乞伏底」大概就是這些來自遠東的部落中的兩個。舊時「大蒲察部落的薩科齊家族」在佩斯城東92公里處的Alattyan村有一個莊園，薩科齊選出候任時《紐約時報》記者造訪了這個「有兩千條靈魂」的村莊，說總統家的根已經被兜底拔掉了（uprooted）。

薩科齊的家世離亂

匈牙利曾經是一個疆域可觀的中歐強國，一八六七年開始成為舉足輕重的「奧匈二元帝國」的一元，因此也就成為第一次世界大戰的元兇，一九一八年戰敗後帝國崩析，匈牙利和奧地利雙雙淪為蕞爾小國。二次大戰前匈牙利又試圖崛起，與希特勒的德國結了盟，結果匈牙利第二軍團在斯大林格勒與德軍分食敗果，二戰的結局使匈牙利更加不得翻身，蕞爾小國成了前蘇聯麾下的一個衛星國。

歐洲多有戰亂，薩科齊家族也少有快樂，一九一九年羅馬尼亞佔領軍把薩家莊園的屋舍焚為平地，一九二八年保羅・薩科齊出生在布達佩斯，三十年代薩家變賣了老家的田產，父親是縣城Szolnok的一名民選小吏，一九四五年他們舉家逃往德國，當年又返回家鄉，不久父親就死去，卡塔琳媽媽擔心兒子被征入匈牙利人民軍，還怕他被流放到西伯利亞，於是唆使他出逃西方。

保羅・薩科齊在兒子的像前

那時從匈牙利去奧地利，大概就象五十年代初去香港一樣方便。保羅經過奧地利來到了西德巴登巴登，法國佔領軍總部就設在這個德法邊境的小城裡，他在那裡參加了法國外籍兵團，立刻就被送到阿爾及利亞去受訓，原本他是要去印度支那打仗的，但是一位當軍醫的匈牙利同胞幫了他的忙，或者為他作了弊，軍醫讓奠邊府的包圍圈裡少了一粒匈牙利炮灰，但為法蘭西共和國保全了一位總統的父親。

一九四八年，從外籍軍團解役的保羅・薩科齊以平民之身登陸馬賽，於次年結識法學院女生安德麗・馬拉，兩人婚後定居在巴黎，五十年代一家人連生貴子。保羅・薩科齊也是一個精明人，成了畫家還經營廣告生意；但是他一生連連換妻，總統似乎也有乃父之風。本文不想敘述薩家的這些瑣事，花邊新聞就此剪段不續，言歸正傳討論薩科齊的家世。

錫伯族裡有「薩孤氏」

匈牙利姓氏Sárközy按法文或英文可讀「薩科齊」，但匈牙利文的s讀sh（或中文拼音的x），讀來應如「夏科齊」。任何語言裡都經常發生s-sh的音轉，譬如漢字的「廈」就兼有

「薩／夏」二聲，故爾「薩科齊／夏科齊」都是可取的讀音。

中國北方民族也有與「薩科齊／夏科齊」相關的姓氏。新疆的錫伯族是清代從東北遷去戍邊的，至今許多錫伯族同胞還識滿文說滿語，新疆人民出版社出版的《錫伯族姓氏考》用滿、漢兩種文字記載了六百多個包括變寫在內的錫伯姓氏，其中第五九七個即是「薩孤氏」（滿文是「薩孤・哈拉」），「薩孤」正是「薩科」。但是，為什麼Sárközy又比「薩孤」多了一個尾音zy呢？

「蒙古」為何是「萌古子」？

類似的現象是北宋《三朝北盟會編》記載的「萌古子」和「萌骨子」，所謂「三朝」是北宋末年徽宗、欽宗、高宗三個皇帝的時代，《會編》收集的是其間與金國交涉和戰的史料，那時蒙古部落正在興起，中原和蒙古之間隔了一層金國的屏障，北宋關於蒙古的信息大都是從參加和議的金人那裡聽來的，因此「萌古子」和「萌骨子」就是女真語裡的「蒙古」。

北方族名「蒙古／僕骨／回紇／薩孤」中的「古／骨／紇／孤」（音gu／ghu）等字，本來是蒙古原語中的「部落／家族／種族」，漢語承繼為「家／國」（音ga／gu）。明白了這一層道理，那麼《漢書・西域傳》記載的中亞族名「塞種」就是「薩孤」的意譯，西方歷史記載的古代游牧族名Saka／Σάκαι則是它的音譯。

而族名「女直／月氏／月支／白翟／赤狄／萌古子」中的「直／氏／支／翟／狄／子」等字（兼音ji／zi）是上古通古斯語中的「氏族」，後來成為漢語的「氏」（轉音si／shi）。既然女真人可贅言「蒙古」為「萌古子」，當然也可以把「薩孤」添為「薩孤子」，那就是匈牙利姓氏Sárközy。

「薩科齊」就是「少皞氏」

匈牙利還有一個小姓Sárhó，它與Sárkö只差h／k間的輕微音變，讀音就是《五帝本紀》中的史前中原姓氏「少皞」或人名「少昊」，或《漢書・西羌傳》的族名「燒何」（擬音xiaho或xiaoho）。這樣一路追蹤下去，不難發現匈牙利姓氏Sárközy是根在黃河流域「少皞氏」，它流出了中原就成了「戎狄」，走得最遠的今天還當上了法國的總統。

二〇〇九年七月二十三日

本文曾經被近一百個網站轉載

被多個電視新聞報導

「官話」發生在哪裡？

——兼答廣西桂柳話為何是四川話？

學淵老師：我的母語是屬於西南官話的廣西桂柳話。六十年代我還是一個少年，在武漢可以毫無障礙地與當地人進行交流，就覺得很奇怪。一九九七年，到哈爾濱與一位中醫同行交談，交流也很順暢。我以為他是用普通話與我交談的，於是請他講哈爾濱本地話來聽聽，他說他講的就是哈爾濱話。然後我用桂柳話說：「我在祖國的最南方，你在最北方，語言居然這麼親近。」還問他：「你能夠聽懂嗎？」他說「懂啊，沒有什麼不懂啊。」於是，我就產生了一個問題：哈爾濱與廣西相隔遙遠，而廣東就在廣西旁邊，但對桂柳話來說，哈爾濱話更親近，這是什麼原因？聽說民國初年有人主張用西南官話做「國語」，那不是很不錯嗎？在這個方面，老師能給鄙人一點指點嗎？山野鄙人敬上

答山野鄙人先生

我也是在抗戰年間出生於桂林，兩三歲時就去了四川，後來在上海長大，當然對桂林就毫

無概念了。一九六六年，我大學畢業分配到四川某縣教書，與幾位同事和學生趁文革之亂外出串聯，途徑桂林，聽到火車站的大喇叭說「桂林人民廣播電台」居然與四川話一模一樣；後來還發現武漢話與川東話非常接近，這是我認識「桂柳話」是西南官話之始。

撇開各種小方言，西南官話較北方官話更加統一，現代西南官話的代表是四川話，它與普通話（標準「北方官話」）所有單字聲韻（輔音和母音）幾乎完全一致，區別僅在「三聲」與「四聲」的顛倒。因此西南官話不僅與各種北方官話方言互懂，甚至更接近的普通話。在四川工作時我也聽說民國初年有人提議以西南官話為國語，那不失是合理的建議；但中國人一般認同華夏文明源於黃河流域，歷代國都大都在北方官話區，採取北方官話中最典雅的北京話為國語，或許更合乎歷史與情理。

而你的問題的實質是，廣東廣西素稱「兩廣／兩粵」，但廣西北部桂柳話非但與粵語不能互懂，反而與貴州、四川的西南官話方言高度一致；隔開一個湘語區與湖北荊楚方言（武漢話為其一種）遙相呼應。這是什麼原因造成的呢？

「官話」是世界上不多見的大一統語言，因此它一定是發生於某一地方，而傳播至各地的。即如，英語只發生於英倫一島，卻傳至美加紐澳，乃至泛及世界。我以為，河南南陽和湖北襄樊接近湘、贛、吳方言區，上古當地的阿爾泰語言受這些稍南的藏緬式語言的影響而發生了「官話」；而屬於「北方官話」的豫方言和屬於「西南官話」的荊楚方言又是在該地區分化而成的。

其後數千年，兩系官話在北方和西南取代了各阿爾泰語種和其他弱小語言，而成為中國的主流語言；而其「一音多義」的特徵必須用圖形文字表義，由此可以推定：在甲骨文或更早的象形文字發生前，藏緬式的官話（雅言）就已經成型了。

我曾以〈尚書和逸周書中的蒙古語成份〉，〈禹貢中的蒙古語成份〉，〈逸周書王會解中的通古斯女真民族〉等諸篇文章，求證黃河流域的上古人類是後世北方民族的同類，並斷言這些上古篇章先以蒙古語流傳，被記錄下來的是它們的雅言譯文。

西南官話諸方言的聲韻和聲調高度統一，雲貴方言應源自四川方言，而四川方言則是荊楚方言延漢水的西向延伸，陝南漢中、安康方言不應來自四川，而應源自湖北。

古文獻關於「巴／蜀」先民的血緣和語言的記載不多。但成都附近「三星堆文化」的鳥圖騰特徵，四川多「氐／姜」等姓氏，現代川北羌族的薩滿教習俗等跡象，表明「蜀人」有氐羌或女真的血緣成份，蜀人說西南官話是後來的語言現象。

若干西南少數民族的北方民族血緣，十幾年前已為現任復旦大學副校長金力和人類基因學家宿兵等的基因實驗證明；而《史記・西南夷列傳》又早已為此埋伏了線索。司馬遷說雲貴先民「夜郎、靡莫、邛都、滇」等部落「此皆魋結」，其中以「夜郎最大」。司馬遷又說川西部落：「自冄駹以東北……白馬最大，皆氐類也」。

其實，「魋結」是「女直」，「夜郎」是「挹婁-ng」；而東北女真語薩滿神歌之「白馬／yalu」正是「挹婁」（宋和平《滿語薩滿神歌譯注》，中國社會科學出版社，頁二四五）。

因此從音從義都表明西南夷之首「夜郎／白馬」都是「挹婁」。事實上，今世彝族之名和雲南地名「彝良／宜良」都是從「夜郎／挹婁」而來。

西南夷的內涵是複雜的，但其主體是以「氐／魋結」為名的女真民族，雲貴川三省的彝族，大理白族，迪慶藏族、麗江納西、茂汶羌族，白馬藏族，嘉戎藏族都是西南夷後裔，今天他們大部分已轉化為使用西南官話的漢族。

關於西南夷的語言，我曾以〈後漢書遠夷歌的蒙古語信息〉一文，求證岷山以西的「遠夷」語言是蒙古語，而其之自稱「僂讓」實即北方民族之名「柔然」。《元史・地理志四・雲南行省》還有元代西南民族的詳盡記載，滇池周邊「中慶路」部分文字，其中所列的城（部）之名皆耳熟能詳的北方民族族名。其云：

> 晉寧州……領二縣：呈貢（今昆明呈貢區），西臨滇澤之濱，在路之南，州之北，其間相去六十里，有故城（部）曰呈貢，世為些莫強（悉萬斤）宗卲蠻所居。元憲宗六年，立呈貢千戶。至元十二年，割詔營、切龍（叱羅-n）、呈貢（准葛-n）、雌甸（契丹）、塔羅（沓盧）、和羅忽（烏洛侯）六城及烏納山立呈貢縣……昆陽州，在滇池南，僰獹雜夷所居，有城曰巨橋，今為州治。閣羅鳳叛唐，令曲旗（女直）蠻居之。段氏興，隸善闡。元憲宗并羅瑀（陸和）等十二城，立巨橋萬戶。

其中「曲旗」實為「女直」之別寫，今昭通地方漢代設「朱提郡」實即「女直郡」，雲南別路地名「曲靖／巨津」更是「女真」無疑。實為「叱羅／契丹／烏洛侯」的部落都是蒙古民族；而「塔羅／沓盧」即匈牙利語Torok意即「突厥人」。因此元代昆明周邊仍呈北方諸族并存狀態；其語言狀態必與上古中原相似，但官話已經開始取代他們的阿爾泰祖語了。

四川南部地區也見證了同樣的事實，長江宜賓——瀘州段以南的高縣、慶符、長寧、興文、珙縣、筠連、敘永、古藺等縣，為雲南昭通和貴州畢節、遵義地區三面環繞。對該地《元史・地理志三・四川行省》記曰：

> 敘州（今宜賓）路……古夜郎之境……均為西南羌族……。馬湖路（今屏山）……本夜郎國西南蠻種……。至元十七年，本部官得蘭紐來見，授以大壩都總管。上羅計長官司，領蠻地羅計、羅星，乃夜郎境，為西南種族……。至元十三年……咎順引本部夷酋得賴阿當歸順。……下羅計長官司……與敘州長寧軍相接，均為西南夷族，至元十三年，咎順引本部夷酋得顏個詣行樞密院降……四十六囤蠻夷千戶所，領豕蛾夷地，在慶符向南抵定川，古夜郎之境。

有趣的是，三位「古夜郎」或「西南種」的酋領「得蘭紐」、「得賴阿當」、「得顏個」之號都與蒙古語有關，蒙古語「大海／dalai」可譯「達賴／得賴」，n化則為「大良／得蘭」。所以「得賴阿當」就是「大海阿當」；「紐」須讀「丑」，於是「得蘭丑」即秦代官號「大良造」。另一夷酋「得顏個」又與蒙古「達延汗」同號。

昆明和敘瀘地區的現代土著居民，已經都是使用西南官話的漢族；但是他們祖先卻是以「夜郎」著稱的西南夷。敘瀘、畢節、遵義地區的古代居民可能是直接渡江南下與北方民族同類的巴蜀先民，因此「夷漢」並無血緣之異同，而僅在於使用官話的先後。

至此，廣西「桂柳話」的由來頭緒應已清楚，具有北方民族背景的西南夷在接受西南官話以後，這種語言又在某個時代從貴州進入廣西桂柳地區。以九百年前四川敘瀘地區還是夷地來看，桂柳地區徹底官話化不會遠過一千年。

以當今武漢話為代表的荊楚方言至少在四、五千年前就發生了，它無疑是今世西南官話的「上古音」。然而，翻山越嶺歷盡千秋，它於一千年前才成為雲南、貴州和四川南部、廣西北部主流語言；現代桂柳話與近只咫尺的廣東話不相互懂，卻與荊楚和巴蜀方言保持高度一致，這足以表明西南官話在傳播過程中保留了穩定的語音狀態，其「源頭音」與「尾巴音」至今沒有重大區別，這就與現代音韻學家們的「古今官話大大不同」的假設大相徑庭了。

漢藏緬語系理論是一個偉大的發現，但許多人未能歷史地看問題，卻以畢生精力去虛構以廣東話為基準的「漢語上古音」系統，這些「粵式語音」系統再周到，也可能有若干合理內容和依據，但總的來說只能是瞎猜亂矇，即便連大片廣西話是官話的現象也解釋不了。然而，最

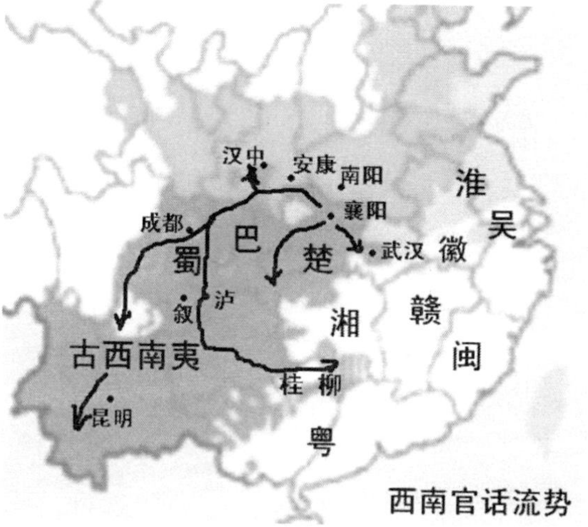

西南官话流势

不可容忍的是：他們自己可以在船上自由刻字，卻還不許別人下水求劍。如果我們繼續照他們的意志或遺旨辦事，中國的語言學、歷史學、人類學是絕對沒有出路的。

二〇一五年三月二十五日

語言文學類　PG1967　秀文學19

時光隧道：
朱學淵散文集

作　　者 / 朱學淵
責任編輯 / 洪仕翰
圖文排版 / 周好靜
封面設計 / 楊廣榕

發 行 人 / 宋政坤
法律顧問 / 毛國樑　律師
出版發行 / 秀威資訊科技股份有限公司
114台北市內湖區瑞光路76巷65號1樓
電話：+886-2-2796-3638　傳真：+886-2-2796-1377
http://www.showwe.com.tw
劃撥帳號 / 19563868　戶名：秀威資訊科技股份有限公司
讀者服務信箱：service@showwe.com.tw
展售門市 / 國家書店（松江門市）
104台北市中山區松江路209號1樓
電話：+886-2-2518-0207　傳真：+886-2-2518-0778
網路訂購 / 秀威網路書店：https://store.showwe.tw
國家網路書店：https://www.govbooks.com.tw

2018年8月　BOD一版
定價：330元

國家圖書館出版品預行編目

時光隧道：朱學淵散文集 / 朱學淵著. -- 一版.
-- 臺北市：秀威資訊科技, 2018.08
面；　公分. -- (語言文學類；PG1967)(秀文學；19)
BOD版
ISBN 978-986-326-580-1(平裝)

855　　107011297

讀者回函卡

感謝您購買本書，為提升服務品質，請填妥以下資料，將讀者回函卡直接寄回或傳真本公司，收到您的寶貴意見後，我們會收藏記錄及檢討，謝謝！
如您需要了解本公司最新出版書目、購書優惠或企劃活動，歡迎您上網查詢或下載相關資料：http:// www.showwe.com.tw

您購買的書名：＿＿＿＿＿＿＿＿＿＿＿＿＿＿＿＿

出生日期：＿＿＿＿年＿＿＿＿月＿＿＿＿日

學歷：□高中（含）以下　□大專　□研究所（含）以上

職業：□製造業　□金融業　□資訊業　□軍警　□傳播業　□自由業
　　　□服務業　□公務員　□教職　□學生　□家管　□其它＿＿＿

購書地點：□網路書店　□實體書店　□書展　□郵購　□贈閱　□其他

您從何得知本書的消息？
□網路書店　□實體書店　□網路搜尋　□電子報　□書訊　□雜誌
□傳播媒體　□親友推薦　□網站推薦　□部落格　□其他＿＿＿＿

您對本書的評價：（請填代號　1.非常滿意　2.滿意　3.尚可　4.再改進）
封面設計＿＿　版面編排＿＿　內容＿＿　文／譯筆＿＿　價格＿＿

讀完書後您覺得：
□很有收穫　□有收穫　□收穫不多　□沒收穫

對我們的建議：＿＿＿＿＿＿＿＿＿＿＿＿＿＿＿＿

＿＿＿＿＿＿＿＿＿＿＿＿＿＿＿＿＿＿＿＿＿＿

＿＿＿＿＿＿＿＿＿＿＿＿＿＿＿＿＿＿＿＿＿＿

＿＿＿＿＿＿＿＿＿＿＿＿＿＿＿＿＿＿＿＿＿＿

請貼
郵票

11466
台北市內湖區瑞光路 76 巷 65 號 1 樓

秀威資訊科技股份有限公司 收

BOD 數位出版事業部

(請沿線對折寄回，謝謝！)

姓　　名：＿＿＿＿＿＿＿＿　年齡：＿＿＿＿　性別：□女　□男

郵遞區號：□□□□□

地　　址：＿＿＿＿＿＿＿＿＿＿＿＿＿＿＿＿＿＿＿＿

聯絡電話：(日)＿＿＿＿＿＿＿＿　(夜)＿＿＿＿＿＿＿＿

E-mail：＿＿＿＿＿＿＿＿＿＿＿＿＿＿＿＿＿＿＿＿